读客® 知识小说文库

读小说，学知识

侯大利 刑侦笔记

一部集侦查学、痕迹学、社会学、尸体解剖学、犯罪心理学之大成的教科书式破案小说

2
辨骨寻凶

小桥老树 著

《侯卫东官场笔记》作者

上海文艺出版社

图书在版编目（CIP）数据

侯大利刑侦笔记 . 2, 辨骨寻凶 / 小桥老树著 . --
上海：上海文艺出版社 , 2020.5
（读客知识小说文库）
ISBN 978-7-5321-7477-5

Ⅰ . ①侯… Ⅱ . ①小… Ⅲ . ①长篇小说—中国—当代
Ⅳ . ① I247.5

中国版本图书馆 CIP 数据核字 (2020) 第 011949 号

责任编辑：毛静彦
特邀编辑：刘兆兰
封面设计：吴 琪
封面插画：刘小梅

侯大利刑侦笔记 . 2, 辨骨寻凶
小桥老树 著
上海文艺出版社 出版、发行
地址：上海绍兴路7号
电子信箱：cslcm@publicl.sta.net.cn
网址：www.slcm.com
新华书店 经销 三河市龙大印装有限公司印刷
开本 680毫米×990毫米 1/16 18.5印张 字数 254千字
2020年5月第1版 2022年2月第3次印刷
ISBN 978-7-5321-7477-5/I.5950
定价：45.00元

如有印刷、装订质量问题，
请致电 010-87681002（免费更换，邮寄到付）

目 录

第一章　污水井里的女尸 / 1

　　侯大利毕业于政法大学刑侦系，在校期间曾经做过解剖，对现场血腥和恶臭有心理准备。可是，现场环境比预料中还要恶劣。臭气浓烈，猛然冲入鼻子，侯大利感觉肠胃不受控制地翻腾起来，赶紧退后两步，差点吐了出来。

第二章　颅骨复原技术 / 23

　　它的一个独特的功能是颅骨复原术，收集了丰富的部件库题材，对人的五官按特征进行了部件和部件类型的详细划分，既有正面相貌特征，又有侧面相貌特征。它按照任意组合的数学公式，全部画像可达90亿个。

第三章　失踪半年的妙龄女 / 53

　　杜文丽母亲道："……女儿在春节前寄明信片过来，说要到青藏高原去了，有可能没信号。"

　　侯大利道："从去年11月开始，你们是不是再也没有见到杜文丽？"他心如明镜，遇害的绝对是杜文丽，只不过这一对可怜的夫妻还被蒙在鼓里。

第四章　侯大利成了嫌疑犯 / 79

　　侯大利腾地站起来，道："我是嫌疑很大，从现在起，衣服、车辆都得封起来作为证据，封存过程要全程录像，还得叫人作证。沿途视频要保留下来，能证明我的轨迹。"

第五章　杨帆案的新线索 / 104

　　侯大利对黄卫笔记本中记录的情况几乎倒背如流。经过代小峰案以后，他并不能完全相信不在场证明，因为不在场证明可以伪造。遗憾的是杨帆在八年前遇害，经过了漫长的八年，如今已经无法检验这些同学当时的不在场证明是否伪造。

第六章　十二起麻醉抢劫案 / 141

　　目前已经摸排出来的十二起麻醉抢劫案有相近特点：受害人皆是在酒吧或夜总会消费的年轻女子，喝了一个年轻男子递来的啤酒或是饮料后人事不省，钱物被席卷一空；所有受害者的胸罩都被取掉，有部分受害者的内裤被脱走……

第七章　来自抛尸现场的脚印 / 170

　　水泥地上留下的脚印非常明显，小林到达后，先对单个足迹拍照，然后拍摄成趟足迹。在拍摄成趟足迹时，小林在四个脚印两侧各放一条皮尺，两条皮尺相互平行；又在足迹上空设置了一条滑道，相机固定在滑道上，采取相同参数分段连续拍照。

第八章　DNA鉴定的生物检材 / 203

　　侯大利提取了十二件生物检材，属于一级检材的有八件，包括头发、烟头、牙膏罐、指甲剪、棉签袋、面巾纸块、空气清新剂和皮鞋。之所以将这几件生物检材定为一级，主要是这几样都有可能留下DNA，且不涉水。

第九章　被囚禁在地下室的女人 / 229

　　此地位于农业园深处，平常无人进出，地下室又非常隐蔽，就算有人进入院子也无法找到入口处。关掉出气口以后，地下室氧气会慢慢减少，到时再进入地下室，两个女人就再无反抗之力。

第十章　重返杨帆被杀现场 / 256

　　"杨帆太美了。我找了十年，没有谁能比得上。可惜没有上过她，这是人生最大遗憾。宁凌比起杨帆还差得远。那天河水好急，真的好急。"

第一章
污水井里的女尸

第一次独立勘查命案现场

2009年，春，3月20日，山南省江州市。

江州陵园，杨帆墓前摆满了鲜花，香烛散发的烟气袅袅上升。侯大利隔着烟气默默凝视墓碑上的瓷质相片，用手指轻轻抚去相片上的浅浅灰尘。

时间飞逝如水，侯大利比起八年前更显沧桑，鬓间夹杂些许白发。杨帆的时间永远停止在八年前，相片上的她依然和八年前一个模样，年轻得让人心痛，漂亮得让人心酸。

听到脚步声，侯大利回头，看到手捧鲜花的杨帆父母。

三人并排站在杨帆墓前。杨勇将鲜花放在女儿墓前，低声道："小帆，我们来看你了。妹妹还小，过几年再来。有人看到发生在世安桥上的事情，公安立了案。只要立了案，一定能破案。天网恢恢，疏而不漏，肯定能抓到凶手。"

秦玉哽咽道："我现在相信老天有眼。"

侯大利暗自发誓："杨帆，不管上天还是入地，我一定要抓住凶手，为你报仇。"

在墓前站了一个小时，三人回到陵园停车场。

杨勇年过五旬，眼角鱼尾纹如刀刻一般，头发花白，看上去超过六十岁。他长年行医，为人理智，将悲伤深埋于心，道："大利，我和你秦阿姨直接回阳州，不到世安厂，有什么消息及时联系我们。"

秦玉抹起眼泪，道："大利，到省城，一定要来家里。你是我们家的一员，永远都是。"

侯大利递纸巾给秦玉，安慰的话语涌到嘴边，却无法出口。秦玉上前一步，紧紧拥抱这个永远不能进家门的女婿。侯大利搀扶秦玉上车，看着小车开出陵园大门，这才转身走向不远处的越野车。

杨家小车开出陵园大门几米，忽然停下。秦玉下车，手捧一个相册，走回陵园内。侯大利正准备拉开越野车副驾驶车门，见秦玉回来，便迎上前去。

"这是杨帆从小到大的相片，你杨叔翻印了一整套，特意带给你。"秦玉说起逝去的大女儿，神情格外温柔。

杨勇喜欢拍照，大女儿曾是其专用模特。每一张相片代表一段美好时光，往日时光越是美好，失女之痛越发深重。相册第一页是侯大利和杨帆婴儿时期的第一张合影，也是他们人生中第一张相片。两个年轻妈妈怀抱小婴儿，衣衫朴素，脸色红润，幸福透过历史和相纸扑面而来。

侯大利的眼泪差点夺眶而出，声音嘶哑，道："这张相片我家没有，太珍贵了。"

秦玉将相册交给侯大利，无意间朝越野车看了一眼，发现越野车驾驶室里坐了一个年轻女子，心里咯噔了一下，表情顿时僵硬。

回到车上，她开始抹眼泪，哽咽道："越野车上有一个女人，很年轻。"

杨勇愣了愣，扯了一张纸巾给妻子，道："看清楚没有？"

秦玉道："看得很清楚，是个年轻女人，坐在驾驶位。"

杨勇沉默几秒，道："天下没有不散的筵席，大利终究要结婚。"

秦玉道："我知道这个道理，可是，大利有了女朋友，会慢慢忘记小帆的。可怜的小帆，孤苦伶仃在这里。"

杨勇长叹一声，道："大利做到这一步已经对得起小帆了。他是好孩子，应该有自己的人生。"

女儿杨帆在世安桥上遇害，逝去多年，侯大利有新女友是人之常情。明知此理，杨勇和秦玉还是颇为失落，难以释怀。

两辆车一前一后离开陵园，从盘山道进入主公路。分别之时，前面小车减速，响起两声喇叭，驶入前往阳州的国道。越野车停下，侯大利站在公路边，直到小车消失在公路尽头。

回到车上，侯大利神情抑郁，闷声不语。

田甜没有打扰侯大利，打开音响。越野车音响效果极佳，吉他曲《爱的罗曼史》如泣如诉，钻入侯大利心肺之中。杨帆练过吉他，水平不低，曾经单独为侯大利弹过此曲。他最柔软的心弦与音乐产生共振，眼里有一层水雾。

"这是杨帆喜欢的吉他曲？"

"是的，她弹得很好。"

《爱的罗曼史》结束，接着是《雨滴》，也是杨帆喜爱的曲目。《雨滴》全曲没有特别复杂的技巧，只是用旋律描绘了一幅清新图画：雨过天晴，一个年轻女子心怀淡淡忧伤，漫步于林中小径，聆听枝尖、叶梢的滴水之音。

侯大利在封闭空间里放纵了一会儿情绪，心情慢慢平复，道："我软弱了，又让你见笑。"

田甜道："男儿有泪不轻弹，只因未到伤心处。在我面前，你没有必要掩饰情绪。"

侯大利枪伤未痊愈，从墓地下来后便没有回刑警老楼，直接到高森别墅。到了家，他半躺在沙发上，在脑海中梳理杨帆案细节。

冰箱里只有鸡蛋，田甜不想外出，道："中午简单点，我做蛋羹。"

侯大利翻身起来，走到厨房，道："别做了，让江州大饭店送过来。"

田甜道："居家过日子，得有烟火气，否则就不是家。"

侯大利认可了这个理由，站在厨房陪女友做饭。他见田甜用滤瓢过滤打散的鸡蛋，问道："为什么要过滤？"

"过滤是弄出气泡，这样做出来的蛋羹更加密实。"

"你还挺会做饭。在这方面，我有点弱。"

"穷人的孩子早当家……你别撇嘴，我爸和你爸比起来就是穷人。我爸妈离婚后，我跟着我爸，他成天在外面跑，我做饭时间挺多。"

起锅后，田甜在蛋羹里倒了一点生抽，端上桌。一碗蛋羹、一碟榨菜、两碗干饭，简单却有味。吃饭时，侯大利情绪仍然不佳。田甜为了调节气氛，绞尽脑汁想了几个笑话。她讲笑话的水平不高，侯大利觉得一点都不好笑。当田甜讲第三个笑话时，侯大利握住田甜的手，道："你不用刻意安慰我。这么多年过去，我已经接受了现实，只是每次到了陵园都有点压抑。现在总算能够认定杨帆是遇害，只要立了案，总有破案机会。"

吃过饭，田甜收拾完厨房，来到沙发旁，一本正经地道："洗澡，上床。"

侯大利一口茶水差点喷出来，道："太直接了吧。"

田甜神情严肃，道："我是法医，见惯了生死，只要活着，就要珍惜。生活还得继续，不能总是沉湎于过去。"

自从杨帆落水而死之后，侯大利总觉得与其他女孩子交往就是背叛杨帆。八年时间过去，这种感受还是很强烈。理智告诉侯大利，若是放任情绪蔓延，会导致更为严重的心理疾病，可是自从杨帆落水之后，悲伤和忧郁就成为他的情感底色，很难彻底摆脱。他考入山南政法大学刑侦系，毕业后成为刑警，主要目的是追查杨帆案，抓到真凶。追凶是为了公平和正义，与此同时，他也想通过追凶让自己翻过那一道竖在内心的高坎，重新回到正常生活。

卫生间有一面大镜子。镜子里，侯大利胸前弹孔痕迹异常清晰。田甜每次看到弹孔都深感后怕，子弹稍稍偏一厘米，那就会射中心脏。

"侯叔是全省坐头把交椅的大富豪，你原本可以用丁晨光的方式来复仇，实在没有必要选择当刑警出生入死。"田甜轻轻抚摸侯大利胸口上的伤疤说道。

"今天和杨叔、秦阿姨一起在墓前算是一种仪式，我们终于可以一起面对小帆遇害之事。我会一直紧追杀害小帆的凶手，直到将其抓获归案，这是我的复仇方式。另一方面，我也要尝试过新生活，就如现在这样。"

"我其实也有类似的心路历程。爸爸被抓时，当时真是厌倦人生，所以对同事态度不好，经常是冷冰冰的，"田甜亲吻男友，道，"我们一起努力，走出心理阴影。"

良久，两人释放了所有激情，平躺在床上。

"今天怎么没有电话？"从回家到现在，一个电话都没有响。侯大利此刻身心舒畅，随口道。

田甜猛地抬头，道："完了，你肯定要中五大魔咒。"

"什么是五大魔咒？"

"你还真是菜鸟刑警，居然连五大魔咒都不知道，这是刑警必须知道的忌讳。五大魔咒第一咒就是乱说咒，只要谁说出'今天怎么不来警'，那必然会在最短时间来警，百试不爽，爽到极点。"

田甜语音未落，侯大利手机便振动起来。

接通电话，话筒里传来105专案组组长朱林的声音："师范后围墙附近的污水井里发现一具尸体，派出所民警已经到了。宫支、老谭和李法医都在长青县处理早晨发生的杀人案。技术室没有人手，我们专案组立刻到现场，你和田甜负责勘查现场。"

朱林以前是江州刑警支队支队长，退居二线后成为105专案组组长，负责侦办全市未破命案，是侯大利和田甜的直接领导。

放下电话，侯大利自扇嘴巴，道："嘴贱，当真中了乱说咒。"

案情就是命令，侯大利和田甜赶紧起床穿衣服。田甜在衣柜里翻出一件旧连帽衫，道："出完现场，衣服多半要扔。我的是新衣服，扔掉不划算，就丢你的旧衣服。"

侯大利第一次勘查命案现场，缺乏对凶杀现场血腥气的直接体验，没有换衣服。

两人下楼开车，直奔师范后街。

师范是指江州市江阳区师范学校。此时，师范学校已经撤销，校区变成了大工地。师范后围墙有一处垮塌，行人可以从垮塌处进入原校区。最先赶到现场的派出所民警已经将现场保护起来，拉起了警戒线。

侯大利、田甜刚下车，朱林驾车也来到现场，随后是专案组刑警葛向东和樊勇。

来到专案组以后，朱林比以前更加消瘦，不仅两鬓全白，胡须也花白了。他进入现场，将派出所副所长钱刚叫到身边，询问情况。

"朱支，民警正在询问发现尸体的工人，估计没啥用。师范校区目前是大工地，这个污水井应该有很长一段时间没有管护。今天，施工人员打开污水井盖，发现里面有尸体，就报了警。"副所长钱刚满脸憔悴，不停打哈欠。他昨天忙了一个通宵，连续出了七个110，第七个出警通知就是污水井发现尸体。

朱林和钱刚交流情况之时，田甜和侯大利戴上头套、鞋套、手套和口罩，提起勘查箱，来到污水井边上。朱林知道勘查现场是体力活，走过去，问侯大利："你受了伤，身体有问题没有？若是坚持不住，那就只能等等。"侯大利看了看围观人群，道："没事，行动正常。"

朱林又将葛向东叫到身边，道："葛朗台，宫支找你谈话没有？"

"葛朗台"是葛向东在专案组的流行称呼，就如"樊傻儿"代替樊勇一样。

葛向东自嘲道："我以前在美院被评为最没天资的学生，所以改行当警察。现在让我做画像师，我这个小肩膀哪里能够承担这个重责。"

朱林道："全省公安画像师没有一个是科班出身，你是美院毕业，做画像师最恰当。你在石秋阳案中表现得很不错嘛，那幅背影我看了好多遍，真像。调你到技术室，平时还是在专案组工作，以专案组为主，今天这种情况，你得有所准备。"

"什么准备？"

"画像。"

葛向东想起这个特殊任务，不禁想呕吐。

污水井被打开有一个多小时，走近污水井边仍然能闻到恶臭。侯大利毕业于政法大学刑侦系，在校期间曾经做过解剖，对现场血腥和恶臭有心理准备。可是，现场环境比预料中还要恶劣。臭气浓烈，猛然冲入鼻子，侯大利感觉肠胃不受控制地翻腾起来，赶紧退后两步，差点吐了出来。

朱林塞过去一个小酒瓶，道："喝一口，压压味。"

酒瓶里装的是本地产的高度白酒，超过六十度。侯大利喝了一口，又回到污水井。

污水井早就废弃，不通污水，里面还算干燥。井内尸体已经腐败分解，脂肪流在地面，面部无法辨认。

侯大利强忍不适，站在田甜身边。田甜蹲在井口小心翼翼观察尸体，道："尸体腐败分解，衣服还没有腐烂，应该是去年秋天出的事。"

朱林毫不客气地道："侯大利，你提着勘查箱是来旅行吗？尸体移动以后，现场就会被破坏，你要下去勘查。"

江州刑警支队技术室如今青黄不接，缺兵少将。老谭带着小林等技术人员和法医在长青县勘查入室灭门案，技术室实在没有力量勘查污水井现场，便打电话请105专案组派两位有刑事勘查证的刑警出现场。

朱林找老谭询问侯大利和田甜能否承担起勘查任务。

老谭回答得很干脆，道："田甜和侯大利都有勘查证。侯大利虽然毕业不久，勘查水平不低，有田甜在旁边辅助，业务能力绝对没有问题。技术室留不住人，稍稍成熟就调走，去年辞职一个，调走两个，我是巧妇难为无米之炊。唉，老领导，你要帮技术室呼吁，必须增加力量，这是迫在眉睫的事情。"

几位居委会干部作为勘查工作的见证人站在围墙外，用手巾捂鼻，帮助警察维持秩序。

侯大利拉开口罩，往鼻子里塞了纸团。纸团有酒，稍稍能压制臭味。他是第一次独立进行凶杀案的现场勘查，下井时，将教科书中的几项原则迅速在脑中过了一遍。

现场勘查的基本原则：先地面，后空间；先体外，后体内；先静态，后动态；先固定，后提取；先重点，后一般；先易变，后稳定。

原则是经历无数次实践才总结出来的，应该用来遵守而不是打破，侯大利对此有非常理性的认识。具体到此案，发现尸体以后，有工人和附近居民进入围墙看热闹，污水井的外部环境完全被破坏，失去勘查价值，所以勘查核心在污水井内。

现场勘查人数少，田甜主要承担法医职责，侯大利必须承担多种职能。侯大利首先承担的是现场拍照和录像工作，前后分四个步骤：现场方位拍照、录像；现场概貌拍照、录像；现场重点部位拍照、录像；现场细目拍照、录像。

他完成前两步以后，暂时停止拍照，开始画现场全景草图，并进行文字说明。

勘查过程中，现场情况和勘验过程应随时做记载，不能事后靠回忆整理现场勘验记录。但是，在实际操作中一边勘验一边做正式记录很困难。技术室老谭要求勘验开始就先画现场草图，包括整体和局部，勘验过程中随时把发现的痕迹、物品及有关的测量数据直接标注在草图上，在草图边缘或相应位置做文字说明。

按照这个方法，侯大利画出污水井大环境草图，进行说明和标注。处理完地面和外部工作以后，他准备正式勘查污水井内部。

田甜在井口处打开强光，将污水井照得透亮。她递了袋子给侯大利，道："吐在里面。"

若是其他人递袋子，以侯大利的倔强性格多半会逞强。他接过田甜递来的袋子，道："我能忍住。"田甜摇头，道："你高估自己了。第一次近距离面对高度腐败的尸体，没有人能忍住。你得把相机挂在胸口，这样才来得及拿袋子。"

侯大利在污水井口近距离拍摄井内环境。污水井内尸体犹如融化的蜡烛，五官臃肿并移位。难以形容的恶臭直冲鼻端，侯大利胸腹间顿时翻江倒海。果然如田甜所言，侯大利无法控制呕吐，放开相机，用最快速度取出袋子，蹲在污水井边，大吐特吐。呕吐属于生理反应，不受大脑控制。侯大利不停呕吐，直到胆汁吐出来，满嘴苦涩，胸前伤口开始疼痛起来。

朱林听到呕吐声，背着手，慢慢靠近污水井，道："吐完没有，吐完继续干活儿。"他又将樊勇叫到身边，道："我让你背相机来做啥？侯大利和田甜勘查现场，你别当甩手掌柜，没有勘查资格，那你就把外围环境拍下来，多拍围观人群相片。"

侯大利这个刚毕业的菜鸟刑警表现得太出色，樊勇见其在众人面前呕吐，笑得格外开心，拿起相机对准远处围观人群一阵狂拍。

吐完以后，伤口疼痛稍有缓解，侯大利没有退缩，还是坚持下到污水井内近距离观察尸体。虽然胆汁都吐了出来，直接面对腐败尸体时，侯大利仍然觉得难以忍受，数次站立起来呼吸新鲜空气。他脸色苍白地说："我要买防毒面罩，这就是地狱的味道。"

田甜当过多年法医，承受能力比起侯大利强得多，道："买防毒面罩是以后的事，先得把活儿干完。"

朱林站在井边，看了看井内情况。井内除了严重腐败的尸体以外，周边很干净，应该不是第一现场。他虽然不是现场勘查专业人员，可是看过太多刑案现场，对现场非常敏锐，污水井现场留下的线索非常少，此案搞不好又要变成积案。

他稍稍退后几步，观察周边人群，又将目光转向侯大利和田甜。侯大利和田甜的恋情还处于地下阶段，朱林对两人关系变化了如指掌。按照江州市公安局的规则，若是两人恋情公开，必然会有一人调出105专案组。此时两人恋情没有公开，朱林睁一只眼闭一只眼，没有向组织谈起此事。

现场勘查非常复杂，参与人员多，有时会对现场造成无意识破坏，形成勘查盲点。痕迹技术员和法医各有侧重，双方都需要对现场进行发现、移动和提取，有分工、有交集。侯大利和田甜这一对没有公开的恋人分别负责痕迹和法医，配合极佳。如果换人，多半比不上现在这一组，朱林还真希望他们晚点公开恋人关系。

半小时过去，侯大利和田甜还在井内。

侯大利用镊子拉起尸体胸部未腐烂的衣服，忽然抬起头，对田甜道："有点发现。"

在侯大利指点下，田甜仔细观察尸体胸前的东西，道："应该是树叶，有七八片。"

"肯定是树叶。树叶是在尸体胸部位置，不在地面，有蹊跷。"侯大利反复思考树叶为什么会出现在尸体上方，腐败的尸体和汹涌而来的臭味似乎减弱了。

他抬起头观察周边情况，污水井周边的树木、小草、围墙纷纷进入其脑中，形成一幅立体影像：一个人背着尸体来到污水井，打开井盖，将尸体扔进去。如果没有其他因素，污水井的树叶应该在身体下面。

胸口上有七八片树叶，树叶从何而来？

他脑中的立体影像不断发生变化：风吹来，卷起地面树叶。凶手打开井盖，将尸体扔进井里，树叶随风进入污水井，落在尸体胸前。凶手离开前盖上井盖，井内无风，树叶便安静地停留在尸体胸前，直到被人发现。

田甜听了侯大利叙述，竖起大拇指，道："这个发现很重要，逻辑严密。"

天近黄昏，技术室负责人老谭从长青入室灭门案现场来到污水井现场。老谭看完记录，又蹲在井口借着强光看了一会儿，直起腰，来到朱林身边。

朱林小声问道："现场勘查做得怎么样？"

老谭点头道："不错。刑侦系出来的高材生毕竟不一样。"

勘查结束，尸体被送到殡仪馆。

105专案组全体回到刑警老楼。

田甜和侯大利满身恶臭，赶紧洗澡、换衣服。

樊勇到一楼健身房练拳，突然听到大李喉间发出低沉的声音，走到门口，只见一个年轻人站得笔直，贴在墙上，被大李吓得呆若木鸡。

樊勇问道："你找谁？"

年轻人盯着大李的硕大脑袋和锋利牙齿，道："我给侯总送相机。"

侯大利从走道上探出头，看了一眼，快步下楼。

侯大利、樊勇和被大李吓傻的年轻人一起前往师范后围墙，从围墙缺口来到污水井附近。年轻人按照侯大利要求，在一棵大树隐蔽位置安装了一台红外线触发式野生动物监测相机，对准污水井。

其他地区的凶杀案例中，出现过凶手回到杀人现场或者抛尸现场的情况。安装红外线触发式野生动物监测相机，说不定会有收获。当然这只是一种撞大运式的方法，有可能成功，也有可能失败。如果按照正规程序，通过专案组渠道购买红外线相机，就算最终能通过，至少会拖一段时间。侯大利怕麻烦，给国龙集团江州分公司的宁凌打了电话，让她买一台红外线触发式野生动物监测相机，由专案组使用。

宁凌是国龙集团江州分公司总经理夏晓宇的助理，专门负责对接国龙集团太子侯大利。她平时准备两部手机，一部手机办理日常业务，另一部手机只接侯家人的内部电话。她接到侯大利电话后，不仅派人买来了红外线触发式野生动物监测相机，还让专业人员负责安装，服务非常周全。

奇怪的灰衣人

师范学校后围墙附近的污水井发现尸体的消息不胫而走，传播速度极快。3月20日晚餐时间，各个饭局都在谈论这个话题。沿江一个饭馆内，一个身穿灰衣的人听到桌子上其他人谈论得唾沫横飞，内心如岩浆一样翻腾起来，涌出压抑不住的兴奋。这人脸上表情却没有变化，还和寻常人一样追问道："是男尸还是女尸？"

饭局里总有消息灵通人士，这次饭局也不例外，立刻就有人给出准确答案：污水井发现一具女尸，高度腐烂。

"漂不漂亮？"

"不管是什么级别的美女都变成了丑八怪。"

灰衣人呵呵笑道："我这个问题挺傻，换话题，换话题，再谈就要影响食欲。"

饭局结束，灰衣人开车绕道来到师范后街。在饭局上听到消息后，他产生了回到现场看一看的强烈冲动，冲动如海中女妖，发出强烈诱惑。他明白此刻距离污水井越近，危险越大，却还是忍不住想回到现场，哪怕是在污水井边站一站。

灰衣人在师范后街停下车，正要走进师范后围墙小道，迎面遇到一个熟人。熟人笑道："以前没有见你戴帽子，怎么戴上帽子了？"灰衣人道："时髦哇，这是最新款的帽子。"熟人开玩笑道："怎么不买顶绿色的？"灰衣人道："单身汉一枚，想戴绿帽都没机会。"

在没有遇到熟人之时，回到污水井的欲望如海妖一样完全控制了灰衣人，让其无法摆脱。在师范后街遇到熟人，如一盆冷水，让灰衣人摆脱了前往师范后围墙污水井的欲望。

理智战胜诱惑后，灰衣人目不斜视，转身回到师范后街，驾车离开。距离师范越来越远，他的心情慢慢平静下来。

灰衣人开车来到郊外住宅。郊外住宅是一栋三层楼的住房，外带大院子。屋外种了一片带刺花椒树，花椒树密不透风，别说是人，就算一条狗钻进来都要脱一层毛。花椒树以外是成片果园，果园外则有农民帮助管理果园，定期打扫小院卫生。

小车直接开进车库。灰衣人下车，拉下车库门，然后从车库内门进入客厅。

进入客厅，灰衣人没有开灯，在单人沙发上坐了十来分钟。窗外月光洒进屋内，他完全融入黑夜中。

起身后，他没有看监控器，隔着窗帘向外观察。确定外面无人，他来到房屋拐角处的楼梯间，按下遥控器。地板砖安静无声地滑进楼梯，显露出一个铁盖。他蹲下身，打开铁盖暗锁，拉起铁盖。地底黑暗无光，如吞噬人的猛兽。

地板砖设计得很巧妙，一侧与楼梯连在一起，另一侧与墙角线镶嵌在一起，从外观上无法发现异常。能遥控的地板砖经过处理，与铁盖紧密接合，踩在上面没有空洞感。

将地下室入口设在房屋没有任何遮挡的地方，属另类灯下黑。灰衣人对此很有自信，就算警察进屋搜索，也很难找到地下室。

灰衣人缓慢走下倾斜楼梯，身体全部进入后，伸手拉住铁盖内把手，轻轻关闭铁盖，再按动遥控器，地板砖悄无声息滑到铁盖上方。

灰衣人按下灯光开关。灯光突兀出现，照亮地下室。地下室生活设施一应俱全，有设计巧妙的通风道，确保室内空气不至于污浊。

进入地下室，灰衣人回到完全属于自己的王国。他打开笔记本电脑，插入光盘。

做完准备工作后，灰衣人坐在椅子上，等待电视画面出现。电视画面出现，让灰衣人幸福和兴奋的时刻再次到来。

"你说，'求求你，饶了我。'"这是灰衣人的声音，声音充满得意、调侃。

画面中出现一个被绑住手脚的女子。女子年轻漂亮，五官因为恐惧而变形，眼泪和鼻涕不停往下流。她嘴唇抖动得厉害，道："求、求……你，饶了我。"

灰衣人蹲在女子身前，用手指抬起女子下巴，口气轻浮，道："你说，'我是假清高，是贱货，是公共汽车，谁都可以上我'。"

女子抖得厉害，按照男人要求说了一遍。

"昨天我上你，你是什么感觉？"灰衣人手掌往下，插入女子衣领，抓住女子饱满胸部，用力捏住，道，"说真话，不准撒谎。"

"我很舒服。"

"真舒服，还是假舒服？女人都贱得很，会假装高潮，以为我不懂。"

"是真舒服，我都来了两次高潮。"女人如此说是迫不得已。第一次面对这个问题时，她说了实话，明确表示不舒服，结果招致凶狠殴打。眼前男子非常变态，得到否定回答后恼羞成怒，用更变态的法子来折磨人。因此，她曲意逢迎，以免挨打。

看到这里，灰衣人按了暂停键，在屋里转起圈子，骂道："假话，死到临头还要说假话来骗我，贱人，该死！"

他骂了一会儿，又坐回到椅子前，回放女子求饶片段。观看这个片段时，超过做爱高潮时的满足感又充盈全身，让他极度满足。他慢慢享受这个过程，等到快感减弱时才继续播放DVD。

　　下面一段的重点是做爱。视频中，灰衣人解开了女子腿上的绳索，让其双腿能够自由活动。为了保险起见，他没有解开绑住女子手腕的绳子。女子陷入恐惧之中，完全失去抵抗意识，腿部绳索解开时，依旧蜷着腿，不敢动弹。

　　地下室摆了三台摄影机，能从各个角度录下现场。除此之外，他还手持单反近距离拍摄。

　　"左腿朝左一点，右腿朝右一点……你好笨哪，就是腿叉开。抬起来，绕个圈，翘一翘屁股。"灰衣人单腿跪在地上，寻找最佳拍摄点。

　　女子很顺从地抬起腿，按照灰衣人的要求做动作。

　　"很好，很好。你就想象自己还在舞台上，头上是灯光，有背景音乐，面前是观众。你要自信一点，笑出来。你唱《掌声响起来》那首歌。"

　　女子竭力想笑出来，笑得却比哭泣还要难看。

　　"唱得高兴点，别哭丧着脸。"

　　女子躺在地上，假装深情地演唱："孤独站在这舞台，听到掌声响起来，我的心中有无限感慨……"

　　咔、咔、咔，相机声音不断响起，灰衣人神情专注，如专业摄影师一样不断变化位置，站、蹲、躺、趴，各种姿势轮番采用。照完之后，灰衣人坐在女子旁边，和女子一起观看自己的摄影作品。

　　"我拍得好看吗？"

　　"好看。"

　　"说真话。"

　　"真的好看。大哥，你饶了我，我会好好陪你，一定把你陪舒服。"

　　"好哇，那看你能不能把我弄舒服。"

　　女子如抓到最后一根救命稻草，拼命拿出所有本事，侍弄得灰衣人很是舒服。灰衣人将所有愤怒发泄在女子身上之后，心满意足地站起来。离开地下室时，他给女子弄了饭食。为了让女子皮肤好看，特意买了牛奶。

在地下室观看自己留下的精彩瞬间以后，灰衣人面对视频用手做起"活塞运动"，直至达到高潮，这才结束了地下室之旅。他并不缺女人，可是与正常女人做爱如喝白开水一般寡淡无味，远不如看视频做活塞运动。

这个女子在地下室待了一段时间，变得蓬头盖面，精神完全垮了，与舞台上的形象完全是一个在天上，一个在地下。灰衣人玩得腻了，觉得索然无味，便亲手做了了断。

回到地面，灰衣人再次登录了女子QQ空间，欣赏女子本人留下的相片。在相片中，女子在舞台上神采飞扬，受到无数人追捧。女子在舞台上的形象和在地下室的形象在脑中不断重叠，这是灰衣人本人独有的精神和肉体的双重享受。

3月20日晚八点，师范后围墙污水井女尸案情分析会在刑警支队小会议室召开，支队长宫建民主持会议。

汇报按照惯常程序进行。

首先由派出所副所长钱刚汇报接到报案和调查走访周边群众的基本情况。

女尸是师范工地工人检修污水井时发现的。污水井位于师范后围墙内的绿地中，位置偏僻，周边群众和工地施工人员都没有提供什么有效线索。此工地属于金氏集团所有，由金氏集团副总经理金传统负责，工程超三十万方，在江州算是极大体量的工程。第一期工程主要是开发原教学楼部分，后围墙绿地以及老操场属于二期工程或三期工程，暂时还没有动工。

听到"金传统"三个字，侯大利眼皮跳了跳。

金传统是他的高中同班同学，其父是江州有名的企业家，专攻地产，发展得很不错。金传统留法两年，回国后在金氏集团工作，目前担任集团副总经理，在公司元老的扶助下，开始独立负责项目。高中时代，侯大利和金传统是走得最近的同学，至今仍然有来往。

其次就由侯大利和田甜分别汇报现场勘查和尸检情况。

田甜急着去做尸检，先汇报："从尸体腐败软化情况来看，死亡至少有三个月。冬天气温较低，时间可能会更长，但是最长不超过六个月。尸体高度腐败，从尸体表面暂未发现准确死亡原因。我和李主任准备今天晚上尸检，查骨骼，提取DNA，看胃内容物，做毒理实验。"

宫建民看了看手表，道："做完解剖要多长时间？"

田甜道："尸体高度腐败，比较复杂，要四五个小时才有结果。"

侯大利从现场回来后立刻洗澡换衣服，仍然觉得身上有一股说不清道不明的臭味。当田甜和宫建民讨论尸检时，臭味更加明显。

田甜汇报结束后，侯大利简明扼要地汇报现场勘查情况后，初步提出五条结论。

第一，初步判断是他杀。原因很简单，污水井井口和井盖连在一起，不可能失足摔入；若是失足摔入导致死亡，则不可能复原井盖。

第二，污水井不是第一现场，应是抛尸现场。在污水井内找到一只红色高跟鞋，另一只不在井内，经过搜索，围墙周边也没有发现另一只高跟鞋；受害者衣服内也没有身份证、钱包、手机以及其他能证明身份的物品。

第三，凶手能找到校园内部的这个污水井，想必熟悉此地。师范校区目前是大工地，去年年初就进场，前门有工人值班，门口有监控。若要抛尸，从围墙缺口进入的可能性最大。

第四，污水井内没有发现指纹和足迹，也没有血迹。受害者仰面而躺，胸口散落一些腐败树叶。通过调查，受害者胸前这种树叶11月中旬落得最多。可以做一个推论，凶手抛尸是在去年11月中旬。抛尸时，树叶被东北风吹入井内，恰好落在受害者胸口。

第五，受害者的鞋和衣服较为时髦，应该是城里人。

侯大利通过勘查现场得出的五条结论十分重要，五条结论分别指向几个重要问题：他杀还是自杀、死亡时间、杀人现场和受害者是谁。

宫建民看罢尸体胸前树叶的相片，道："你这个推断有点大胆，不能说对，也不能说错，因为无法证实，除非抓到凶手。"

侯大利道："推断听上去不靠谱，实则是唯一的可能性，否则无法解释胸前为什么会出现七八片树叶。从树叶推断的抛尸时间与法医勘验尸体体表得出的结论基本相符。"

侯大利是刚工作一年的新刑警，宫建民对其现场勘查的能力并不敢完全相信，放下相片，询问技术室负责人老谭，道："你有什么看法？"

老谭道："现场勘查非常规范。小侯第一次独立出现场能有这个水平，非常难得。我在会前和小侯进行了探讨，他提出的五个观点有事实支撑，我基本认同。包括树叶出现在胸口的推断，我反复进行考虑，只有被东北风吹进去才最合理。由于井盖密闭，所以排除了动物对现场的影响。"

在场侦查员看着投影仪上的画面，小声议论起来。

侯大利汇报完以后，宫建民将目光转到105专案组另一个成员身上，道："葛向东，刑警支队一直没有画像师，你以后要负责这方面工作，工作单位由禁毒调到刑警支队，落在技术室。平时工作在105专案组，两边兼顾，两边都不要误事。"

葛向东已知此事，垂头丧气地道："宫支，我底子差，让我做画像师，会影响工作。"

宫建民道："世上无难事，只要专心，绝对学得好。你画的石秋阳素描和石秋阳真人背影几乎一样，省厅老朴很少表扬人，看了都大为赞扬。今天小侯拍了不少相片，你拿回去好好琢磨，争取拿出模拟画像。"

"宫支，这和平时画画是两码事，我真做不了画像师。"

葛向东桌前摆放着受害者脸部特写相片。受害者脸部五官扭曲，发肿发黑。葛向东看了一眼就吐了，而要画出模拟画像，必须认真观摩相片，这简直要命。他暗恨自己多事，画了石秋阳背影，此刻还想"垂死挣扎"。

"葛向东，我不是和你商量，这是命令。关局和刘局都同意这个方案，正式文件随后就要发出来。你别怕，什么事情都是从不会到会，不熟到熟，不精到精。下个月，省厅要请部里高手指导模拟画像，到时你去参加培训。"

宫建民态度坚决，没有迟疑和犹豫。葛向东无法讨价还价，只能接受任务。

105专案组组长朱林发言很简单：第一，同意侯大利的初步结论；第二，最终结论还得依据尸检结果。

尸检要在晚上进行。尸检结果出来前，没有办法开展下一步工作，案情分析会暂停。忙碌一天的侦查员都回家休息，等到尸检结果出来再开第二次案情分析会。

葛向东在停车场遇到侯大利，捂着鼻子，道："你隔我远点，身上还是那味，洗一次肯定洗不干净。你的相片太清晰，面部特写拍得纤毫毕现。你真是变态，这种相片放在我包里，回家肯定要做噩梦。"

葛向东伸长手，让皮包尽量远离身体，似乎这样就可以远离那几张清晰的尸体相片。他将皮包扔进车里，回头道："什么时候请我吃顿饭，弥补对我造成的心理重创。"他停顿半秒，补充道："请我吃红烧肥肠，红油烧的那种。"

侯大利是第一次直面腐败尸体，心灵挺受冲击，"红烧肥肠"四个字就如妖怪钻进肚子里，肠胃顿时难受起来。他蹲在车边干呕一阵，又翻江倒海地吐了一次。

"报复"了侯大利，葛向东心里稍稍平衡。

画画是葛向东小时候的梦想，调到刑警支队技术室专攻画像其实也挺好，只不过第一个任务面对的不是模糊影像，而是面部严重变形扭曲的腐败尸体相片，严重影响心情。葛向东将怨气一股脑儿归于侯大利，其实是有意为之。侯大利作为山南省首富侯国龙的儿子，对自己妻子家族的生意极为重要。作为同事，每次都由自己请客，未免会让侯大利看轻。此次借机让侯大利请客吃饭，有来有往，这样才会加深友谊，双向付出形成的友谊会比单向付出更正常。

侯大利还真没有想到葛向东的脑子在短短瞬间转了这么多弯。他此刻注意力全部集中于案件，根本没在意案件之外的琐事。他开车前往公安局，在解剖室外等候田甜。

江州公安局法医解剖室在年初做过改造，分为解剖室、监控室、家属观察室、卫生间等功能区。解剖床带有喷淋系统和风帘吸气系统，能自动冲洗血污，驱除异味。床顶有十二孔无影灯，还有数码摄像头。

李法医每次走到新解剖室，总会不由自主地忆苦思甜，大讲从前解剖室如何简陋。田甜耳朵已经听起茧子，脸上没有表情，有条不紊地做准备。

高度腐败的尸体增加了解剖难度，尸体损伤程度很难肉眼直接判断，只要有疑问，就需要切开组织仔细找原因。尸体高度腐败，提取DNA同样有麻烦。肋软骨属于人体透明软骨，含有大量软骨细胞，间质内无血管，比肌肉、内脏和血液腐败速度慢。法医检案时，肋软骨是高度腐败尸体DNA检验的首选检材。李法医和田甜颇费了些劲，才在米粒大小的一块肋骨中成功提取DNA。

侯大利没有进入解剖室，坐在监控室看解剖。

在污水井停留时间过长，侯大利全身沾染上恶臭，这是无法用语言描述的气味，附在皮肤上，钻进身体，很难摆脱，让人心烦意乱。虽然监控室隔绝了臭味，他在观看解剖时仍然感觉臭气似乎通过屏幕传了过来，附在鼻孔之中，久久不散。

解剖过程枯燥，持续时间很长，侯大利在监控室看了两个小时，回到车里睡觉。凌晨三点，田甜敲响车窗。

李法医神情疲惫，头发乱成一团，鼻子红肿，打着哈欠坐进越野车，道：“抓到凶手，必须得千刀万剐。受害者很年轻，二十岁左右，真惨。”

侯大利问道：“死因是什么？”

“提取了胃内容物，还要做毒物实验。从目前解剖的情况来看，喉软骨和舌骨骨折，被人卡脖子，窒息死亡。组织腐败了，不太好观察肺部。他妈的，抓到凶手，千刀万剐。”李法医骂了两句，便坐在椅上闭目养神。

越野车开得甚为平稳，走了不到一公里，后座椅传来李法医轻微的鼾声。

　　"章红情况与此案有没有相似点？"观看解剖时，侯大利脑中反复出现章红案的画面，并与污水井女尸案进行对比。

　　连环作案的犯罪嫌疑人往往会形成较为固定的作案手法，刑侦人员往往也有习惯性思维。侯大利在侦办石秋阳案件中尝到过"串并案"的甜头，立刻将此案与章红案相对比，希望发现相似点。若是能够串并案，线索相对更多，破案可能性也往往会增加。

　　田甜在解剖污水井女尸时也将此案与章红案进行对比，道："章红颈前部皮下出血，喉部及气管周围也有出血，为扼颈窒息死亡。在这一点上，章红案与此案极为相似。不同点在于章红没有出现喉软骨和舌骨骨折，手脚也没有捆绑痕迹，而此案死者小腿和手腕有勒痕，应该被绑过。章红胃里检出安眠药成分，此案由于客观条件，没有检出安眠药类似成分。"

　　105专案组如今负责侦办丁丽案、杨帆案和章红案三个积案。污水井女尸案和章红案最为接近，但是与丁丽案和杨帆案完全不同，因此，侯大利和田甜不约而同将此案与章红案进行对比。

　　正在打鼾的李法医突然插话道："章红案也是我做的尸检，现在还记得很清楚。实话实说啊，卡喉咙在强奸杀人案中是常见动作，目前掌握的情况还不支持串并。"

　　侯大利道："李主任，醒了？刚才还在打鼾。"

　　李法医道："睡不踏实，一直半睡半醒。串并案是正常思路，但条件还不充分。"

　　三人讨论了一会儿案情，越野车来到李法医所在小区。李法医微微弓着背，慢慢走进小区，进了小区后，朝门外挥了挥手。

　　回到高森别墅车库，侯大利取下手套，丢进垃圾筒。

　　整个江州市公安局，开车戴手套的只有侯大利一人。侯大利行为上有些怪癖，同事都能够理解，毕竟全局只有这一个顶尖富二代。田甜打了个哈欠，道："为什么丢手套？这副手套应该挺贵。"侯大利道："手套有臭味，没法儿用了。"

从污水井出来以后，侯大利总觉得身上有一股说不清道不明的臭味，这股臭味牢牢黏在皮肤上，更准确来说是钻进皮肤里，无论如何冲洗都洗不掉。进了房间，脱掉上衣后，他又将手表取下，放在鼻尖，道："手表都有味道，不能用了。"

田甜道："这块表好几万吧？说不用就不用，太奢侈。"

侯大利道："手表真有臭味，不是丢掉，是暂时放一段时间。我第一次出命案现场，居然产生了心理阴影，命案现场和学校解剖室确实不一样。你以前遇到过类似情况没有？"

"我第一次解剖这类高度腐败的尸体时，恶心了好几天，身上也有洗不掉的恶臭。后来在家里安了大浴缸，扔些花瓣，彻底泡一泡。这是心理暗示，泡完似乎就不臭了。你这个别墅装修有些奇怪，居然没有浴缸，以后一定要安装。以后你出现场时，绝不会穿一身名牌。这一次出现场，损失好几万吧？"

田甜如今说起来风轻云淡，其实她第一次面对类似情况时，除了吐到满嘴胆汁以外，至少半月无法面对肉食。

自从乘坐机动船在河里寻找杨帆以后，侯大利便对流动水体产生了恐惧，站在河边盯住河水便会眩晕，严重时还会呕吐，因此家中没有浴缸，只有淋浴设施。他冲了淋浴，仍然无法消除身上的恶臭，于是和田甜一起来到江州大饭店，准备在饭店使用"浴缸大法"，彻底泡掉身上异味。

江州大饭店是侯家产业，侯大利在饭店常年备有房间，进饭店就和回家差不多。接到电话的服务员已经备好花瓣，放在浴缸里。

进入浴缸，水波晃动，眩晕如约而来，侯大利下意识抓住田甜，就如落水之人抓住一根稻草那般。田甜却会错了意，以为男友要与自己亲密，便挪动位置，转身坐在男友前面，靠入其怀中。侯大利以顽强毅力与水波斗争，紧紧抱住女友。

田甜靠在男友肩膀上，双腿向前蹬住浴缸。

浴缸水波开始晃动，波纹越来越大，水溢出浴缸，顺着浴缸壁流到地面。饭店在安装浴缸时早就预料到此情况，地砖有一定倾斜度，流出浴缸的水全部进入地漏，地面仍然干净清洁。

走出浴缸时，侯大利身上异味似乎真的消失了。

两人靠窗而坐，看着外面的夜景。天上一轮圆月，江州城在月光下如笼罩了一层薄雾，宛如仙境。白天看到的种种罪恶似乎都远去了，像一个恍惚的噩梦。

但侯大利很快回到了现实，说道："污水井女尸案线索很少，很难突破，估计还得放在105专案组，当作积案处理。"

田甜头靠在男友肩上，道："最关键是寻找尸源。"

侯大利道："朱支让老葛画像，就是想寻找尸源。"

田甜道："老葛刚刚接触犯罪画像，基本不可能画出有参考价值的画像，朱支是在磨他。我建议把头骨送到省厅做颅骨复原。省厅良主任是应用警星CCK型人像模拟组合系统的专家，同样一套系统，他做出的颅骨容貌复原就是比别人好，这是经验和天赋的结合，别人没办法比。"

侯大利道："希望凶手有足够的好奇心，回来看现场，污水井边的相机就能撞上大运，所有问题迎刃而解。"

第二章
颅骨复原技术

无名女尸

3月21日，发现污水井女尸的第二天，上午十一点，分管副局长刘战刚到刑警支队召开会议，汇总各部门情况，再次分析污水井女尸案。

宫建民将更多精力放在长青县灭门案，昨夜熬了一个通宵，双眼通红如兔子眼睛。他将长青县灭门案相关工作布置下去以后，又挤出时间研究污水井女尸案。

市刑警支队掌握的材料支离破碎：经尸检及理化检验，发现了喉软骨和舌骨骨折；DNA上传到省厅数据库，没有比对成功；毒物检验没有发现；指纹因为严重腐败而没有价值；衣物中没有找到能证明身份的物品；确定受害人死亡有五个月左右，死亡时间在去年11月上中旬。

现有线索如此之少，侦办案件难度非同一般，侦查员听到技术室报告后大多沉默不语。

会上，主管副局长刘战刚对长青县灭门案和污水井女尸案做了具体的分工。

第一，重案大队集中精力侦办长青县入室灭门案，此案有四人遇害，社会影响恶劣，是当前刑警支队的工作重点，必须在黄金七十二小时内破案，否则难度将大大上升。

第二，污水井女尸案归于105专案组，所有部门都要积极配合105专案组工作。

105专案组侦破石秋阳系列杀人案以后，原来的五件积案减少至两件，如今将杨帆案和污水井女尸案归于105专案组，105专案组负责的案件又增加到四件。

第一个案件，丁丽案，发案日期为1994年10月5日。受害人全身赤裸，颈部被切开，共有六处刀伤，有猥亵迹象，未发生性行为。

第二个案件，杨帆案，发案日期为2001年10月18日，受害人被推入江州河。

第三个案件，章红被扼颈窒息死亡，发案日期为2006年12月23日。经尸检，死者体内有大剂量安眠药。性别：女；职业：大学生；年龄：20岁。

第四个案件，受害人被扼颈窒息死亡，藏尸于师范后围墙污水井，死亡时间为2008年11月。

散会后，副局长刘战刚、刑警支队长宫建民和重案大队长陈阳以及105专案组全体成员留下来继续开会。

刘战刚罕见地不断抽烟，桌前烟灰缸摆了一堆烟屁股。他深吸了一口烟，道："105专案组在侦办石秋阳案件中发挥了重要作用，值得表扬。目前105专案组负责丁丽案、杨帆案、章红案和污水井女尸案，难度越来越大，希望大家发扬勇于拼搏的精神，再立新功。天网恢恢，疏而不漏，不管犯罪分子如何狡猾，最终都难逃我们刑警的火眼金睛。鼓励的话就说到这里，我就把重任交给大家。朱支来具体安排。"

105专案组成立以来成功侦办了蒋昌盛案、王涛案和赵冰如案，抓获了连环杀人凶手石秋阳，一战成名。正是因为此案破得十分漂亮，市局才会同意将污水井女尸案交给105专案组。

朱林道："线索太少，无法确定侦查方向。当前首要工作就是寻找尸源，具体如何找，我们回去安排。"

刘战刚点了点头，道："那好，各归各位。希望早日突破，早传捷报。"

105专案组领受任务后便回到刑警老楼。退役警犬大李原本趴在墙角，听到小车声音，耳朵竖了起来。它慢条斯理来到院内，冷眼看众人下车。朱林走到大李身边，蹲下来，轻轻在大李背上摸了摸。大李是功勋犬，很有自尊，专案组里只有朱林能碰它，其他人若是想碰它，都不会得到好脸色。

侯大利、田甜、葛向东都知道大李的臭脾气，打了招呼就上楼。

樊勇发扬了"傻儿"精神，蹲在大李面前，也想碰大李额头。大李很不爽这个动作，喉咙发出低沉吼声，颈上毛发竖了起来。樊勇举起双手，道："你别这么敏感，我们可是哥们儿。"

朱林走到楼梯口，道："樊傻儿，你和大李说话可以，别伸手乱摸。休息十分钟，开会。"

105专案组开会没有谈虚的，直接进入案件，讨论具体实施细节。

田甜首先提议道："我建议将头骨送到省厅，利用警星CCK型人像模拟组合系统复原出女尸的头像，良主任是这方面专家，国内有名。"

朱林愣了愣，拍了下额头，道："我陷入思维误区，只想到画像，没有想到省厅还能做颅骨复原。这个建议好，我等会儿给老朴打电话，请他联系，利用这个啥系统做颅骨容貌复原。"

田甜拿出一本小册子，道："我到省厅参加培训时，良主任专门介绍过警星CCK型人像模拟组合系统。这套系统获得过公安厅的科技进步一等奖，它的一个独特的功能是颅骨复原术，收集了丰富的部件库题材，对人的五官按特征进行了部件和部件类型的详细划分，既有正面相貌特征，又有侧面相貌特征。它按照任意组合的数学公式，全部画像可达90亿个。"

朱林拿出电话，拨通了省公安厅正处级侦查员老朴的电话。老朴已经知道江州市发生了灭门案和这起污水井女尸案，满口答应协调此事。

放下电话，朱林又道："葛朗台，你看过相片没有？"

葛向东仍然一脸苦相，道："昨天看得久了，晚饭都没法儿吃，吃了一口就吐出来。"

朱林做过多年刑警支队长，了解江州市局模拟画像的发展过程。江州市一开始运用刑事模拟画像技术时，只能利用图库拼图。由于图库具有局限性，细节体现不足，图像效果并不好。如今，技术民警采用电脑软件绘图，质量明显提高。但是，为了准确捕捉到犯罪嫌疑人的面部特征，绘图者仍然需要有美术功底。朱林做刑警支队长时考虑过培养画像师，只不过当时事情多，阴差阳错，耽误此事。

来到105专案组以后，朱林从日常工作中解脱出来，反而有时间和精力推动此事。他提出培养葛向东为画像师的建议，得到刘战刚、宫建民等人支持，这才有让葛向东画污水井尸体头像的举措。

葛向东继续发牢骚，道："朱支，如今是什么年代了？视频监控逐渐普及，DNA鉴定、痕迹检测等高科技手段非常可靠，画像师应该被淘汰了。"

朱林道："尽管科技发展了，但是模拟画像仍然是一门无法替代的刑侦技术。如果一段监控视频里，嫌疑人刚好处于角落位置，画面模糊失真，或者他没有露出正脸，模拟画像就很重要，这是其他手段弥补不了的。关局、刘局都点了头，你必须做这事，还得做好。"

胳膊终究拧不过大腿，葛向东满脸郁闷，其搭档樊勇却在一旁幸灾乐祸。

侯大利提起另一个话题，道："朱支，石秋阳提供了杨帆遇害的线索，现在距离案发日已有八年。当时没有立案，翻遍档案馆和资料室都找不到材料，目前根本没有侦破此案的切入点。"

"你别绕圈子，有什么想法，直接说。"朱林知道侯大利主动提起这个话题肯定不是抱怨，而是另有意图。

侯大利道："当年刑警支队侦查方向是正确的，谋杀杨帆的凶手肯定是学生，而且是追求杨帆的学生。我建议将杨帆落水真相暂时保密，否则会提醒凶手，增加侦破难度。"

杨帆遇害时，除了石秋阳远距离看见了凶手模糊的身影以外，没有留下任何线索，破案难度极大。因此，在朱林心目中，当前最重要的工作是侦办污水井女尸案。他略微沉吟，道："案件在侦办过程中本来就有保密要求，没有侦查员会透露案件侦办具体情况，我会跟宫支谈这事，在开会时再强调一次。只是，石秋阳提供了杨帆遇害的重要线索，开庭之时，此事就无法保密。"

侯大利道："能保密多久算多久，或许在这一段时间能有突破性发现。另外，建议请当年侦查员开个会，再回忆一下当初调查的情况。"

半小时后，老朴传回信息，刑侦技术总队良主任同意为江州污水井女尸做颅骨复原，还同意让葛向东在省厅进行为期一个月的培训，专攻模拟画像。

刑警支队长宫建民接到朱林电话以后，立刻安排支队办公室正式行文呈报刑侦总队，请求做无名女尸颅骨复原。

3月21日，发现污水井女尸第二天，下午三点，田甜和葛向东前往省城阳州。

与此同时，除了外出办案的黄卫，当年办理杨帆案的几个刑警陆续来到刑警老楼。开会时，朱林先强调保密纪律，再由当年参加调查的办案民警回忆各自调查情况。

侯大利做记录时，心情颇为紧张，紧盯办案民警的嘴，希望他们能说出一星半点线索。希望越大，失望越大，杨帆落水是八年前的事情，当年的办案民警这几年间办案无数，对未立案的落水事件印象模糊，提供不了有价值的线索。

邵勇在离开会议室前，忽然想起一件事，道："黄大队有记工作笔记的习惯，每天回来都要记下当天发生的事。找找他，说不定会有新线索。"

侦办朱建伟案时，侯大利发现了犯罪嫌疑人张勇不在杀人现场的直接证据，直接导致当时的重案大队长黄卫被调离刑警支队，到乡镇派出所担任所长。这件事情发生后，重案大队侦查员普遍对侯大利产生了看法。在侦办石秋阳系列杀人案时，侯大利在关键时刻挺身而出，自愿替换人质，表现英勇。经此役，重案大队诸人慢慢接受了侯大利。但是，被调离刑警支队的黄卫是否接受侯大利，还很难说。

黄卫接到朱林电话，爽快地道："我回到江州就给朱支打电话，到时让侯大利过来取工作笔记。我知道侯大利有顾忌，其实没必要。现在回想起来，我还得感谢他，若不是他发现张勇不在现场的证据，我极有可能办一件冤案。每次想到这一点，我都会吓出一身鸡皮疙瘩。"

得知黄卫态度，侯大利松了一口气。他家世优越，在刑警支队工作目标非常明确，就是捉拿杀害杨帆的凶手，因此很长一段时间都特立独行。随着工作时间增长，他越来越认识到，现代办案依靠集体力量，福尔摩斯式办案方法已经非常古典，落后于时代。有了这个认识，他慢慢融入集体，开始重视同事之间的关系。

会议结束，侯大利回到刑警老楼三楼资料室，调出章红案和污水井女尸案的资料，在投影仪上反复观看，寻找突破点。

临近下班时，金传统打来电话，道："大利，有个聚会，晚上到家里吃饭。你先过来，我们聊点事情。"

"聚会，有谁来呀？"

污水井女尸案在师范工地发现，师范项目正是由金氏地产开发，金传统约吃饭多半与此事有关，侯大利暗自琢磨是否要参加聚会。

金传统道："两群人，一群是同学，阳州蒋小勇要来；另一群是留法同学。别矫情了，你什么时候过来？"

蒋小勇是江州一中毕业生，高一时曾经追求过杨帆，是侯大利重点观察对象之一。蒋小勇平时在省城银行上班，回江州时间不多，接触机会少。得知蒋小勇要来，侯大利便不再犹豫，痛快道："我十分钟后出发。"

金传统所住的金山别墅与高森别墅隔河相望，各依一座小山，是江州最有名的两个高档别墅区。金传统独自一人居住在占地四亩的独幢别墅。别墅按东方园林样式修建，小桥流水，曲径通幽。他在法国生活两年，吸收了某些西式生活方式，比如在别墅里开派对，一帮朋友唱歌、跳舞、聊天、喝酒、烤肉，玩得很嗨。

侯大利走进别墅时，看见院子里摆了三副烧烤架子，两个厨师在打理菜品，三个灰色制服工人从花园旁的皮卡车运送啤酒、红酒和饮料。

金传统穿了一身白色运动套装，脚上是一双黄皮鞋。黄皮鞋颜色特别，是一种很难细分的淡黄色。

"你穿鞋品位很特殊哇。"这双鞋色彩太过特殊，侯大利第一时间就被这双鞋吸引。

金传统跷起二郎腿，摆了摆，道："穿惯了这个牌子的鞋，不想换。阿尼鞋就是颜色太风骚，不过我喜欢。"

两人来到园中小亭里坐下，喝江州绿茶。

"工地上的女尸到底是怎么回事？如今传言纷纷，快把师范新楼盘说成凶宅了。师范工地体量大，若是卖不出去，那我就亏惨了。"金传统直言不讳问起了污水井女尸。

侯大利道："这是刑事案件，和经济行为没有关系。具体细节无可奉告，只能说支队正在全力破案。你要有心理准备，这种积案，有可能破，也有可能破不了。"

金传统跷着二郎腿，还是吊儿郎当的模样，道："杨帆出事后，你这人变得太多，一点都不潇洒。支队已经将这个案子派给了你们专案组……不要用眼睛瞪我，你走你的车道，我有我的马路，基本情况我还是了解的。今天我不是要你们开后门，而是作为一个纳税人监督你们抓紧破案，早点破掉那些流言蜚语，我会要求手下全力配合专案组。监督这个词听起来刺耳吧？我是纳税人，而且纳的税很多，监督你们这些被纳税人养着的人做工作，天经地义吧。"

侯大利不客气地道："屁话！我不是纳税人养的，我是通过工作挣工资，记住重点，我是劳动换工资。只有五保户、吃低保的才是被纳税人养的。"

金传统拍了下脑袋，道："你这个说法有道理呀，干活儿拿钱，确实是这么回事。但是，国内国外都说政府没有创造价值，是纳税人养活的，难道这种常识性说法是错的？"

说话间，杨红出现在小院，走到亭边，道："金老板还真懂得享受，小亭、流水、香茶，日子安逸。"

金传统笑道："就差杨美女了，快进来补齐。"

"张晓马上进来了，她负责当美女，我欣赏风景。"杨红背着手，去欣赏正在盛开的桃花。墙角种了十几株桃树，桃花开得灿烂，将墙角装扮得格外漂亮。

侯大利渐渐将谈话内容转到蒋小勇，道："蒋小勇回江州，你很重视啊，这不符合你的风格。"

金传统直言不讳道："蒋小勇从财经大学毕业后进了山南银行，如今在省行很受器重，迟早要爬起来。我们这些资本家总得跟银行打交道，提前烧冷锅，以后好办事。"

江州房地产市场比起省会城市阳州来说只是略逊一筹，在省内绝对是亚军。江州房地产市场有一个奇怪现象，国内知名房地产商在江州战绩很一般，不如本地金氏房地产公司和国龙集团江州房地产公司。今天坐在此处的两人便是金氏房产和国龙集团的两位太子。这两位太子情况稍有不同，侯大利没有在国龙集团工作，而是选择做一名普通刑警。金传统则独立经营了金氏房产一家子公司，近期开发的楼盘销售势头甚至超过了国龙集团江州房地产公司。

陆续有小车开到别墅门前，门前是小广场，可以停四十多台车。金传统本人使用的车库在别墅下方，有四个车位。侯大利受到优待，开车进来时没有停在外面小广场，而是直接进入别墅车库。停车后，从车库内门直接进入别墅。

小亭建在室内高地，坐在小亭聊天时，能够看到别墅外面的停车场。陆续来了三辆车，下来的皆是同学。

第四辆是越野车，下来一高一矮两人。看到这两人，侯大利瞳孔微微收缩。高个子同学正是在省城阳州银行工作的蒋小勇，当年读高一时，他还是一个一米六八左右的小个子，三年高中读完，如吹气一样膨胀，成为身高一米八四的胖子。

另一个稍矮的同学，其实也不算矮，有一米七五左右，只不过与蒋小勇相比显得矮小，恰好也是曾经追求过杨帆的王永强。王永强和杨帆是初中同学，从杨帆初中日记可以看出，王永强在初中阶段曾经追求过杨帆。

凡是追求过杨帆的同学都在侯大利重点考察名单之中。今天聚会居然来了蒋小勇和王永强两个人，算是意外收获。

天色暗了下来，别墅灯光渐次亮起来。大家在院外开始烧烤，四人小乐队在回廊处演奏。金传统经常在家里聚会，回廊处放置着一架钢琴。平时不演奏时，可滑动的两扇折叠门拉过来，形成封闭小琴房。需要乐队演奏时，拉开折叠门，琴房立刻就成微型乐池。

陆续又开来好几辆车，院子里热闹起来。

金传统如今是开发商，平时走得近的高中同学都沾了光，李武林、张晓、杨红等人跟随金传统做配套工程，或者提供建材。前一幢楼销售火爆，今天在座的不少同学都跟着发了一笔财。也正因如此，金传统搞聚会，总是一呼百应，热闹非凡。

金传统在家里聚会从来不请公司里的人，哪怕关系再好也不请。今天聚会来了三十多人，除了同学以外，还有金传统留法同学。留法同学都是从省城阳州开车过来，随行还有几个美女。这几个美女相貌和气质俱佳，明眸皓齿，光鲜活亮，很是养眼。

物以类聚，人以群分，江州一中的同学们占据了两个烧烤位，金传统的朋友们则使用另外一个烧烤位。金传统朋友那边颇多美女，莺歌燕舞，色彩斑斓，比江州同学这边更热闹，很吸引男人目光。

金传统拿着酒杯四外乱逛，情绪很高，声音亢奋。

杨红低声对张晓道："金传统今天有可能要喝醉，等会儿找机会把他叫过来躲躲酒。"

张晓眉清目秀，属于小家碧玉类型。她没有回应杨红，放了一块牛肉在铁板上，道："传统为了聚会挺花心思，海鲜是派人到东山岛特意挑选的，急冻以后空运回来。牛肉是专门到巴岳山农家养牛场挑选的黄牛，黄牛散养在山上，肉质比普通商场的牛肉好得多。"

新鲜黄牛肉制成的牛排确实不一般，在铁板上发出嗞嗞的声音，雪花状牛肉炙烤出油汁，散发诱人香味。

张晓又道："红酒是国外进口的，不是国内灌装的假进口，是真从国外带回来的。传统以前在法国读书的时候，经常去酒庄，有自己的渠道。"

蒋小勇喝了一小口红酒，道："张晓，你和老金到底怎么回事？以前你们就谈过恋爱，现在你未嫁，他未娶，正好可以从头再来。"

"别谈这些事，勇行长，碰一杯。"张晓举起酒杯，轻轻与蒋小勇碰了碰。

四人小乐队唱着慵懒的歌，与平常曲调不一样。蒋小勇朝回廊望了几眼，道："乐队唱的什么玩意儿？难听得很。"

王永强笑道："勇行长不识货了，这是蓝调音乐，很高级。"

蒋小勇龇了下牙，道："吉他弹起来就和哭声一样，我不明白哪里高级。"

王永强解释道："给勇行长普及点常识。蓝调是爵士、摇滚及福音歌曲的老祖宗，来源于黑人，音阶是采用降第三音和降第七音以模仿西方音阶，早期乐手使用提琴或班乔琴演奏，还有一些乐手故意使音符走调，借以抒发情绪，这就是蓝调。勇行长说吉他听起来像哭一样，其实说明勇行长乐感还不错，真正听出了蓝调味道。"

杨红在一旁调侃道："王校，请不要拍蒋小勇马屁。"

王永强自嘲道："我们做企业的怎么能不拍银行马屁？其实我们挺可怜，拍了马屁，勇行长也不会放款给我们。大利和传统家里的大企业，不用拍马屁，银行追着屁股求他们贷款。"

侯大利道："别把我扯进来，我是我，国龙是国龙啊。"

王永强道："国龙集团不是上市公司，你是真正的国龙太子，人比人得死。"

"你别在这里叫苦了。我和金传统是富二代，你是富一代，比我们硬气。如果我爸不是侯国龙，我现在哪里能够开豪车？顶多骑个烂摩托。王永强能开小车，就是比我强。"

虽然和同学们谈笑风生，侯大利内心却很是冷静，一点都没有兴奋感。自从杨帆遇害以后，他的世界便发生了明显的不可逆转的变化——整个人分成两半，表面和大家是同学，内心深处却独自困在一处幽暗之地。抛尸于污水井的凶手很有可能骑摩托，侯大利有意谈起摩托，主要是试探王永强。

王永强笑道："汽车是铁包肉，摩托车是肉包铁，我这人胆小，不敢骑摩托。"

侯大利问身边的杨红，道："王永强是当老板的人，胆子不会小吧？"

杨红道："我刚开始跟着金传统混的时候，王永强就开小车。他若胆子小，我们就没胆。"

金传统端着酒杯走了过来，道："大利，介绍你认识几个朋友，都是省城来的。"

侯大利曾经在省城阳州读过初中，与一帮富二代玩得很嗨，当年颇有名气。杨帆之死成为其人生分水岭，从此以后，他断绝与省城富二代的所有联系。如今他要混进江州一中同学群，就得有混进群里的姿态，和金传统一起来到另一桌烧烤。

"各位，给大家介绍一位大人物。"金传统略有醉意，抚着侯大利肩膀。

省城来人皆是留法同乡会朋友，大多家境良好，听到金传统说起"大人物"时，不以为意，没有挪动屁股，也没人请侯大利坐下来。

金传统夸张地竖起大拇指，道："这位哥们儿毕业于政法大学刑侦系，天才刑警，屡破奇案。"

一个女生听说侯大利是天才刑警，仰头望了一眼，眼前顿觉一亮，道："哇，好帅。"

侯大利与金传统是截然不同的类型。金传统虽然不胖，但是没有太多肌肉，属于细皮嫩肉型的富家公子。侯大利身形挺拔，浓眉大眼，五官端正，是典型的硬派小生。他又和舞台上演出来的硬派小生不一样，从警过程中曾与死神擦肩而过，有一种发自内心的硬朗。这种硬朗装不出来，也演不出来。

侯大利没有坐下来，举起酒杯，道："欢迎到江州，敬大家一杯，玩得开心。我先饮为敬。"

侯大利喝了一小杯葡萄酒。座中人对来人不在意，看在金传统面子，端了端酒杯，好几人只是沾了沾嘴皮。

金传统继续挽着侯大利胳膊，道："大利是我的高中同学，当年我们关系最好。我再给你们说一件事，大利的父亲所有人都知道，百分之百知道，只要是山南人，谁不知道大利的爸爸。"

大家只是笑，并未在意"大利的爸爸"是谁。金传统做了长篇铺垫以后，公布了答案，道："大利是国龙集团太子。"

一个戴眼镜的男子道："什么集团？"

金传统道："国龙集团。"

眼镜男闻言立刻站起来，道："你是大利哥呀，我脑袋真笨哪，侯叔和李阿姨都是江州人。我姓戴，大利哥叫我小戴就行了。我爸和侯叔合作多年了，我和侯叔经常见面。"

侯大利除了与江州夏晓宇关系良好以外，很少过问父亲生意上的事情，准确地说是完全不过问。金传统了解这一情况，见到侯大利对小戴没有什么反应，道："大利痴迷破案，不管生意。小戴父亲是戴龙集团二把手。"

小戴道："戴龙是我的伯父。"

戴龙集团是省城一家颇具规模的公司，与丁晨光、侯国龙皆在同一行业。侯大利在家里还真见过戴龙，道："哦，记起来了，前一次戴叔在家里吃饭。"

小戴道："大利哥，别站着呀。你们屁股动一下，给大利哥腾个位置。"

侯大利顿时就成了这一桌的核心。几个美女原本对侯大利这个帅哥刑警是好奇，得知其为侯国龙独生子以后，态度发生了微妙变化，由好奇变成了崇敬，满眼是星星闪烁。

侯大利原本准备过来应酬一下就回到同学那一桌，被金传统故意揭破身份后，受到这一桌热情欢迎，也就顺势坐了下来。金传统的几位非美女朋友皆是生意场中人，与侯家有千丝万缕的联系。大家争先恐后做自我介绍，主动大杯喝起红酒。

侯大利随口询问了绰号"烂屁股""烂人"等几个朋友，没有料到座中人听到这几人绰号后更是肃然起敬。当年的"烂屁股"如今拥有一家五星级酒店，其中一个留法学生是其助理。留法学生接通了"烂屁股"电话，把电话递给侯大利。侯大利张口叫了声"烂屁股"，对面人正要发作，随即意识到叫自己"烂屁股"的不是普通人，想了想，道："你是'变态'？"

侯大利道："好久没有人叫我这个绰号了。"对面的"烂屁股"哈哈大笑，道："刚才你一声'烂屁股'把我也叫蒙了。"

打完电话，侯大利将电话还给留法学生。留法学生站起来接过电话，态度异常恭敬。

聊了一会儿，侯大利回到同学那一桌。这时另一桌的美女轮番过来敬酒，表面上是敬所有同学，实则是敬侯大利。

几杯过后，杨红有了莫名醋意，道："大利，这几个美女冲着你来的。"她又对张晓道："你也得小心，传统又不是特殊材料做成的，小心被勾引。"

张晓眼光挺复杂，道："谁都可能被引诱，除了金传统。"

杨红道："男人不能考验，考验是自找无趣。"

张晓道："金传统不会，最多表面装成花花公子。"

小乐队休息几分钟以后，曲风发生了变化，由蓝调变成了探戈。

杨红道："这曲子很熟悉呀，就是记不清楚是什么曲子。王永强，你知道吗？"

王永强道："曲子叫《一步之差》，或者叫《只为伊人》，就是《真实的谎言》中主人公跳舞的曲子。这个曲子意思很大众，追女人就和赌马一样，充满刺激，也可能让人输得一文不名。"

侯大利也觉得曲子熟悉，听王永强解释才想起当年大片的经典镜头，竖起大拇指，道："王校知识广博，厉害，更厉害的是赚钱的本事。老金有老爹提供资金和人才，搞房地产公司不稀奇，其他同学搭金传统的便车，快速发笔小财也不稀奇。王校白手起家搞起一家培训学校，了不起。我说的是真心话。"

王永强自嘲道："我高考前生了一场病，结果考了中专，那是一个烂学校。两年毕业，我被迫自谋职业，运气比较好，恰好找到一个空白点。"

蒋小勇感慨道："我在财经，王校在铁专，那时我们两人经常到各个学校去看美女。时间过得真快，一晃就是好多年了。"

金传统借酒兴，拉着一个身材窈窕的女子来到场中间。女子咯咯笑道："我是学民族舞的，探戈跳得不好。"

金传统不管，搂着女子，在乐队前面的小院子里跳起来。平时不喜运动的金传统跳起舞来顿时如换了一个人，一举一动极具专业水准。被拉过来的女子最初只是不想和非专业人员跳舞，进场后见到金传统眼神和身体语言便知道遇到行家，这才真正有了兴致。

小乐队多次在金传统的家演奏此曲，配合得很默契。音乐首段慵懒，进到B段转小调，激情渐起，舞者似敌似友，互相较劲又默契合作。小提琴高调又内敛，引领旋律，犹如踩着探戈舞步的女人，步伐高贵，傲视一切，偏偏又对舞伴欲迎还拒，纠缠其中。钢琴手在音乐高潮到来前有力击键，仿佛是在下一个旋转前深吸一口气，然后出发，征服世界。

侯大利不太懂音乐，也被乐队的演奏和两个舞者形成的独特气场所吸引。

金传统平时总是吊儿郎当，乐曲响起以后，脸上神情变得严肃，跳得非常认真，仿佛正在金碧辉煌的大礼堂演出。跳舞结束，女子微微屈膝，然后张开双臂，抱住金传统来了一个热吻。

杨红、蒋小勇、王永强等人都转眼看着张晓。张晓见到这个情景无动于衷，如同未见。杨红很有些哀其不幸，怒其不争，道："这个你都不管？"

张晓凝视在场中热吻的金传统，摇了摇头。

烧烤只是聚会的一个环节，吃喝一阵，大家有了酒意，在别墅乱窜，各占一块地盘。侯大利走到葡萄架下，独自喝酒，冷眼旁观场中人。杨红端着酒杯找了过来，道："你怎么一个人在这里？"侯大利道："这里清静。"

两人在葡萄架下聊了几句，侯大利冷不丁道："王永强条件不错，一直没有谈恋爱？"

杨红轻笑几声，道："你高中阶段两耳不闻窗外事，也没几个朋友，很多事情不知道。高考前体检，男生那边传来很多小话，说是王永强皮肤上有很多鳞片，和鱼差不多，脱下衣服，体检医生都吓了一跳。"

侯大利道："夸张吧？我看见过王永强穿短袖。"

杨红道："他皮肤病冬天严重，夏天渐轻或者消失。"

侯大利道："我还真有些佩服王永强，富一代，不容易。"

杨红道："王永强的爸爸以前做生意，后来变成赌鬼，败了家。听说王永强的妈妈以前挺厉害，后来生病，做不了事。王永强高考失利，应该跟家里有关。我、李武林、王胖子都是跟着金传统才能发点小财，王永强没靠金传统就把学校办起来，挺厉害的。"

聊天时，杨红有意无意靠近侯大利，胳膊碰着胳膊。侯大利有意避开杨红，借口拿酒，离开葡萄架。他拿着酒杯来到三楼阳台，在此处可以俯视整个别墅。在阳台站了几分钟之后，蒋小勇走了过来，与侯大利碰了一杯，道："都不知道张晓是怎么想的，居然能够忍受这个花花公子，都是钱害的。我本人对金传统没有意见，就事论事，有钱人的世界我真不懂。哎，差点忘记了，大利也是有钱人，侯家比金家更有钱。"

蒋小勇一直都是侯大利的怀疑对象之一。今天能面对面接触，侯大利自然不能浪费良机，主动碰了杯，道："我记得你高一时个子也不高，居然长成大高个儿。"

蒋小勇道："我发育晚，高三下学期才开始长，高三才一米七，大二就长到一米八三。"

侯大利又道："毕业就在银行工作？"

蒋小勇道："一直在银行。"

侯大利道："女朋友是江州的？"

蒋小勇笑道："忙得不行，哪里有时间谈恋爱？"

两人在高中阶段没有什么交集，工作后各在一地，行业完全不同，如果不是金传统召集聚会，很难会面。侯大利看似随意闲聊，实则预设了话题，通过闲聊方式掌握蒋小勇比较真实的行为轨迹和社会关系。

　　一个女子走了过来，正是与金传统一起跳舞的那个身材修长的女子。女子略有酒意，左右手各端着一杯酒，道："侯哥，原来你在这里。我最佩服警察，一定要敬你一杯。"

　　蒋小勇道："我在这儿是多余的人了，把空间留给你们。拜拜。"

　　那女子举着杯，道："谢了，胖哥。"

　　女子将酒杯递给了侯大利，道："小妹敬侯哥一杯。小美女敬酒，侯哥别推啊。"侯大利本性是洒脱之人，接过女子酒杯，道："舞跳得不错，专业就是不一样。"

　　女子个子挺高，长期舞蹈训练让她身材健美匀称，体脂率极低，是一等一的美女。她甜甜一笑，道："我最初没有想到金哥跳得这么好，上场时还有点勉强，谁知金哥跳得很专业，让我认识到了金哥的另一面。我姓陈，名字很俗，叫陈梅。"

　　"确实是很大众化的名字。"侯大利接过酒杯，与陈梅碰了碰，然后一饮而尽。

　　陈梅是丹凤眼，望着侯大利，眼睛眨啊眨，甜甜地笑道："楼下有一套卡拉OK设备，我们唱歌。"

　　侯大利道："我唱歌很难听。"

　　"我唱给你听。我虽然是学舞蹈的，唱歌也不错。"陈梅牵着侯大利衣袖，轻轻摇，软语相求。

　　这个动作让侯大利想起了杨帆，心顿时软了。他跟着陈梅来到楼下卡拉OK室。进屋后，陈梅道："大利哥，我给你唱两首。你喜欢听什么？"

　　侯大利随口道："我喜欢听《阿尔罕布拉宫的回忆》。"

　　"这是吉他曲，我唱不了，"陈梅道，"我唱一首《要抱抱》，听过没有？"

　　侯大利道："闻所未闻。"

陈梅抛了个媚眼，拿起话筒，开始唱歌。

"戴上黑眼罩，压力统统消失掉，看到你出现，感觉全身在过电，你也看着我，好像注定我是你的，Hello baby，要抱抱，鼓起勇气，要抱抱……"此曲节奏明快，歌词简单，陈梅一边唱一边扭动身体，很快调动起气氛。

陈梅唱到一半，改成播放模式，过来牵起侯大利的手，道："我们一起跳舞。"

侯大利跟随陈梅摇摆，偶尔间有身体触碰，只觉得她身上散发出来的香气特别好闻。他身体深处的欲望慢慢开始释放，只觉得眼前女子变得特别性感和漂亮。一曲唱罢，陈梅又播放了一首节奏明快的歌曲。

"侯哥，你好帅呀，我喜欢你。"陈梅双手搂住侯大利脖子，呼气如兰，热情似火，胯部不停扭动，主动触碰侯大利的敏感部位。

侯大利身体反应远比平时强烈，软香入怀时，有刹那间迷醉。杨帆出事以后，他身心受到重创，内分泌系统和神经系统发生了变化。这个变化成为防火墙，在关键时刻起了作用，他用毅力压制欲望，放开眼前女子，坚决离开小房间，到楼下卫生间用冷水浇头。

走到屋外，山风吹来，侯大利做了几个深呼吸，身体里的炽热便弱了几分。

陈梅站在门口，看着猎物径直离开，悻悻然回到一楼。

金传统正和朋友在旁边窥视，看到陈梅过来，狂笑道："你输了。没有搞定大利吧？"

陈梅道："侯哥其实也兴奋了，只不过他自控能力极强，关键时候跑了。"

"你用了什么方法？酒里有东西？"侯大利从墙角出来，头上和脸上有水渍，语气冷冷的。

金传统笑得十分欢畅，道："别这么严肃，开个小玩笑。刚才我和陈梅打赌，只要今天陈梅搞定你，我输十万。"

侯大利盯着陈梅，道："酒里放了什么？"

美人计没有成功，陈梅表情很糗，道："放心，没有那些东西。"

侯大利道："什么东西？"

陈梅道："酒里是爱草液，我身上洒了知心爱人。"

金传统大笑道："爱草液原本是治疗性冷淡的，知心爱人是特制香水。爱草液和知心爱人混合使用，是调情利器。大利离开圈子太久，变成乡巴佬。这和毒品无关，高科技，激发情欲。"

侯大利指着金传统鼻子，冷冷道："只此一次，下不为例，否则和你翻脸。"

金传统借着酒精的作用，原本还要开玩笑，见侯大利锋利眼光如刺刀一样，玩笑话便说不出口，堵在嘴里。

利用颅骨复原寻找尸源

3月22日，发现污水井女尸第三天。

侯大利和樊勇组成临时搭档，前往师范后围墙。

樊勇下了楼，看到大李趴在往常停留的角落，停下脚步，道："我们要出现场，你去不去？"

这本是一句玩笑话，谁知平时素来谁都不理的大李居然利索地站起来，罕见地蹭了蹭樊勇的裤角。它是一只威严的警犬，此刻居然有了讨好樊勇的表情。

樊勇心中一动，道："你想去？"

大李点了头。

樊勇惊讶地道："神了，大李居然能听懂。"

朱林搭着毛巾从一楼健身房走出来，道："大李是最优秀的警犬，聪明得紧，什么都懂。它想去现场，那就让它去吧。"

侯大利和樊勇乘坐越野车来到距离师范后街断掉的围墙最近的地方。侯大利开车，樊勇和大李坐在后座。樊勇很兴奋，一直在絮絮叨叨，甚至还将手搭在大李脖子处。大李很烦这个啰唆的男子，为了能出现场，把这口气忍住了，不时翻翻白眼。

终于停下车，大李用最快速度下车，下车以后，稍有犹豫，还是停下来等待啰唆的大个子。大李以前在院子里坚决不肯接受束缚，也不理睬这个傻乎乎的大个子刑警，此刻跟着樊勇来到现场，似乎一下找到当年的状态，自愿被套上颈圈，神情严肃，目光炯炯。

樊勇和大李站在围墙缺口处，不让其他闲人靠拢。缺口处原本没有人，有了大李这条雄壮的警犬，反而引起行人的注意。行人停下脚步朝缺口处张望，又怯于威武的大李，只能伸长脖子朝里张望。

第一次勘查现场时，樊勇拍了不少围观者的相片。这些相片暂存于资料室，侯大利有空就拿出来翻看，寻找可疑人员，遗憾的是翻看无数次，也没有找到可疑之人。

侯大利站在污水井，四处张望，将眼前景色全部"摄入"大脑，补充脑中原有的现场细节。到了此刻，细节在侯大利脑海中已经极为丰富，形成了立体影像。

影像一：凶手骑着摩托车（或自行车），将尸体装进袋子里，放在后座。摩托车（或自行车）通过师范后围墙缺口，凶手将尸体扔进污水井，盖好井盖，骑车离开。影像一又可分为两个影像：一个影像，凶手是从师范后街方向而来，拐入缺口；另一个影像，凶手是中山大道方向沿着师范后围墙小道而来，拐进缺口。

影像二：凶手从工地走来，身上背着尸体，来到师范后围墙污水井处。凶手将尸体扔进污水井，盖好井盖，又走进工地。影像二也可分为两个影像：一个影像，凶手从工地来，又回到工地；另一个影像，凶手从工地来，从缺口离开。

侯大利脑中如放电影一般，将所有情况轮番放映一遍。

樊勇和大李回到污水井处，侯大利仍然沉浸在脑海中的虚拟世界，呆若木鸡。围墙缺口处来了一条流浪狗，刚跑几步，发现了大李。大李喉咙发出低沉的呜咽声，流浪狗根本不敢与大李对视，夹着尾巴，仓皇跑出围墙。

大李的声音将侯大利从自我的脑海世界中惊醒，道："老樊，你不要动脑筋，凭直觉一口气回答一个问题。凶手是从工地过来，还是从围墙缺口处进来？"

樊勇没有思考，脱口而出，道："凶手肯定是从围墙缺口进入。工地有监控，人来人往，除非凶手是工地里的人，才有可能从工地进来。若凶手是工地里的人，将尸体抛在污水井，那就是等着被发现，纯粹脑袋有病。"

不管是脑海中的影像，还是樊勇的直觉，都没有证据支撑，有可能接近真相，也有可能是瞎猜。

污水井旁边那棵大树的隐蔽处还设置有红外线触发式野生动物监测相机，侯大利取出存储卡，和樊勇、大李一起从污水井走向工地。

师范工地分了三期，污水井处于第三期工程。从污水井出发，走过一条水泥道，便来到了第二期工地范围。再走一百来米，来到第一期工地围墙处。目前正在施工的是第一期工程。一个保安守在围墙后门，用警惕的眼光瞧着两人和一犬。

樊勇道："工地后门有人守卫，晚上要锁门，安装有监控。凶手绝对不可能穿过工地到污水井抛尸，除非这人疯了。"

污水井发现女尸的当天，派出所副所长钱刚负责调查走访，亲自查看了工地视频。工地监控视频只保留了三个月，去年11月的视频已经删除，没有在案发时段进出人员的视频资料。

侯大利望着监控视频，深觉遗憾。如果工地视频能保留一年，或者存入云端，就可以大体确定凶手到达污水井的途径。

出示身份证件以后，侯大利、樊勇和大李一起进入第一期工地，在保安的陪同下，从前门走出工地。经过第二次实地查看，侯大利基本同意了樊勇的观点：凶手只有可能从后围墙缺口到达污水井。

回到刑警老楼，大李对樊勇的态度发生了明显转变，以前大李只听朱林招呼，如今也开始听樊勇指挥。大李有些累，趴在小屋外休息。樊勇跟了过去，与大李并排坐在地上。

侯大利从红外线相机中取出了存储卡，将所录视频全部拷贝在电脑里。存储卡中没有彩蛋从天而落，从发现污水井女尸到取卡这一段时间，没有任何可疑人员靠近污水井。有工人和拾荒者经过污水井，但都未曾停留。

污水井女尸案到此遇到瓶颈，无法向前推动，只能等待颅骨复原。若是颅骨复原后能找到尸源，案侦工作才有可能继续。等待颅骨复原的时候，侯大利没有闲着，将主要精力转移到杨帆案和章红案。

他至少将提审石秋阳的监控视频看了二十遍，将石秋阳所说的每一个字都印入脑海之中。他的脑海中形成一幅逼真的画面：杨帆下课准时回家，来到世安桥时，看到一个瘦小个子招手；她下车，与瘦小个子交谈，发生冲突；瘦小个子将杨帆推下河，杨帆抱住石栏杆，瘦小个子强行将杨帆的手掰开；杨帆落水后，被汹涌河水瞬间吞没。

石秋阳为了延长自己的生命，以便等到小生命出生，在叙述案情时非常冷静客观，尽量还原案发时情景。正因如此，每次听到"瘦小个子掰开杨帆的手，让那个女孩子掉下河"这句话，侯大利就无法抑制悲愤，哪怕听了二十遍叙述，仍然会捶胸顿足，泪流满面。

困扰他多年的想法抑制不住地冒出来："如果我不和省城哥们儿喝酒，而是送杨帆回家，就不会出事。"这个想法演化成如莽山铬铁头那种毒蛇，沿着血液反复吞噬所有重要器官。

石秋阳落网之前，杨帆落水被认为是意外事故；如今确定杨帆是遇害，正式立案后，案侦工作随即展开。105专案组从江州一中收集了当时初三、高一、高二、高三的集体照，由于初三和高三要多上一节课，放学时杨帆已经落水，所以基本排除了初三和高三学生作案的可能性。专案组将关注重点放在高一和高二。高一和高二两个年级当时共有学生973人，女生463人，男生510人。

侯大利将能收集的高一和高二两个年级男生的相片全部扫描，制作成电子卡片，只要有时间，便坐在资料室用投影仪观看当年同学们的相片。他又特意制作了陈雷、李武林、蒋小勇、王忠诚和王永强五个重点人员的卡片，时刻放在身上。

朱林第二次上楼时，侯大利仍然在投影仪上看卷宗，连姿势都没有变化。

"大利，丁丽案、杨帆案、章红案和污水井女尸案，你认为互相之间有联系吗？"

"丁丽案时间太长，可以单独列出来。杨帆被人推入世安河，与其他作案手法都不一样。章红案和污水井无名女尸案都是扼脖子，手法接近，这是重要联系点。"

"你坚持认为杀害杨帆的凶手是学生？"

"杨帆的社会关系非常单纯，绝对是学生作案，而且是她的追求者。"

"不要用'绝对'两个字。现场各种意外都有可能发生，比如恰好有一个体形瘦小的过路人临时起意……你别急着否定，这种情况完全可能。如今线索太少，要破案，只能是拔出萝卜带出泥。作为侦查员，要客观冷静，尽量克制自己的情感。"

侯大利知道朱林所说是实情，更觉得内心一片冰冷。

远处天空出现一道闪电，随后传来一声闷响。朱林站到窗前，抬头远望黑沉沉的天空，道："希望田甜和葛朗台能有收获，确定污水井女尸身份。这四个案子中，最有可能侦破的便是此案，希望能从这里突破。"

院子里，樊勇仍然与大李并排而坐，抬头看天空中出现的闪电。

侯大利缓步下楼，发动越野车，离开刑警老楼。越野车停在世安桥。侯大利来到石秋阳当年藏身地，席地而坐，盯紧世安桥。世安桥上不时有人走过，看得清楚身形，看不清面貌。

天色渐渐暗了下来，暴雨即将来临。侯大利仍然一动不动地坐在草丛里。小道上不断有行人走过，没人注意到草丛中还躲着一个男子。

侯大利的脑海中浮现出当年案发时的具体场景，最让人痛苦的是，他能在脑海中精确"复原"杨帆即将落水时的恐惧神情。那恐惧神情如此真实，如精确制导的弹头一般，不停在头脑中炸响。

黑云移动到头顶，炸雷疯狂响起，空中出现一道道闪电。随后，暴雨倾盆，恶狠狠砸向地面。侯大利一动不动，承受着惊雷和暴雨。他闭着眼，在头脑中构建起杨帆落水后的影像，影像如此生动逼真，让他悲愤难抑，泪水混合着雨水，滚落而下。

他脑中浮现出杨帆最后写的信，每个字在脑中如刀刻斧凿，字字带血流泪。

大利哥：

　　我一直想写这封信，每次提笔，满肚子话却又不知从何写起，真是"剪不断，理还乱"。但斟酌良久，还是觉得应该给你写这封信。

　　今年有三个没有想到。第一个没有想到的是你居然回江州读书。小时候，我们两家门对门，天天就在一起，正像李白所说的"郎骑竹马来，绕床弄青梅"。

　　那时候我把你当成亲哥哥，受了委屈就来找你，有什么好吃的、好玩的也来找你。你还帮我打过架，至少有三次吧。后来，你们全家搬离世安厂。很长一段时间，我都觉得你还住在对面，会随时推开我们家房门，坐在我对面吃饭。事实上，你离开以后，就完完全全从我的生活中消失了。

　　第二个没有想到的是我们居然又成为同班同学。这几年，厂区里流传了许多侯叔和你的故事。很多人都说你变成了富二代，已经坏掉了，成为省城阳州的纨绔子弟，吃喝嫖赌，样样都做。每次听到这种说法，我都很气愤，还和好多人争论过。当然，我还恨你不争气，变成坏蛋！这次你回到江州，我发现传闻都不是真的，你还是那个大利哥，没有变坏，只不过成绩差得一塌糊涂。现在还是高一，有足够的时间来提高成绩。我真心希望你摆脱沾染上的纨绔气息，埋头读书，考上重点大学，这样才是我心目中的大利哥。

　　第三个没有想到的是大利哥那天说"喜欢我"。对不起，我给了你脸色，请不要生气。从初中到现在，我收到过不少情书。每次收到这些情书时，我真的很生气，把情书撕得粉碎，扔进垃圾桶。但是，大利哥那天说这话时，我虽然给了你脸色，其实并没有真正生气。我们是高中生，学习才是我们当前最应该做的事情。如果你只是想逗我玩，请收回"喜欢我"三个字，因为那是对我的不尊重。如果你是真心想说这三个字，那请把它放在内心深处，等到高中毕业以后，请你郑重地重新审视这三个字的含义，到时再决定是否说出来。那时候，我会认真考虑的。

写这封信前，我觉得有很多很多话，可是下笔的时候，又不知道说些什么，写着写着就开始劝你要好好学习，唉，我是不是变成了啰唆老太婆？千言万语，我是希望你成长为真正的男子汉，但这句话可能也太正式了，也可能会给你太大压力。但你不用担心，我会一直站在你身边，看着你成为真正的男子汉！

今天就写到这儿吧，希望你能理解我。

住在对门的小帆

自从和田甜有了肌肤之亲后，侯大利原本以为会减弱对杨帆的思念。事实上与田甜在一起时，他确实能够忘记杨帆，安静下来或者独处之时，杨帆的身影又会从心灵最深处溜出来，发出微笑。这封信变成深沉呼唤，时常在脑海中回响。

雨水持续了半个小时，侯大利全身湿透，包括内裤都在流水。雨停之后，他从隐身之处走出来，走到停在桥边的越野车边。

一个过路的村民经过越野车，看到一个满脸煞气的汉子全身湿透地站在车边，吓了一跳，随后想起了多年前发生的血案。恐惧一点点笼罩了他，他甩开胳膊迈开腿，快走起来。走过世安桥后，他干脆跑起来，跑了一百来米，滑倒在地，差点摔进河里。

侯大利开车回到高森别墅，用热水淋浴，努力让自己从抑郁状态中解脱出来。淋浴之后，他换了干净衣服，斜躺在沙发上，给田甜打电话。打电话时，他声音平静，与刚才的状态迥然不同。

"良主任还在研究我们带过去的头颅。他的工作室有三个徒弟，全部被抽到案子里，我和葛朗台被拉来当壮丁，给良主任打下手，一时半会儿还无法回来。"田甜面前摆着一个3D打印的头颅，头颅上插满了牙签状小木条。

"良主任工作室怎么样？"

"良主任看中了葛朗台，我就是在这儿打酱油。事情挺多，这两天回来不了。你若愿意，当然可以到阳州来。"田甜压低了声音，想起侯大利到省城必然会发生的事，禁不住有些心猿意马。

在江州刑警支队，田甜是骨干法医，在领导和同志们面前挺受重视。其父出事以后，田甜性格变得"古怪"，但是每逢重大案子，李法医还是要求田甜来当助手。葛向东则是一个对工作不怎么上心的经侦民警，属于不犯错也不怎么得力的老油条。来到省厅以后，良主任对田甜不冷不热，却一眼相中葛向东，对其青眼有加，主动要将其收为弟子。

工作室另一侧，良主任摆弄着另一个3D打印的头颅，道："绘画是用二维图形来表现三维的人脸，缺点很明显，最靠谱的还是雕塑还原法和计算机还原法。我是老套筒，喜欢雕塑还原法。你有雕塑基础，可以采用这方法。"

葛向东给良主任发了一支烟，道："我学雕塑是为了艺术，没想到会用来还原颅骨。"

良主任道："这是另一种艺术，与一般艺术不同的特殊艺术。当你做的雕塑能够准确还原死者面貌，那种成就感会让人迷醉。再说，你都上了船，如果中途下船，这一辈子都会在公安队伍里抬不起头。每个人都得有荣誉感，特别是在公安这种纪律队伍里，荣誉感很重要。你跟着我学习泥塑法，必然会受到大家尊敬。你如果想调到省厅，我推荐，轻而易举。"

葛向东拱手，道："承蒙良老师看得起，我先把技术学好。"

良主任热情地拍着葛向东的肩膀，道："向东啊，我们师徒好好弄，绝对在全国范围内都是一面旗帜。"

葛向东道："师父已经是一面红旗了。"

良主任道："一枝独秀不是春，百花齐放春满园。"

两人一起仰起头，发出爽朗笑声。

田甜听到两人肉麻地互相吹捧，只觉得牙疼，拿起手机走到另一边，继续给侯大利打电话。

良主任没有注意到田甜走到另一边，兴致勃勃地道："雕塑还原法包括泥塑法、石膏像、蜡像，现在还是泥塑法占主导地位。"

颅骨模型上标注了测定点，插入小木条，木条突出的长度就代表该处组织的厚度，然后用软泥在颅骨上做皮肉，直到将所有小木条覆盖。

"美术中有三庭五眼，你应该懂，说说看。"良主任道。

"三庭指脸的长度比例：把脸的长度分为三个等份，从前额发际线至眉骨，从眉骨至鼻底，从鼻底至下颌，各占脸长的1/3。五眼指脸的宽度比例：以眼形长度为单位，把脸的宽度分成五个等份，从左侧发际至右侧发际，为五只眼形。"

"不错，不错，美术专业的学生果然不一样。以前几个徒弟没有基础，我教起来那才叫累。你有美术功底，能够比较容易地确定眼内侧线、眼外侧线、鼻翼线、鼻底线、发际线、眉弓线、口裂线、下腭线和中心线的主要特征，确定了这九条线，五官的位置、长度、宽度和大小也就定下来了。"

良主任和葛向东热烈交谈，田甜和侯大利则通过电话低语细聊。

"你妈给我打了几次电话，我没敢说在阳州。"

"我先到技术五室找你，然后住国龙宾馆，明天到我家去。"

打完电话，侯大利开车直奔阳州，一个小时便来到省公安厅技术五室。技术五室灯火通明，良主任带着葛向东和田甜仍然在工作。

葛向东穿了一件短袖，正在往颅骨上抹软泥。田甜是他的助手，在旁边打下手。侯大利没有急于进门，站在门口打量女友兼搭档。田甜身材匀称，腰腹间有一条明显曲线，与一双长腿配合起来，赏心悦目。她没有杨帆漂亮，却颇有英气，是另一种味道的女子。他猛然意识到自己是在用其他女子和杨帆对比，赶紧将这个念头摁灭在萌芽状态。

站了两三分钟，侯大利这才进门。

葛向东放下手中活，感叹道："大利，我被赶鸭子上架，居然做起颅骨复原。如果同学们知道我在做这活儿，肯定会笑掉大牙。"

田甜回了一句，道："当局者迷，旁观者清。葛向东坐在颅骨前弄了四个小时，居然没有上厕所，乐此不疲。"

葛向东惊讶道："我弄了四个小时？哎，你们聊，我要上厕所。"

田甜带着侯大利来到画架前，道："这是葛朗台画的污水井女尸素描，在良主任指导下画的。现在还没有办法核实到底有几成接近受害者，等到颅骨复原以后，就可以和这个素描对比。葛朗台是天生做这一行的材料，他自己还没有意识到。良主任是前辈，果然目光如炬，几乎第一眼就瞧上了他。"

侯大利趁着无人之机，握了握田甜的手，道："我准备在阳州要一套别墅，以后到了阳州有落脚的地方。"

"我们住不了几天，别浪费。"田甜用力握了握男友的手，再松开。

葛向东从卫生间回来，道："105专案组有一半人都在省厅，晚上安排一桌。"他笑呵呵打量侯大利和田甜，又道："说句实话，你们到底是不是在谈恋爱？"

侯大利道："你猜。"

葛向东道："你别忘了，我学美术的，观察力还是不错。田甜最近面若桃花，比起以前大为不同。这要猜不到，还不是傻瓜？"

田甜给了葛向东一个白眼，道："少瞎猜，去抹颅骨，今天完不成左侧，良主任要骂。"

江州刑警支队有规矩，凡是同事之间谈恋爱，必须调开其中一个，不能让两人同时在一个作战单位。侯大利和田甜都不愿意离开105专案组，所以恋情处于半保密状态。他们知道无法瞒过105专案组的同事，采取"允许看破，但是自己绝不承认"的态度。

两人上了车，紧紧拥抱、亲吻、抚摸，过了好一会儿才发动汽车。

田甜对着后视镜整理了衣衫，道："你准备明天见陈雷？"

侯大利道："我反复分析石秋阳的讲述，凶手与杨帆认识，年龄相当，身材瘦小，从这几个特点来看，肯定是学生。如果是学生，必然就是当年的追求者。陈雷是其中之一，虽然有不在场证据，可是经过代小峰案，我不能彻底相信当年初查时的材料。"

提及杨帆，侯大利的情绪瞬间低落起来。田甜伸手轻轻拍了拍侯大利手臂，以示安慰。

越野车来到国龙宾馆，两人进入酒店自用层。前脚进门，总经理李丹就出现在门口，嘘寒问暖，安排了水果、酒水和晚餐。

田甜来到靠近窗边的卫生间，给浴缸放水。国龙宾馆是这一片区的制高点，玻璃经过特殊处理，能观赏外面风景，却不担心走光。浴缸放满水，田甜在缸边解开最后一点衣料，跨入缸中，优美身材在爱人面前展现无遗。

长期以来，田甜都是冷美人形象，没有穿白大褂时总是穿色调偏冷的衣物，很少让人将其与性感联系在一起。在爱人面前，赤裸的田甜显示出非凡性感，犹如最大牌模特，一举一动都带着特有韵味。

侯大利来到浴缸前仍然眩晕。

这是在世安河寻找杨帆的后遗症，面对晃动水面时会眩晕。侦破代小峰案件时，侯大利在河边产生更严重的反应，眩晕到呕吐。他想克服这恼人的后遗症，勇敢地盯着浴缸，抬腿进入浴缸。进入缸内，眩晕如约而至，侯大利感觉身体似乎在旋转，于是紧紧抱住田甜。

水波很快兴起，田甜的意识渐渐模糊起来，身体似乎浮在半空，以旁观者的眼光俯视两具健康的身体在快活地翻云覆雨。此刻，浮在半空中的田甜充满了甜蜜和忧伤，耳中响起吉他名曲《阿尔罕布拉宫的回忆》。在悠悠乐曲中，泪水点点滴滴落下，摔在地面，裂变成无数美丽的小水滴。

"为什么每次进浴缸，你都要闭眼，还拉住我？"

"你不喜欢这样吗？"

"喜欢。有一点不解，你在进浴缸那一刻，神态特别孤苦无援，这是什么原因？"

"没有吧，你想多了。"

侯大利有意无意地想将自己现在的生活与杨帆之死做一个隔离，在田甜面前掩饰了这个秘密。两人从浴缸出来，又在床上缠绵，直到李永梅电话打来，两人才从甜蜜世界回到现实世界。

晚上七点，李永梅和侯国龙准时出现在国龙宾馆。总经理李丹安排酒店特级厨师为董事长一家人做晚餐。李丹正准备提要求，特级厨师道："我知道董事长的口味，晚餐材料不一定要高档，必须新鲜，要用江州家常手法，味道地道。"

进入餐厅，侯国龙看了看手表，道："我八点钟还有事。现在小孩不懂事，还让大人来等。"

李永梅道："你只有这么一个儿子，当然得多费点心。以前我们太忙，没有时间教育儿子。等到我们想管儿子时，儿子不听我们的了。耐心点，否则儿子更不愿意'接见'我们。"

山南省首富侯国龙在国龙帝国里向来一言九鼎，一个决策就会影响上万员工。可是面对顽固不化的儿子，他几乎没有任何办法。听到"接见"两个字，他自嘲道："我们这些年还算顺利，所以老天就让儿子跟我们作对，免得过于圆满，反而出大事。"

李丹陪着侯大利和田甜进入小餐厅。

田甜能够明显感受到侯大利和父母的隔阂。三人都很配合地想让气氛融洽起来，可是正是这种"配合"让气氛显得尴尬，一般的和谐人家是不需要表演"父慈子孝"的。自己父亲没有入狱时，一家人吃饭的状态与侯家不同，大家随意聊天，谈谈白天发生的大事小事，发发工作中的牢骚，甚至还有可能将白天的不快带到家中。三人在家中都是自然而然相处，没有刻意做出这种"欢乐"气氛。想起父亲，田甜暗自神伤。

二十来分钟就吃完饭，侯国龙抓紧时间准备与儿子再一次谈心。李永梅则与田甜在隔间喝茶。

侯大利与侯国龙面对面而坐，又上演"大眼瞪小眼"的画面。侯大利知道父亲要说些什么，很头疼。侯国龙面对脑袋固执得犹如花岗岩的儿子，同样觉得无语。

"你知道我想说什么。你有更重要的事情要办，当刑警实在是浪费生命。"

"爸，你不用给我做思想工作。我们这样约定，杨帆案侦破当天，我就不当警察，到集团工作。"

儿子如此表态，已经是很大的进步了。侯国龙试探着道："以前公安认为杨帆是意外落水，所以没人办理，如今公安已经立案，有人专门侦办。你和杨帆是恋人关系，应该回避吧？"

侯大利警惕起来，道："爸，我很郑重地提个要求，不要以回避为理由，动用关系来干涉我。把杀害杨帆的凶手揪出来，是我这辈子最大的心愿。若是你动用关系，逼我回避，我会记仇的。"

"随便你做什么，不谈了，真是气死个人。"侯国龙所有幻想立刻化为乌有，猛拍桌子，拂袖而去。

侯大利心情复杂地望着父亲，站起身，没有追出去。他来到隔壁房间，敲门而入，道："爸走了，生气了。"

父子冲突不是一天两天了，李永梅想起此事也是头大。她对田甜苦笑道："他们父子见面就怄气。我得给国龙做思想工作，免得怒气伤肝。改天请你喝茶。"

与父亲的沟通再次不欢而散，侯大利的浓眉皱成一团。

"侯叔为什么生气？"

"我爸问我什么时候回国龙集团，还谈到杨帆案的回避问题。我反感我爸利用公安回避制度干涉我办案，明确提出态度，所以谈崩了。"侯大利叹息一声，转了话题，问道，"你和我妈谈什么？"

田甜苦笑道："李阿姨转了很多个弯，实际上是想问我当初为什么选择做法医。或许在李阿姨面前，我是个怪人。她其实不满意我的职业。"

侯大利道："我对这个问题也有好奇心，一直没问你。"

田甜道："上个世纪90年代，香港电视连续剧《鉴证实录》中有一名女法医，叫作聂宝言。我很喜欢她，把她看作智慧、美貌和正义的化身，所以也想当一名法医。高考填志愿时，我处于叛逆期，和父母对着干，坚决选了法医专业。"

侯大利道："原来是青春叛逆期的选择，这个选择改变人生方向啊。现在后悔吗？"

田甜道："习惯了。若是有一天厌倦了，再说吧。"

第三章
失踪半年的妙龄女

连环杀人犯往往有地点偏好

3月26日，发现污水井女尸第七天，颅骨头像复原完成。

江州刑警支队发出协查通告，使用了颅骨头像复原的相片，通告下方留有105专案组侯大利和葛向东的手机号码。

颅骨头像复原相片显示颅骨主人五官标致，结合身高和所穿衣服推测，颅骨主人应该是身材高挑的漂亮女子。侯大利看到复原相片后，立刻将其扔到桌上，不愿意看第二眼。自从杨帆逝去以后，他格外受不了年轻女子遇害。这些年轻女子原本是美丽花朵，正在盛开，被人摧残，生命瞬间凋零，从此失去了当母亲的机会，她们的父母也将终生承受痛苦。想到这一点，侯大利觉得胸口被千斤巨石压住，无法呼吸。

看到协查通告后，葛向东特意到三楼兴师问罪，道："你得请我吃饭。"

侯大利道："吃饭很正常，其实不必说理由。既然用了'得'字，那就得讲明理由。"

葛向东叫苦道："你拍的相片太清晰了，恶心了我好久。而且我现在彻底进入朱支圈套，从经侦民警成为画像师。早知道会成为画像师，我还不如直接当画家。唉，更令我恼火的是在阳州跟着良主任干了这一段时间，我他妈的居然还喜欢这事，干得兴致勃勃，废寝忘食。"

侯大利道："把兴趣变成事业，那是最幸福的事。"

葛向东愁眉苦脸道："说得轻巧，吃根灯草。老婆嫌我天天跟死人颅骨打交道，发出严正声明，不准我同床。"

侯大利微笑道："影响了你们夫妻生活，那我还真应该请客。请客时想办法约王永强。"

葛向东意识到侯大利同意请客有其他目的，道："你怀疑王永强？"

侯大利慢慢收敛微笑，道："线索少，谁都是怀疑对象。王永强是杨帆的初中同学，暗恋过杨帆，必然会进入我的怀疑名单。"

"我和王永强是多年老朋友，他为人忠厚老实，一心做事业，从来没有什么绯闻。"

"一个一个排除，范围就会越来越小，这是没有办法的办法。要是有一点线索，我也不会用这种几乎没有效果的笨办法。谋事在人，成事在天，尽力而为就问心无愧。这是我们内部摸排，老葛，要注意纪律。"

"我业务虽然不精，可是毕竟当了这么多年的警察，保密纪律还是清楚的。"

墙上挂有一幅江州市区地图，地图上有四个红圈。葛向东走近看了一会儿，道："这是几个凶杀现场？"

"不完全准确，红圈是凶杀现场和抛尸现场。污水井不是第一现场，是抛尸现场，其他都是凶杀现场。"侯大利用手指依次划过四个红圈，"这四个点全部在江阳区，包括时间更早的丁丽案和杨帆案。凶手应该是江阳区的人，或者熟悉江阳区，这个红圈范围内就是他的舒适区。"

葛向东道："经常听说舒适区，我是一知半解，你讲一讲。你不用给我白眼，你是科班出身，理论知识肯定比我丰富。我是学美术出身的，后来经过短期培训，可是在培训时哪有心思学这些理论知识？之后大部分时间在经侦，在刑侦上确实是半吊子。"

"真不知道？"侯大利翻起浓眉，给了葛向东一个白眼，指着地图上的几个圆圈，道，"理论知识都是从实践中总结出来的。警察和罪犯斗争了上千年，总结出来的经验都是千锤百炼的。犯罪分子不是神，也不是警务专家，很难逃脱在漫长斗争中总结出来的经验，除非是职业犯罪。据历史经验，大部分连环杀人犯对于杀人地点都有偏好，会在感觉舒服的地方杀人。更准确来说，这些地方都有某种特定的锚定点，比如他们的住处、工作地点等。很少有连环杀人犯到不熟悉的区域杀人，例外的是长途货车司机或其他流动性很大的职业。现在四个未破的积案都集中在江阳区，而且全部是年轻女性，肯定要考虑这是在舒适区杀人的连环杀手。"

葛向东道："是不是连环杀手真难说，毕竟时间隔太长。"

侯大利用粉笔在黑板上画了第一个圈，丁丽、杨帆、章红和污水井受害者全在圈里，道："积案之所以成为积案，肯定有难度，否则也不会成为积案。我采取的策略是一步步缩小范围。如果存在连环杀人，四个案子有多种可能性。第一种，如果丁丽案和后面几个案子有关系，四个案子为一人所为，凶手年龄不会低于三十五岁。"

侯大利在黑板上画了第二组合，这个组合是一个大圈和一个小圈。小圈里只有丁丽，大圈里有杨帆、章红和污水井受害者。

"如果丁丽案和后面三个案子没有关系，而后面三个案子又能串并在一起，那么凶手就是住在江阳区或者熟悉江阳区的人，且是我的同龄人，甚至是我的同学，范围相对就要缩小。"

侯大利在黑板上画了第三组合，这个组合是三个圈，两个小圈，一个大圈。

"如果丁丽和杨帆案分别是单独个案，后面两个案子有联系。那么凶手的作案时间点就得往后移。"

侯大利又在黑板上画上第三种、第四种和第五种组合。

葛向东最初抽调到专案组时，对侯大利父亲的兴趣远远大于案件。经过石秋阳一役，他慢慢融入专案组小集体之中。

讨论完可能存在的几种组合，葛向东想了一会儿，给圈内朋友打电话，准备约一个包括王永强在内的饭局。打完电话，他对侯大利道："巧了，他们刚约了一个人体摄影的局。我和王永强都是江州摄影家协会人体摄影分会的，经常与他们一起玩摄影。"

得知是去拍裸体女人，侯大利啧了一声。

葛向东回敬了侯大利一个白眼，道："你别啧，这是高雅艺术，跟你说艺术似乎是对牛弹琴吧。我带你一起去，进行人体艺术启蒙。"

侯大利道："你们是去玩人体摄影，我是外来人，去了太突兀。我给你安装一个隐蔽录像机，就是我勘查现场时戴在身上那种，你有意无意拍一拍王永强。"

葛向东坚决反对道："拍人体是高雅艺术，我去偷拍，不管偷拍谁，都太猥琐了吧？如果被发现，我在圈子里抬不起头。"

虽然侯大利反复做思想工作，加上"利诱"，葛向东还是不同意侯大利提出的办法，答应另找时间开一个饭局。

在105专案组里，侯大利是年龄最小的新刑警，按惯例原本应该接受专案组其他人的领导。不过，侯大利专业能力很强，又将全部精力投入到案侦工作中，先在代小峰案件中获得三等功，又在石秋阳案中屡立功劳，获得超然地位，不知不觉中成为田甜、樊勇和葛向东这几个老警察的"头儿"。葛向东拒绝了侯大利提出的"非分要求"后，觉得颇为内疚。

谈完正事，侯大利和葛向东坐在资料室闲聊，聊天的话题主要集中在"人体摄影"上。

侯大利好奇道："谁在组织这类人体摄影？是义务的，还是有盈利？"

葛向东潇洒地弹烟灰，道："社会里有不同的圈子，摄影也有圈子，没有熟人带路，外人进不来。前些年有正规摄影家协会来搞人体摄影，大体上还是从艺术角度来考虑问题。拍摄过程中，现场督导会告诉模特姿势怎么摆，要特意制造和谐、自然的创作氛围。现场督导本身也是专业摄影师，要不断调整模特姿势，让小姑娘有更多形体感受，让她注意光源、头的位置和面部情绪。遇到好的模特真是摄影师的幸事。我遇到过一对来自法国的模特，他们在众人注视下，肌肉特别放松，非常专业。"

侯大利笑道："你一直在谈以前，现在是什么情况？"

葛向东长叹一声，道："现在和以前不能比。以前往往都是摄影家协会组织，冲着艺术去的。现在乱象丛生，很多组织者依托摄影网站，在网上发布组织人体摄影活动信息，以此来招揽拍摄者。我几年前参加过一次，摄影师之中有大学教授，有会计师，绝大部分人的年龄都已超过40岁。最搞笑的一次，七个摄影师参加人体摄影，居然有三个连相机都要我帮忙调试。这些年我很少参加这些活动了。"

葛向东在笔记本电脑中点开几个常去浏览的摄影网站，果然找到了好几个组团人体摄影的帖子。其中一个帖子有如下内容：即将推出外籍人体（含彩绘、性感人像等题材）预约拍摄活动；所有模特均第一次到中国，身高173~178cm，三围符合审美标准，适合人体摄影题材；10人拍摄费用400元/2小时，私拍另约。

侯大利原本是想让葛向东观察王永强的状态，通过状态了解行为轨迹，谁知无意中接触到江州和阳州的人体摄影圈子。人体摄影模特以年轻女子为主，大多还算漂亮，又属于易受侵害群体，实在是连环杀人犯下手的好目标。

田甜来到资料室时，侯大利还在查看山南省内摄影网站，调取人像和人体图片。

田甜坐在侯大利身边，若有所思地看着这个与自己有肌肤之亲的专注男人。这是一个具有侦查天赋的男人，在这方面能力超群；这又是一个痴情的男人，为了抓住杀害女友的真凶毅然改变了人生道路。

终于，侯大利关了网页，道："我脸上有花吗？你一直看我。"

田甜道："我和你原本素不相识，谁知却睡在一起。"

侯大利道："喂，你能不能用更加优雅的词，'睡在一起'这个用词太赤裸裸了。"

田甜歪了歪头，略微思索，道："我和你原本是素不相识，谁知还在一起做爱。"

侯大利道："算了，换话题，否则又要被你调戏。我想再到污水井去一趟，越琢磨这个案子，越觉得凶手行为很怪异。"

樊勇在健身房锻炼了身体，浑身是汗。大李站在他身边。

"你去不去污水井？"侯大利上车，戴上手套，滑下玻璃窗，询问樊勇。

樊勇道："看了好多遍，没有用，不去。"

樊勇和大李都是雄赳赳、气昂昂的，极为和谐。田甜觉得好笑，道："大李是你的兄弟，气质神似。"樊勇摇头道："论生理年龄，大李是爷爷辈了；论实际年龄，我比它大。综合起来，它是老大，我才是兄弟。"

越野车开出刑警老楼，田甜想起樊勇一本正经谈论大李的模样，忍不住笑了起来，道："105专案组奇葩多，个个都有怪癖。你天天都泡在案子里，生活中除了案子就没有更多值得关心的事；樊傻儿天天和大李混在一起，还想去当警犬员；葛朗台做颅骨复原时，每天工作十来个小时，还乐此不疲。"

侯大利道："你有什么怪癖？"

田甜望着侯大利英俊的侧脸，道："我的怪癖是喜欢上一个天天啃案子的怪人。"

谈笑间，越野车来到师范后街。师范后街是一条狭窄的街道，很多老居民既生活于此，又在此做生意，产生大量骑门店。城管平时不太管这条后街，只有卫生检查时才通知各门店，要求门店将货品收进店内。

越野车体积大，开进师范后街很勉强。侯大利不想被人骂，将车停在师范后街入口处的停车场。侯大利和田甜并排而行，前往师范后围墙。田甜手里握着一支冰激凌，如小女孩一样边走边吃。

在师范后街拐入师范后围墙的道口，两人在张贴栏上看到一份"协查通告"。

协查通告

　　2009年3月20日，江州市江阳区师范东区污水井发现一具女性无名尸体。年龄大约20~25岁，身高1.65米左右，上身穿浅黄色薄型羽绒服，下身穿深色绒裤，脚穿红色高跟鞋。欢迎广大群众积极提供线索，如发现近期本地或外来女性突然失踪等情况的，请与江州市公安局刑警支队联系或直接拨打110。对提供线索协助公安机关查到死者身份的，江州市公安局将给予壹万元现金奖励并为其保密。联系人：侯警官×××××××××××，葛警官×××××××××××。

江州市公安局

2009年3月26日

　　协查通告附有污水井女尸的模拟画像。女尸的高跟鞋和衣服都挺时髦，画像中是典型的都市女青年的形象。

　　两人在张贴栏前站了一会儿，进入师范后围墙小道。围墙小道只有两米宽，一边是围墙，一边是老居民房。

　　沿着这条小道步行一百米左右，两人来到师范围墙缺口处。

　　以缺口为中心，东边是师范后街，也就是侯大利和田甜走过的这段小道。从缺口处沿着小道朝西走，地形发生变化，一侧是围墙，另一侧是满是树林的山坡。为了给城市增加绿色，山坡没有开发，全是茂密树林。小道一直随着围墙和山坡往前延伸，最后与主街道中山大道相接。

　　这是侯大利第三次沿着师范后围墙小道行走，小道尽头是中山大道，再沿中山大道朝东走回师范大门口。师范大门口被大幅广告封掉，更准确来说不是广告，而是"塞纳河左岸"项目部的基本情况介绍。

　　侯大利望着广告眉头紧锁。

　　"你发现什么问题？"

　　"我一直觉得凶手行为怪异。凶手为什么要将尸体放入污水井？去年11月，气温有七八摄氏度，温度不低。凶手大概率是从围墙小道的缺口进入师范校区，而从小道进入缺口，到达污水井，不管从哪一个方向进入，都有可能遇到人。"

田甜道："你想得太复杂了，凶手极有可能住在师范后街，熟悉周边情况。从缺口处进入师范，抛在污水井内，这是最合理的解释。师范后街也在江阳区，符合舒适区原则。"

侯大利道："凶手将尸体抛到污水井里，就是想隐藏。但是污水井在工地里，尸体抛在这里，迟早会被发现。"

田甜道："凶手当时的想法就是抛尸，只要当时没有被发现，那就万事大吉。"

田甜所言倒是凶手抛尸的普遍现象。侯大利仍然没有松开紧锁的眉头，道："我总觉得有些不对劲，让我再想一想。"

侯大利站在污水井边就如老僧入定，脑海里各种信息进行轮番组合，出现了凶手抛尸的不同路线。

3月27日上午，发现污水井女尸第八天，侯大利接到群众电话，称在《山南摄影》杂志上见到过一组相片，与协查通告中的头像很接近。

通话之后，侯大利奔到田甜办公室，道："有线索，跟我到江州图书馆。"

侯大利、田甜驱车前往江州图书馆。在车上，侯大利打通葛向东电话，道："刚刚有线索，说相片与摄影杂志上的相片很接近，我们到江州图书馆会合。"

葛向东吓了一跳，道："污水井受害者是模特？"

侯大利道："如果画得很像，你有印象吗？"

葛向东道："我有很长一段时间没有进摄影圈子了，对这个女孩还真没有什么印象。"

侯大利和田甜刚到江州图书馆，葛向东开着车也火急火燎地追了过来。三人来到图书馆，出示证件，借阅了从去年到今年所有《山南摄影》杂志。去年8月《山南摄影》杂志中页有一组平面模特摄影相片，其中一名与颅骨头像复原后的死者相貌极为接近。

葛向东调出自己画的素描，素描、颅骨头像复原和摄影相片三者之间有极高相似度。他随即又将杂志上的相片拍了下来，给省公安厅良主任传了过去。

良主任从手机中看了相片，语气高昂，道："就是这人，错不了。向东啊，你是天生做这行的材料，千万不要放弃。具体到这个案子，侦破前提是找到尸源，找不到尸源，只能靠其他案子带出来，那不知要到何年何月。找到了尸源，下一步案侦工作才能开始，侦破的概率也大大提高。这一次，我们立了功。"

听到此语，葛向东如饮甘泉，浑身每个毛孔都透着舒服。从警多年来，他长期是以"老油条"形象出现在同事和领导面前，不求最好，只求不犯错。这一次他被"强迫"做了画像师，又跟着良主任做颅骨头像复原，居然真的通过颅骨复原确定了污水井女尸的身份。这令葛向东极有成就感，最初接受任务时的不快早就无影无踪。

主管刑警的副局长刘战刚、刑警支队长宫建民、重案大队长陈阳等刑侦方面领导接到消息以后，齐聚刑警支队小会议室，传阅《山南摄影》杂志。

《山南摄影》杂志上面刊登出来的相片与污水井女尸相片相对比，格外让人震撼。平面模特杜文丽神采飞扬，青春靓丽；污水井女尸五官全毁，肿大，扭曲，变形。前者是天使，后者是地狱使者。

刘战刚问道："核实没有？"

朱林眉头紧锁，道："我和秦阳刑警支队老张联系了。杜文丽去年11月出去，走遍全国，给家里寄过明信片，春节前还寄过。"

刘战刚道："这是怎么回事？"

朱林道："颅骨复原不会出错，受害人是杜文丽的概率非常大。明信片是谁寄的，这得好好查一查。专案组到秦阳见一见杜文丽父母，让他们过来辨认衣物，比对DNA。"

"污水井女尸案中，105专案组做得很好，找到了尸源，这一步非常关键，否则案侦工作没法开展。根据管辖原则，此案由江州刑警办理。重案大队主要精力还是要放在长青县灭门案上，污水井女尸案继续由105专案组侦办。我在这里当着诸位的面说一件事情，石秋阳案件中，105专案组发挥了决定性作用，我不是批评重案大队，而是提醒重案大队，你们的力量远远强于105专案组，不应该落在105专案组后面。长青县灭门案已经有了关键线索，希望你们踢好临门一脚，将凶手捉拿归案。"

今天到会的皆是刑侦方面领导，没有一线侦查员，刘战刚就没有保留地说了后面一段话，其主要意图是"激将"，将重案大队所有潜能全部激发出来。

支队长宫建民、政委洪金明、副支队长兼重案大队长陈阳这几位刑侦老将都明白刘战刚是在激将，但仍然觉得脸上火辣辣的。

朱林是老支队长，为了照顾重案大队的颜面，道："专案组作为配侦是起了点作用，关键还是重案大队。"

宫建民道："功劳不能否定，但是问题也要提出。朱支不要谦虚，105专案组在石秋阳专案中起到的作用，大家都看在眼里。"

刘战刚点了一把火以后，又特意谈起葛向东，道："葛向东调到支队技术室，充分发挥了其特长，在查找尸源上功不可没。朱支回去以后，要表扬他，不过也别翘尾巴，还得再接再厉。"

葛向东参加工作多年，自以为早就水火不侵，洞明世事，谁知听到了朱林转述的领导表扬，心情居然激动起来，腰背也在不知不觉中挺得笔直。

来自死者的明信片

污水井女尸案是105专案组做的现场勘查，目前案件也由105专案组侦办。朱林带着侯大利和田甜去见杜文丽父母，葛向东和樊勇调查走访江州摄影界。

杜文丽父母都是秦阳乡镇初中老师，过着与世无争的平静生活。秦阳警察带着三个江州警察到来，打乱了他们原本波澜不惊的生活。

"女儿从小就很独立，大学毕业后一直在江州工作。去年11月她就计划穷游山南，给我寄来了明信片。"杜文丽父亲拿出了精心收藏的三张明信片，递到头发花白的老警察手里，又解释道，"这是我女儿笔迹。我是语文老师，女儿笔迹不会认错。还有邮戳，这是阳州的，11月25日。这一张是岭西省南州市的。我女儿一直想到南州，南州是她喜欢的城市。春节的时候，女儿在岭东省高州市，也有邮戳，日期也对。"

朱林看完明信片，又将明信片交给了侯大利和田甜。

侯大利问道："你们和女儿通电话没有？"

杜文丽母亲道："我打过几次，没打通。女儿在春节前寄明信片过来，说要到青藏高原去了，有可能没信号。"

侯大利道："从去年11月开始，你们是不是再也没有见到杜文丽？"他心如明镜，遇害的绝对是杜文丽，只不过这一对可怜的夫妻还被蒙在鼓里。

杜文丽父亲脸上笑容渐渐消失，道："这位同志，你说这句话是什么意思？女儿要到青藏高原，我当然没有见到她，这是她寄过来的明信片，看看邮戳。"

侯大利用无助的眼神瞧了一眼田甜。

按照事先安排，田甜清了清嗓子，道："今年3月20日，江州一处工地发现了一具尸体。经核查，尸体是去年11月被抛在污水井里的。警方进行了颅骨复原，这是复原后的画像。"

杜文丽父亲突然间勃然大怒，一把抢过画像，看都不看，撕得粉碎，吼道："我女儿在外面旅行，还给我们寄了明信片。你们出去，都给我出去。"

杜文丽父亲原本是温文尔雅的老师，很少与人红脸，声音也难得大一次。今天他暴怒如狮子，将三个江州警察和带路的秦阳警察都赶出了家门。

重重地关上家门，杜文丽父亲靠在防盗门上，脸色苍白，身体在发抖。他想控制身体，结果根本无法控制，身体抖得更厉害。杜文丽母亲眼睛直直的，望着地上的碎纸片，迟疑着，想伸手取地上的纸片。杜文丽父亲大叫道："别拿，这些人混账，文丽好好的，在外面旅行。"

侯大利对杜文丽父母此刻的心情感同身受，在门口狠狠地踢了一下墙壁。

一名秦阳警察和一名居委会工作人员在门口轮流劝解，经过一番思想工作，杜文丽父母在3月27日下午一点五十五分，终于打开房门，跟随105专案组到江州刑警支队物证室辨认衣物。坐在车上前往江州的路途中，杜文丽夫妻意识到事情不对，心怀恐惧，只觉得末日来临。

来到刑警支队物证室，杜文丽父亲看到污秽的破衣服、红色高跟鞋，有些茫然。

杜文丽母亲抓住丈夫胳膊，身体不停下滑，坐在地上，呜咽道："这就是文丽的衣服，去年春节我陪她一起买的。"

杜文丽父亲原本想将妻子拖起来，谁知自己手软腿也软，跟随妻子一起坐在地上。他抬起头时，已是满脸泪水，心怀侥幸道："我能不能看一看那人？那人有可能穿了文丽的衣服，不一定是文丽。"

杨帆失踪后，侯大利沿河寻找，内心深处希望在河里找不到人，甚至希望有绑匪打电话过来勒索。他对杜文丽父母此刻心情感同身受，不忍面对两人，转过身去。

田甜做过多年法医，相对冷静，道："确实有这种可能性，请你们过来有两个目的，一是辨认随身衣物，二是比对DNA。我们到隔壁去，提取DNA，做最后确认。"

杜文丽父亲仍然坐在地上，仰着头，可怜巴巴地道："我们能看一眼那人吗？"

田甜很冷静，道："先比对DNA，暂时别看。"

杜文丽母亲已经隐隐猜到事情结果，精气神一下就垮掉，坐在地上不言不语。杜文丽父亲仍然在做最后的抵抗，道："为什么不能看？"

田甜轻声道："比对以后，我们再说下一步的事情。"

杜文丽父亲道："老天保佑，老天保佑，希望不要比对成功。"

颅骨复原的雕像和画像与死者高度接近，侯大利明白死者肯定是杜文丽，听到杜父如此祈祷，泪水忍不住就涌了出来。他不想让人看到自己的软弱，快步走到卫生间，躲在角落里擦泪水。

江州市公安局新购进一套DNA比对设备，按照正常情况，一般DNA比对大概需要一周时间。刑警支队技术室都明白遇害者极大概率就是杜文丽，对这一对中年夫妻充满同情，用最快速度拿出比对结果：遇害者确实是杜文丽。

拿到比对结果，杜文丽母亲尽管有心理准备，还是当场心脏病发作。杜文丽父亲抱住妻子，道："我也想发心脏病，死了就死了。但是我们还不能死，等到抓到凶手那一天，我们一起去死。"杜文丽母亲伸出双手，紧紧抱住老公。

120及时赶到，将杜文丽母亲送到医院。

杜文丽母亲脱离危险之后，杜文丽父亲来到刑警老楼，找到田甜和侯大利，要求看女儿遗体。侯大利和田甜找了个借口来到另一个房间。侯大利道："拜托，还是请你给杜文丽爸爸说，我实在受不了。"

田甜满脸愁容，道："我也受不了。我在尸体面前能够冷静，在受害者父母面前无法冷静。"她看到男友祈求的眼神，心软了，又道："好吧，还是我去。我还以为你是铁血刑警，谁知心软得稀里哗啦。"

侯大利想起杨帆母亲看到水中红色当场昏倒之事，道："看到这种相片，任何一位父亲都受不了，我随时准备叫救护车。"

田甜推门进入房间，到了这个时候，只能实话实说，道："杜文丽是去年11月遇害的，然后被凶手扔到了师范后围墙的污水井，被工人发现时已经完全腐败了，无法辨认，所以才需要你们来辨认衣物和进行DNA比对。"

短短一天，杜文丽父亲精气神被抽空，面容枯槁。他尽最大能力控制住情绪，道："殡仪馆听说有化妆师，能不能化妆以后，让文丽体面一点。她从小就爱美，到天堂里也不想邋遢。"

田甜只觉得一口浊气郁积在心，难以发泄出来。她深吸一口气，尽量控制住情绪，道："受害人已经完全腐败变形，没有办法化妆，不能按照一般程序进行遗体告别。我建议直接火化，然后将骨灰带回去安葬。"

杜文丽父亲抱着头，坐在沙发上，良久，抬起头，道："无论如何，我也得看女儿最后一眼。"

田甜劝阻不了，退后一步，道："那先看看现场相片，再说下一步的事。"

房间空气似乎被寒冰冷冻，让人无法呼吸。杜文丽父亲知道女儿状况肯定不好，可是看到相片以后，没有发出任何声响，就如一根木头一样笔直摔倒，"砰"的一声，砸在地板上。田甜原本守在杜文丽父亲身边，没有料到他摔得这样快，伸手去拉，已经来不及了。侯大利一直站在屋外，听到屋里发出撞击声，毫不犹豫就拨打了120。他推门而入，见田甜正在猛按杜文丽父亲人中，问道："怎么样？我已经打了120。"

田甜道："还能怎么样？昏迷了。下次遇到这种事，我也不上了。"

一条鲜花般的生命消逝了，一个家庭被击得粉碎。侯大利浓眉根根竖立，咬牙切齿，道："我一定要抓住凶手，将他碎尸万段。"

救护车来到刑警老楼，送杜文丽父亲到医院。

了解受害人的行为轨迹和社会关系，是侦破此类积案很重要的环节。等杜文丽父亲转到普通病房以后，侯大利和田甜征得医生同意，来到病房。

杜文丽父亲闭上眼睛，平躺在床上。短短时间，他的浓黑头发失去了光亮，变得干燥发黄，枕边出现数量不少的脱发。他脸颊上的肉似乎突然间减少，脸颊向内凹陷，眼睛充满血丝，几乎看不到眼白。

侯大利有相似经历，知道如何才能破解这个死结，道："杜老师，我和你一起拼尽全力，将凶手绳之以法，让杜文丽安息。"

杜文丽父亲眼球略微转动，还是没有睁开眼睛。

侯大利加重语气，道："侦办杜文丽案件需要你们配合，你们越是配合，我们破案的概率越大。你们不配合，杜文丽案极有可能永远破不了，那么她将永远不能瞑目。"

过了一会儿，杜文丽父亲缓慢睁开眼睛，道："你们能破案？"

侯大利道："命案必破，这是从上到下的决心。"

杜文丽父亲声音软弱，道："仅仅有决心，那还是破不了。"

侯大利用词更重，道："善有善报，恶有恶报，不是不报，时候未到。你们当父母的若是放弃了为杜文丽复仇，就等于这个世界上所有人都放弃了她。如果这样，你们不配当父母。"

杜文丽父亲腾地坐起来，道："你他妈的说什么？"

杜文丽父亲开始愤怒，表明脱离了要死不活的状态。侯大利用不容置疑的口气道："穿上衣服，我们到你家，清理杜文丽物品，查找线索。事不宜迟，久拖则变。"

找到尸源仅仅是万里长征第一步，105专案组将围绕杜文丽在江州的行为轨迹和社会关系继续开展调查。

3月27日下午五点十二分，专案组的三辆车再次来到秦阳。

杜文丽父母度过了最艰难的时刻，为女儿复仇的念头便强烈起来，占据他们的内心。他们积极主动向专案组刑警侯大利和田甜介绍女儿的情况。

朱林则与葛向东、樊勇一起前往秦阳刑警支队，交流杜文丽案基本情况。

朱林是老刑警支队长，与秦阳刑警支队关系挺熟，受到热情接待，先是分管副局长过来见面，然后刑警支队长亲自主持两市刑警讨论杜文丽案。杜文丽去年11月失踪，在江州发现了杜文丽的尸体，按照山南刑事案件立案管辖原则，刑事案件由犯罪地公安机关管辖。如果由犯罪嫌疑人居住地的公安机关管辖更为适宜的，也可以由犯罪嫌疑人居住地的公安机关管辖。秦阳警方很爽快地作出了全力配合的表态。

在杜家，随着侯大利和田甜不停提问，杜文丽父母渐渐迷茫起来。他们原本以为很了解女儿，可是却说不出女儿这几年的生活状态，更准确地说，是对女儿在江州的生活基本一无所知。

侯大利问起杜文丽兼职模特的收入情况以及收入分配情况。据专案组了解，杜文丽收入很不错，专案组将财杀列为凶手的动机之一。

杜文丽父亲惊讶道："文丽在学校参加过艺术团，毕业以后就到江州一家保险公司工作，后来在一家民办大学当老师，没有做过模特啊。"

从葛向东和樊勇调查走访的情况来看，杜文丽在江州算是一线模特，活跃于山南省会阳州和第二大城市江州，小有名气。杜文丽父亲明显不知道女儿是模特，侯大利和田甜对视一眼，也觉惊讶。侯大利道："根据我们了解的情况，杜文丽在保险公司只工作了半年时间，到民办学校工作一年，然后到江州一家房地产公司工作，再后来就来到江州电视台做临时工。不论做什么工作，她一直都在兼职做模特。"

杜文丽父亲转头看妻子，疑惑地问道："文丽做过这么多工作吗？"

杜文丽母亲情绪低落，失魂落魄，脸上没有表情，道："文丽读大学以后，回家就是吃饭、睡觉、玩手机，很少和我们谈工作。有时候我问她找男朋友没有，她还挺不耐烦。"

田甜道："你们到江州和女儿见过面吗？"

"我们每年都去。每次到江州，我们三个都一起玩，挺开心。"杜文丽母亲想起与女儿在一起的开心日子，心如针扎。这一段时间她的眼泪已经流光了，心里疼痛，眼里却干涩，没有了泪水。

田甜道："你们去过女儿工作单位没有？"

杜文丽父亲抹着眼泪，道："我们都觉得她生活得挺好，工作也不错，实在没有想到文丽在几年之内换了这么多工作。她很少跟我们提起工作上的事情，问起来，她总说工作挺好，收入不错，让我们别操心。"

侯大利最初惊讶于杜文丽父母与杜文丽深深的隔阂，转念想到自己和父母的隔阂同样深，甚至超过了杜家父母与杜文丽之间的隔阂，只能暗自叹息。父母为了养育儿女费尽心思，但是儿女们在成长过程中总是有意无意疏远父母。侯大利做刑警短短一段时间，便看到了好几起无数人一辈子难以看到的惨事，生和死的人生大问题提前来到他面前。他有点想给母亲打电话，随即又将这个想法消灭在萌芽状态。

侦破石秋阳案的过程中，侯大利获得很多独属于自己的侦破经验，在遇到新的案件以后，这些经验自然就会被应用。他见杜家夫妻确实不了解女儿，道："我们要到杜文丽房间看一看，要看她的日记本、影集等。你们有她的QQ号码吗？"

不出预料，杜文丽父母本身不用社交软件，更谈不上和女儿在社交网络上沟通。杜文丽父亲喃喃地道："我从来不上网。"

杜文丽房间仍然保留着单身女子的特有气息，桌上有化妆品，价格不算贵。书架上放着杂志，很大一部分是摄影杂志。有几本摄影杂志特意放在抽屉里，打开，果然找到杜文丽的大幅相片。相片中，杜文丽每次都特意显露出大长腿，还有两幅相片走的是性感路线，眼神迷离，衣衫单薄，关键处用手挡住。

侯大利近距离观察过污水井女尸面容，还为了消除尸臭费尽心思，此刻污水井女尸与相片中的漂亮女子对比，反差之大，震撼人心。看完杂志，他起身来到窗前，推开窗，看着天空的太阳，闭眼感受阳光带来的一丝温暖。良久，他重新坐到桌前，打开一本厚影集。

这一本影集全是在大学毕业后的生活照，有旅行的，有日常生活起居的，有工作的。翻到第七页，侯大利没有继续往下翻，对田甜道："你过来看一看。"

杜文丽父母不愿意看女儿的相片，在客厅里并排呆坐，面对着一堵空墙。

侯大利手指相片，道："你认识这个女子吗？"

田甜看了一眼，嘴巴顿时合不拢，道："这是陈雷女朋友。"

侯大利道："正是。"

陈雷女朋友小吴是健身馆教练，身材匀称，喜欢穿紧身衣服。相片中，小吴和杜文丽都穿了一条灰色短裤，露出大长腿，笑得很开心；小吴比画剪刀手，杜文丽嘟着嘴巴。这是去年夏天的相片。今年，相片中两个漂亮女子都香消玉殒，而且死状都很惨烈。

侯大利又翻了两页，再次发现了杜文丽和小吴的相片。这一次杜文丽和小吴中间还坐着陈雷，陈雷一只手搭着杜文丽肩膀，另一只手挽着小吴。

据石秋阳交代的情况，杀害杨帆的人极有可能是学生。陈雷当时正读高一，是杨帆的追求者，身高也符合石秋阳描述。他与杜文丽有交集，也与杨帆有交集。侯大利看着陈雷与杜文丽的合影，神情变得异常严肃。

田甜道："陈雷与杜文丽认识，应该有嫌疑。"

侯大利道："这是一条线索，可以往下查。"

除了发现影集之外，侯大利还找到杜文丽的一个小笔记本。笔记本上记了银行卡号码和密码，以及QQ号和登录密码。

晚上八点，侯大利和田甜准备离开杜家。杜文丽父亲情绪突然变得激愤起来，拉住侯大利胳膊，道："你们不破案，我死不瞑目。你给我说实话，到底能不能抓到凶手？"

侯大利用坚定的语气，道："肯定能够抓到凶手。"

杜文丽母亲坐在沙发上，依然望着没有开机的电视机，面无表情。

上了车，田甜道："你刚才的话说得太满。要按照你说的，就不会存在积案。"侯大利道："杜文丽死得这么惨，破不了案，当刑警还有啥意思。"

田甜最初以为这个富二代很酷，谁知接触久了，才发现外表硬朗的侦查员内心颇为柔软。她将手放在男友手背上，轻轻握了握。

105专案组来到秦阳后，立刻投入紧张工作中。晚上九点，秦阳市公安局刑侦支队支队长和政委请105专案组全体成员吃晚饭。

在抓捕石秋阳的过程中，侯大利主动替换人质的英勇行为给秦阳刑警留下了深刻印象，在饭局上，大家提起此事，仍然赞不绝口。侯大利脑海中一直在想陈雷、小吴和杜文丽的相片，不时走神。葛向东擅长酒场应对，数次为侯大利圆场，又频频出击，与秦阳刑警们碰酒。

酒席结束，回到酒店，专案组在朱林房间开会。

侯大利和田甜从杜文丽父母家回到秦阳刑警支队，随即参加晚宴，没有来得及向朱林汇报在杜家的发现。

朱林打开泡有枸杞的杯子，喝了一大口，又将枸杞嚼咬，吞进肚子，这才道："大利和田甜查到了什么线索？肯定有所收获。原因很简单，大利的人在酒席上，心在另外的地方。"

侯大利打开包，将提取到的相片递给朱林。

"另一个女的好面熟。"

"姓吴，陈雷女友，死在石秋阳手里。"

"啊，她们认识？"朱林说到这里，眉毛慢慢拧在一起，道，"陈雷和杨帆是高中同学，又认识杜文丽，确实有嫌疑，难怪你走神。陈雷是社会人，据我的经验，江州社会人很少这样处理尸体，少见。不过，少见归少见，这条线索得查。"

他想了想，又道："专案组人少，任务非常重，查陈雷是否有嫌疑交给重案大队。我们要把基础工作做扎实，不遗漏任何线索。侯大利和田甜小组回江州，从杜文丽工作单位开始调查走访；葛朗台和樊傻儿留在秦阳，调查杜文丽的亲戚和高中同学。"

会议结束，侯大利在房间里打开笔记本电脑，查看杜文丽的QQ。杜文丽的QQ空间不是天天更新，没有规律，有时候一天更新好多条，最长有两个半月没有更新。QQ空间停留在9月30日，杜文丽在空间里发了一组新拍摄的人物照，时尚又漂亮，还在小区拍摄了一只流浪狗。

看到这停更时间点，侯大利有些疑惑，打通了田甜电话，道："你到我房间来一趟，有事找你。"

田甜会错了意，嗔道："这是秦州公安宾馆，走道上有监控，我到你房间，监控上清清楚楚。忍一下吧，明天回江州，我们再来，好吗？"

侯大利笑了起来，道："你想得太色了。我在杜文丽的QQ上发现一些不好解释的地方，你过来看一下。"

"我不过来。"被侯大利嘲笑，田甜有些恼羞成怒，在屋里坐了几分钟，忍不住好奇，还是打开房门，前往侯大利房间。

刚进房间，田甜就被侯大利凌空抱起。田甜低声道："骗子，放我下来。"

侯大利将田甜丢在床上，俯身亲吻，直到两人都气喘吁吁才罢手。

两人在看电脑时，打开了房门，以示清白。

"为什么QQ空间停留在9月底，莫非抛尸日期我们估计有错？我查过天气资料，北风是从10月中旬陆续开始吹，9月30日，江州无风。"

侯大利望着田甜白中透红的脸颊，提出了一个严肃的问题。

田甜不停翻看杜文丽的QQ空间，道："QQ空间停留在9月底，只能说杜文丽没有更新，不能说明其他问题。她以前也经常停更。"

两人讨论一番，没有结果。

当夜，侯大利失眠，脑海中浮现起杨帆被人推下河的画面。以前浮现起这一段画面时，凶手总是模模糊糊，今天，脑海中那个远远的身影变成了陈雷，毫无违和感。

秦阳之行，105专案组对杜文丽的行为轨迹和社会关系有了进一步的了解，这对以后的案侦工作很有利。更关键的是寻找到一条新线索，这条线索若是查实，极有可能会影响到杨帆案的案侦工作。

遗憾的是这条线索很快被重案大队查否。从2008年国庆开始，陈雷便和女友出国旅游，到了12月初才回来，没有作案时间。

3月28日，发现污水井女尸第九天。

葛向东和樊勇根据明信片提供的线索，没有回江州，马不停蹄地前往阳州、南州和岭东等邮戳所在地进行调查走访。

侯大利和田甜回到江州以后，第一时间联系了陈雷。

陈雷的公司有一个极怪的名字，叫雷人商务公司。名字怪是怪一点，公司内部装修却甚为豪华，前台小妹超级漂亮，会客厅还有一个漂亮小妹坐在茶具后面，为客人服务。

喝了两杯茶，陈雷出现在门口，道："有什么事，还要两位警察一起出马？若是侯大利一人找我，有可能是私事。现在侯警官和田警官一起出马，那就是正式的调查走访了。"

侯大利伸长腿，道："你还挺懂行啊。"

陈雷笑道："劳改队是社会大学，我在里面什么都得学，包括警方办事规则，比如今天的调查走访就不能一个人来。"

被石秋阳的燃烧弹攻击以后，陈雷面容毁坏严重，左脸仍然光洁，右脸则是结着淡灰色硬痂，坑洼不平。陈雷作为社会人，没有毁容前显得文质彬彬，毁容后，脸部变成"阴阳"两个部分。他笑起来时，一半脸笑，一半脸僵硬，看上去非常别扭，又很阴沉。

侯大利坐直了身体，道："你说对了，我们是有公事，请小姑娘回避一下。"

漂亮小妹给侯大利、田甜和陈雷倒了一杯茶，轻手轻脚离开茶室，顺手关上房门。

侯大利收回伸长的腿，脸上笑容收敛，从包里取出陈雷、小吴和杜文丽的合影，放在桌前。

陈雷取过相片，看到已经逝去的小吴，脸色变得难看。他放下相片，一言不发地盯着侯大利和田甜，道："什么意思？"

侯大利又取出一张相片，道："3月20日在师范后围墙污水井发现了一具女尸，你应该听说了这件事吧？"

"和我有什么关系？"说完这句话，陈雷眼光回到合影相片，似有所悟，左侧脸的表情凝重起来。

田甜坐在一边，观察陈雷言谈举止。

侯大利取出污水井尸体的相片，放在陈雷身前。

陈雷取过相片，看了一眼，如烫手一般将相片丢在桌上，道："这是谁？为什么让我看？"

"杜文丽。"

"不可能。"

"已经查实，DNA比对成功了。"

陈雷又看了一眼相片，站起来，走进卫生间，关了门。很快，从卫生间传来呕吐的声音。他从卫生间出来之时，半边脸色苍白，被火烧伤的另外半边脸却如燃烧的火焰。

"去年10月到11月期间，杜文丽有什么异常表现？"

"我怎么知道杜文丽有什么异常表现。杜文丽和小吴是朋友，我仅仅是闺密男朋友而已。若是小吴还在，肯定知道很多事情。我不知道，是真不知道。"

田甜轻声细语地道："那就聊一聊你所认识的杜文丽。"

陈雷左侧脸非常苍白，闷坐了一会儿，讲了自己知道的与杜文丽有关的事。他一边想一边讲，所述非常零碎。

四十多分钟后，侯大利和田甜准备离开。陈雷将两人送至一楼，站在越野车外，道："杜文丽是小吴的好朋友，她们两人死得太惨。如果以后警方在侦破杜文丽案时需要我，随时开口。蛇有蛇道，鼠有鼠路，说不定我也能提供一些阴暗角落的线索。"

侯大利道："想起了什么事，给我打电话。"

越野车启动，社会人陈雷咬牙切齿地站在门口。突然，他冲到一楼卫生间，又吐了起来。

侯大利和田甜离开雷人公司以后，又到江州电视台广告部，找到负责人邵丽。

邵丽留着一头大波浪，年过四十，风韵犹存。她客气地给来人泡茶，询问两位警官到电视台的意图。

侯大利没有绕弯子，直截了当道："我们来了解杜文丽的情况。"

邵丽道："杜文丽犯了事？"

侯大利拿起笔记本，道："杜文丽是什么时候从电视台辞职的？"

邵丽一直在打量这个年轻的警官，慢慢在脑中将年轻警官与出自江州的大人物联系了起来，一时有些失神。侯大利问第二遍的时候，她似乎才回过神来，道："对不起，你刚才说什么？杜文丽辞职很久了，去年的事。其实也不算辞职，她是不辞而别。现在的年轻人都挺潇洒，说不干就不干，比我们当年任性得多。"

侯大利道："她为什么辞职？"

邵丽想了想，道："杜文丽是广告部临时工，临时工流动性挺大。去年9月，广告部开会，杜文丽迟到四十多分钟，身上还带有酒味，我批评了几句，第二天就没有见到人。我给她打过电话，关机，后来我就再也没有见过她了。"

"她是9月辞职，你最后一次见到杜文丽是什么时间？慢慢想，越准确越好。"

邵丽翻了一会儿笔记本，道："我是9月21日开会，开会以后就没有见过人。"

侯大利写下了"9月21日最后一次出现在电视台",道:"你了解杜文丽的社会关系吗?"

"她不是正式职工,按业绩提成。下班以后,我们接触不多。"邵丽忍不住又问道,"杜文丽出了什么事情?"

侯大利道:"杜文丽在去年11月遇害了。"

邵丽一下捂住嘴巴,眼睛瞪得如鸡蛋大小,道:"师范工地发现的人是杜文丽?"

侯大利点了点头,道:"你把广告部员工罗列出来,我们要逐一谈话。"

"侯警官,我觉得您挺面熟。您是不是和国龙先生一家的?啊,你就是侯大利,我没有看清楚警官证上的名字。国龙先生和江州电视台一直关系挺不错,特别是前些年,投了不少广告。"邵丽确认了眼前之人确实是侯国龙的儿子,望着侯大利的眼光有些复杂。侯国龙不仅是电视台的广告金主,还是其闺密的情人,闺密未出生的儿子或女儿便是眼前这位警官同父异母的弟弟或者妹妹。

侯大利见邵丽突然间有些失神,又问道:"杜文丽在辞职前有异常情况吗?"

邵丽道:"杜文丽去年就遇害了,难怪我一直没有见过她。太可惜了,她工作挺上进,人也长得漂亮。台里有些节目还经常借她过去当主持人。可惜了,红颜薄命。"

办案之时,警察挺喜欢这种年龄的女领导。女领导和男领导相比更加八卦,而八卦意味着可能得到更多信息。

花了接近一天时间,侯大利和田甜与广告部的员工分别进行谈话。在与员工谈话之前,杜文丽的形象是模糊的,与员工谈话以后,杜文丽的形象变得清晰起来:杜文丽是漂亮女生,性格温和,喜欢小动物;她一门心思存钱在江州买房子,社交关系相对单纯,身边也有追求者,但是没有明确的恋爱对象;她工作勤奋,有上进心,到电视台以后除了拉广告外,还客串电视台主持人,离职前的最大心愿就是成为电视台正式员工。

从电视台出来时，天近黄昏，侯大利和田甜到江州大饭店雅筑餐厅吃饭。江州大饭店副总经理顾英总能在第一时间得知侯大利到来的消息，踩着轻快步伐，春风满面地出现在两人面前。田甜看到打扮精致的副总经理，脑中奇异地联想起躺在污水井中的杜文丽。这种对比无论从视觉到嗅觉都让人觉得不愉快，她赶紧换了思维频道，尽量赶走莫名其妙的联想。

顾英人情练达，知道此刻侯大利和田甜需要独处，打过招呼以后便翩然而去，将宝贵的空间留给一对年轻男女。

田甜原本准备讲一讲刚才的奇怪感受，却见侯大利正在专心看打印好的电子地图。电子地图主体颜色接近白色，比例精确，地貌、地物和地名一应俱全，只要在图上找到摄像头相应位置，就可准确标注，非常便于操作。

"查监控恐怕很难。杜文丽出事是在半年前，监控不会保留这么久，否则早就调动视频大队了。"

"死马当成活马医，或许我们的运气爆棚，恰好找到了犯罪嫌疑人抛尸的视频。"

"我想说几句真话，你愿意听吗？"

侯大利没有抬头，道："忠言逆耳，听。"

田甜道："朱建伟案件和蒋昌盛案件是石秋阳所为，你专注于蒋昌盛案，对蒋案中凶手作案细节把握得很准；朱建伟确实又是石秋阳所杀，因此你在朱建伟案中变成了神探，这其实有偶然因素。杜文丽案和朱建伟等案完全不同，老办法不一定有效。积案之所以成为积案，肯定有难度，你要有啃不下积案的心理准备，并不是所有积案最终都能破掉。"

为了抓住杀害杨帆的凶手，侯大利经过了漫长的准备工作，终于等到了一丝破案的曙光。他坚定地道："谋事在人，成事在天。但是谋事到何种程度，直接决定着老天是否成全。我不管结果，只管尽力而为。"

调查走访工作是一个细致又繁琐的工作，侯大利和田甜在电视台花了一天时间，紧接着又在江州科院花了大半天时间，在这两个单位得到的情况几乎一致，都没有掌握有价值的线索。

从江州科院这所民办大学走出，侯大利看了看时间，道："我想查监控。"

田甜道："据我所知，江州的城市报警和监控系统是2007年开始建设的，功能并不完善。调集和解读视频工作是很耗时的工作，如果真需要，可以请求视频大队协助。更关键的是杜文丽案到现在接近半年时间，视频存不了这么久。第一次案情分析会上，视频大队就谈了这个观点。"

"我想寻找漏网之鱼，说不定运气好，就能碰上。"侯大利还是坚持查看师范后街附近的视频系统。

越野车停在师范后街，侯大利和田甜步行前往师范后围墙。

此时，师范工地为了避免麻烦，已经将缺口处补上，师范后围墙又成为完整的围墙，宛如当年师范鼎盛时期。行人无法再通过缺口进入校区，减少了隐患。

侯大利站在围墙原来的缺口处，双眼如相机一样将见到的场景输入大脑中，很快脑海中浮现起一幅清晰图画：犯罪嫌疑人骑着摩托车，车上载有杜文丽尸体，半夜偷偷摸摸来到垮塌的围墙处；他将摩托车停在小道上，再将杜文丽的尸体扔进污水井；当时北风已起，犯罪嫌疑人将杜文丽扔进污水井时，一股风将树叶吹进井里。

田甜道："你有什么发现？"

"犯罪嫌疑人要抛尸只能趁晚上，要么从东边，也就是师范后街方向拐进围墙小道，来到围墙垮塌处；要么是从西边，也就是从中山大道拐进围墙小道，来到围墙垮塌处。小道无法通汽车，可以骑摩托车。如果我是犯罪嫌疑人，肯定会选择骑摩托车将尸体运过来。"

侯大利展开电子地图，道："江州视频系统大体分为三类，一是市政府出钱搞的，二是区政府出钱搞的，三是社会单位自己建设的。有一些小品牌监控直接将电脑改作硬盘录像机，可以在电脑硬盘上找到监控录像所在的文件夹。如果他们没有删除，那就极可能留有视频资料了。另外还有一些容易忽视的探头，交管电子警察、雷达测速卡口配套的视频探头、治安卡口配套探头，往往容易被人忽视。后面两项就是我们查找的重点，如果找到视频，案子或许就破了。"

"这事的难度和大海捞针差不多。你想做，那就做吧。"

尽管田甜这次不太赞成侯大利的思路，但还是配合侯大利对师范围墙附近的监控视频进行了全面清理，对视频监控点位进行纯手工标注。

两人都有现场勘查经验，手工标注时严格按规范进行。标注时有两大要素不可少，一是摄像头所在位置，二是摄像头朝向。一般来说，摄像头位置都准确，容易忽略的是摄像头朝向；侯大利和田甜用箭头方向和角度表示摄像头的拍摄方向，用不同符号标注出枪机和球机，用"公"和"非"标注出是公安类和非公安类摄像头。标注时，还对图中每个摄像头进行编号，并专门列表说明摄像头的名称、位置、类型、校正时差（秒）、相邻探头间距（米）等信息。

标注工作用了半天时间完成。这只是第一步，第二步工作便是调取和查看视频。

回到刑警老楼，朱林看到电子地图标注表，先表扬侯大利和田甜工作认真，又道："公安类视频一般保留三个月，有问题的视频要单独提出来才会长期保存。标注表上有二十七个公安类摄像头，基本可以不查；其他三级视频则是撞大运。希望你们仍然有运气。"

在朱林的协调下，视频侦查大队派两名侦查员与105专案组一起查找师范后街围墙处的三十四个三级探头，调取了一些视频。

四人看完能调取到的所有视频，一无所获。视频大队两个民警完成任务，离开刑警老楼。侯大利长时间面对视频，双眼红红的，如患了红眼病一般。田甜见男友这般憔悴，既心疼又觉得好笑，道："你查视频时说过死马当成活马医，现在没有结果，其实挺正常。我们出去走一走，散散心。"

侯大利揉了揉眼睛，道："我们再去一趟师范后围墙。"

田甜给了男友一个白眼，道："你这个富二代挺无趣，除了破案，没有生活乐趣。"

第四章
侯大利成了嫌疑犯

致幻蘑菇

3月20日对于江州市民来说是一个普通的日子，对于江州刑警支队却是难以忘记的日子。早上长青县发生了灭门惨案，一家四口遇害，随后又在江州师范后围墙处的污水井发现高度腐败的尸体。

污水井女尸案由105专案组侦办。目前，污水井女尸案最大的进展是找到了尸源，受害者是来自秦阳的杜文丽。重案大队接手长青县灭门案，经过艰苦努力，长青县灭门案成功告破。

江州重案大队组成八个抓捕组，宫建民、陈阳等刑侦领导分别带队，追了八个省，终于锁定公安部B级逃犯杨彬踪迹。

3月29日，长青县灭门案第十天，晚上十点，雾气缭绕。十七名江州刑警和当地刑警悄悄地靠近一栋两层白色楼房。宫建民经历和指挥过无数次抓捕，仍然紧张。作为指挥者，他将所有紧张情绪深藏于心，没有丝毫显露，显得非常镇定。

刑警们来到楼下，白色楼房里面没有任何反应。宫建民一声令下，邵勇等刑警从三个方向破门而入。灭门案嫌犯正与一个妇人在屋内喝酒，来不及反抗，被刑警按倒在地。

那妇人惊叫道："强盗哇。"

宫建民蹲在杨彬面前，道："杨彬，我们是江州刑警。"

听到家乡话，杨彬停止挣扎，面如死灰，如死狗一样瘫在地上。经初步审讯，杨彬对杀害长青县一家四口的犯罪事实供认不讳，杀人目的是报复。

至此，震惊一时的长青县灭门恶性杀人案成功告破。

从案发到抓到犯罪嫌疑人，一共花了十天时间，总算不辱使命。宫建民心情一直不能平静，走到门口，点了两次，才点燃香烟，狠狠抽了一大口以后，拨通电话，道："抓住杨彬了。"

分管副局长刘战刚沉默了两秒，道："辛苦了。回来小心点。代我向所有参战民警问好，我和关局会在车站迎接你们。"

返程途中，宫建民坐在车上，看窗外与江州完全不同的风景，陷入回忆。

长青县灭门案发生在早上五点，一个早起村民发现被害者院中有人躺倒在血泊之中，马上报案。派出所民警赶到现场后，又在屋内发现三人遇害。一家四人被杀，这是社会影响非常恶劣的灭门大案，刘战刚、宫建民、陈阳等刑侦方面的领导以及重案大队、技术室的核心骨干都来到案发现场。这也是当天污水井女尸被发现之后，交由105专案组进行现场勘查的原因。

凶案发生后，山南省、江州市和长青县三级公安部门高度重视，召开紧急会议。经研究，决定以江州市刑警支队为核心开展案侦工作。江州市刑警支队重案大队共有侦查员48人，下设八个探组和一个机动探组，为了侦办长青县灭门案，动用了六个探组。

长青县灭门案第一次案情分析会结束以后，副局长刘战刚和支队长宫建民又抽空回到江州，主持了污水井女尸案的案情分析会，在会上明确将污水井女尸案交由105专案组侦办。开完污水井女尸案的第一次案情分析会以后，宫建民又回到长青县，召开长青县灭门案的第二次案情分析会。

根据现场留下的一件沾有血迹的棕色夹克和大门上的血指纹以及鞋

印，警方对犯罪嫌疑人做了基本判断：犯罪嫌疑人是一人作案，男性，年龄在20~35岁之间，身高一米七左右，身材偏瘦；犯罪嫌疑人胆大妄为、凶狠残暴，心理素质较好，可能有前科；与受害者熟悉，应是在农村生活，有可能曾经在外面打工。

在此判断的基础上，江州刑警支队重案大队和长青刑警大队先后对一万余人进行走访、摸排。经过大量缜密侦查后，警方锁定杨彬，认为其有重大作案嫌疑。

杨彬，27岁，长青县人；身高一米七三，体型较瘦，短发，圆脸，皮肤较白；左脸上有一个明显黑痣，平时喜欢背一个较旧的双肩包。

杨彬刑满释放后，有一个情妇。等到江州警方追到情妇家时，杨彬已经离开，情妇也没了踪影。

江州警方组成了八个组，北上、南下，在短时间内行程万里，一路追查犯罪嫌疑人杨彬。警方获悉杨彬藏匿在岭东省，迅速组织专案民警赶赴岭东，最终成功抓捕犯罪嫌疑人。

这个过程如今回想起来简单，过程中的煎熬只有一线指挥员宫建民才知道。

飞机降落在阳州机场，到机场迎接的有省公安厅相关领导以及江州市公安局局长关鹏、副局长刘战刚。

4月2日，抓获杨彬的第四天，江州市公安局召开侦破长青县灭门案表彰大会，对在侦破长青县灭门案中做出突出贡献的单位和集体进行表彰奖励。新调任的江州市委常委、政法委书记杜军，省公安厅刑侦总队副总队长刘真，省公安厅正处级侦查员老朴，市局在机关党委班子成员，各分县局局长，局属有关部门负责人及各分县局分管刑侦、刑事技术、禁毒工作的副局长，刑侦、禁毒大队长和刑事技术中队长在市局主会场参会。

会议由江州市市长助理、公安局党委书记、局长关鹏主持。

局党委副书记、副局长刘战刚宣读了公安部贺电、省厅嘉奖令、市委市政府通报表扬决定和市局党委表彰决定。随后，大会主席台领导亲自为有功人员代表颁发了奖状和荣誉证书。

在侦办石秋阳系列杀人案中，105专案组锋芒隐隐盖住了重案大队。如今成功侦破长青县灭门案，重案大队打了一个翻身仗，所有参战刑警都扬眉吐气，兴奋之情溢于言表，将前一段时间受的窝囊气丢进了太平洋。

105专案组全体成员也参加了表彰大会。开会时，侯大利有些心不在焉，脑海里浮现出污水井现场。经过无数次勘查，现场细节已经在其脑海中形成栩栩如生的画面，此刻集中精神，犹如又重新进入了现场。

会议结束，105专案组回到刑警老楼，在小会议室开会。

大家刚刚坐定，侯大利提出一个问题，道："朱支，若不是3月20日当天恰巧发生了长青案，肯定是重案大队主侦杜文丽案，我们配侦。如今重案大队成功侦破了长青县灭门案，是不是意味着我们要将杜文丽案交给他们？"

在组员面前，朱林没有回避此事，提前做了安排："重案大队成功侦破了长青县灭门案以后，污水井女尸案肯定要交给他们，这一点我们必须听从指挥，不要有任何怨言。105专案组成立的初衷是侦办未破积案，到目前为止初衷未变。污水井女尸案和章红案有相似点，这是105专案组作为配侦的重要切入点，否则也就不需要105专案组做配侦。杨帆案没有更多线索，暂时没有办法突进。侯大利和田甜主要跟进章红案和杜文丽案，希望能有所突破。

"葛朗台和樊傻儿跑了邮寄明信片的三个城市，没有收获。根据当前形势和局里安排，葛朗台、樊傻儿小组把前期材料交给重案大队，集中精力抓丁丽案，继续跟进，紧抓不放，有新线索要立刻报告市局。丁晨光一直催着105专案组，必须对其有所交代。"

会议内容简单，安排工作以后，半小时就散会。

侯大利和田甜在三楼资料室投影上再次播放章红卷宗的基本材料，准备抽时间再一次拜访章红父母，同时继续调查走访杜文丽的朋友和同事。在研读章红卷宗时，侯大利发现了几处特殊尿渍，这一次到章红家，准备到现场看一看尿渍实际分布情况。

章红遇害以后，其父母互相责怪，不久后就离婚。如今章红父亲章中明已经再婚，章红母亲罗玉兰独居在老楼。

章中明接到电话，压低了声音，道："侯警官，案子有新消息？"

侯大利道："没有。我们过来了解情况。"

章中明声音陡然提高，道："这么多年了，我们为了破案是全心全意配合，能说的全部说了。你们没有消息，又来找我们做什么？找一次，就揭开一次伤疤，我们要伤心好几天。我希望能尽快破案，给我女儿一个交代。纳税人养活了你们，总得给老百姓办点事情。"

章中明平时说话挺温和，无数次失望之后，脾气暴躁起来，在电话里训斥了年轻警官。

侯大利能够理解章中明，没有生气，但是也没有委曲求全，道："人心都是肉长的，我能理解你的心情。我们没有放弃，一直在努力破案。刚才你把火气发在办案民警身上，不太明智。我们办案民警真不来找你们，那绝对不是好事。"

章中明没有料到年轻民警会说出这样一番话，闷了一会儿，道："侯警官，对不起，我心情不好。我在阳州开会，后天才回江州，到时我跟你联系。"

田甜随后拨通章红母亲罗玉兰的电话。罗玉兰提前退休，独居在老楼，接到电话，表态随时都可以到家里去。

侯大利和田甜随即前往章红遇害时居住的房屋。章红家位于江州二厂老家属楼。老家属楼属于老式临街建筑，没有小区。

女儿遇害以后，章红父母很快就离婚。罗玉兰知道女儿永远不能回来，仍然独居于老屋，固执地守护女儿的一切。在内心深处，她还是希望奇迹能发生，女儿和平常一样，拖着行李箱，施施然来到楼下，让爸妈帮着拿行李。

接到警官电话以后，罗玉兰打开木门，站在简易栅栏式铁门后，望着楼梯。

简易铁栅栏门并非正式防盗门，是由店铺防盗门制作的简易铁门，挂锁部分有一整块铁板，保护住门锁。这幢老楼都安装有木门。当年为了保护经常独自在家的女儿，章中明发挥聪明才智，设计栅栏式铁门，然后这幢楼的其他人家才都做了类似的铁栅栏门。

罗玉兰在门口等了二十多分钟，侯大利和田甜出现在楼梯口。

章红曾经住过的家，房间干净整洁，墙上挂历仍然停留在2006年。

田甜和罗玉兰面对面而坐，谈论章红的日常生活，寻找其中的蛛丝马迹。

侯大利来到章红遇害房间，站在门口，扫视房间。房间充满着女大学生气息，贴着不少张国荣的画像，画像旁边手写"哥哥"字样，桌上放着几本言情小说。侯大利上次过来时，桌上也放着这几本言情小说，位置没有变化。桌面上没有灰尘，整洁如新，说明章红妈妈打扫房间时，小心翼翼维持房间原貌。

在客厅传来罗玉兰的叙述："我最大的愿望就是能听到敲门声，打开木门，女儿就站在门口，嚷着让我煮红烧肉。"

杨帆逝去以后，侯大利有时会在课堂上做白日梦，会想着杨帆背着书包出现在教室门口，引得所有同学侧目。白日梦是梦，可以给自己安慰，却永远不能实现。侯大利向前走了几步，站在屋中间，闭上眼，将卷宗里的相片从卷宗里面抽出来，一点一滴还原在房间里。

当年的现场勘查是老谭带人所做，勘查得非常仔细，侯大利看了无数遍，早将里面的细节记得烂熟。现场勘查报告中一个细节给侯大利深刻印象：在书桌、椅子和床上都有尿渍。经过理化检测，这与被害人的尿液成分高度一致。

今天再次来到现场，侯大利主要目的是实地查看尿渍分布情况。

他脑海中出现了一段影像：犯罪嫌疑人潜入房间，在章红杯子里放了安眠药，然后躲在角落，静静等待；章红喝了杯子里的水，上床睡觉；犯罪嫌疑人脱下章红裤子，保留上身毛衣；性侵过程中，章红醒来，犯罪嫌疑人扼住章红脖子，直至章红死亡；死亡时，小便失禁，在床上形成尿渍。

为什么书桌和椅子上有尿渍？

侯大利闭着眼睛让影像在头脑中继续自然运行：犯罪嫌疑人先后将小便失禁的章红搬到了书桌和椅子上，书桌和椅子上才会留下尿渍。

"犯罪嫌疑人是性变态！"

"杜文丽手脚被捆绑，这是变态行为，还是控制行为？"

"杜文丽胃里没有查出药物，原因很可能与高度腐败有关。章红案和杜文丽案存在不同点，也可以视为犯罪升级。"

"章红房间里没有犯罪嫌疑人的指纹、手印，也没有头发和其他生物检材，说明犯罪嫌疑人有反侦查意识。这是一个老手，不可能是第一次犯罪。"

站在屋中间，侯大利脑海中有栩栩如生的影像，各种设想在脑中反复碰撞。

客厅里，罗玉兰在田甜建议下，拿出影集，一张张翻阅。

行为轨迹和社会关系是老朴破案的抓手，经历过石秋阳案件以后，不仅侯大利将其视为侦破工作重要抓手，田甜也在潜移默化中接受了这个观点。这个观点几乎所有侦查员都知道，但是深奥的道理往往用最简单的方式表达出来，越是优秀的侦查员，越能将这些基本原则运用得最彻底。

聊了章红基本经历之后，田甜提出看影集。罗玉兰非常配合，从自己的卧室拿出厚影集。每一张相片都记录着一段岁月，女儿成长经历被相片忠实地记录着。章红受到了良好家庭教育，从小到大，有不少舞台照；进入江州师范学院以后，参加了学校舞蹈团，有更多演出照。

侯大利坐在田甜身边观看相片，原本心思还在几处尿渍上，随着演出照越来越多，他有一种似曾相识的疼痛感。杨帆影集里也有许多演出照，杜文丽的QQ空间中放了很多T形台的相片。

厨房里飘出浓烈的肉汤香味，这是一股异香，香味扑鼻。侯大利长期在江州大饭店用餐，为其做菜的厨师皆是大厨。侯大利口味很刁，一般菜品很难吸引到他，今天闻到罗玉兰厨房飘来的汤味，倒真是被诱惑了，暗自流了不少口水。

"好香的汤。"侯大利离开章红家时，忍不住扭头看了一眼厨房。

"蘑菇肉汤。"罗玉兰微笑着站在木门后，等到两位警官背影消失，便关上铁栅栏门和木门，到厨房关了火，将汤放在客厅木桌上。她盛了三碗汤，放在自己、章中明和章红常坐的位置上。

等到汤冷了以后，罗玉兰端起碗，道："汤可以喝了，一起喝吧。"

汤是蘑菇肉片汤，看似普通，实则与寻常人家的蘑菇汤不一样。寻常人家的蘑菇是在菜市场买的，罗玉兰煮汤用的蘑菇是从老家山上采来的。这是一种小伞状灰色蘑菇，貌不惊人，却能释放出让人忘记痛苦的魔力。

罗玉兰喝了半碗汤，吃了几根蘑菇，闭眼，等待快乐女神降临。快乐女神从来不会欺骗人，总是如约而至，很快就让罗玉兰忘记了女儿遇害、丈夫离家的巨大痛苦。她睁开眼时，看见女儿坐在餐桌前，剪了整齐刘海儿，低头喝汤，旁边放着一本书。

"你多大年龄了？还天天玩手机，都不找个男朋友。你现在就是该找男朋友的年龄了，等到过了二十五，女人就要掉价。"罗玉兰看着女儿天天待在屋里看书，就觉得不痛快，催促着女儿赶紧去找对象。

女儿章红抬起头，道："妈，你这人挺矛盾，高中时候一直严防死守，不准我谈恋爱，凡是有谈情说爱的书都不准我看。怎么刚进了大学，就要我马上找男朋友，我自己都还没有适应这个转变。"

罗玉兰道："你别骗我了，毕业两年了，还说在读大学。章中明，你来作证，女儿是不是工作两年了？"

章中明乐呵呵地道："玉兰哪，女儿考上研究生了，当然还在读书。"

罗玉兰喜道："考上研究生了，都不跟老娘说。读研究生更得找男朋友，但是我要提一个要求，不准找农村的男朋友，以后麻烦事情多。"

喝了致幻蘑菇以后，往日的家庭生活就能重新在客厅上演。罗玉兰不停喝肉汤，持续地将这出戏演下去。

与此同时，侯大利他们在越野车上谈论了一会儿奇香的肉汤，话题转到在章红房间的发现："我有一个发现，或许这不算发现，杨帆、章红和杜文丽，三者之间的共同点就是都有舞台经历。是不是可以这样设想，有一个连环杀手隐身在观众中，寻找舞台上的目标。如果真是这样，杨帆案就有希望侦办。"

"你对尿渍的判断还是很有道理的，否则无法解释尿渍为什么会出现在桌子上。这个尿渍和杜文丽案件的树叶一样，看似寻常，实则反映出案发时的情景。三人都有舞台经历，这也可以作为一个重要相似点。"

越野车即将到达刑警老楼时，田甜突然道："时间还早，我想和你一起再去世安桥看一看。"

这些年，侯大利总是独自前往世安桥。他没有想到田甜会提出这个要求，愣了愣，苦笑道："到世安桥看过无数遍，每个栅栏的模样我都记得。"

田甜言不由衷地道："朱支常说，现场，现场，还是现场。这句话很有道理。比如今天，我们是第三次到章家，就有了与上一次不同的收获。虽然这些收获只是间接收获，可是每一点收获都逼近凶手。"

侯大利掉转车头，朝世安桥开去。田甜一直担心侯大利拒绝和自己一起去看世安桥，等到越野车掉头，心里才涌出丝丝甜蜜。

越野车很快来到世安桥。以前到这里，都是侯大利独自来，今天身边却跟着另一个姑娘。侯大利站在桥上，暗道："杨帆，我有了新女朋友。你能接受田甜吗？"

江州河默默向东流，没有回答这个问题。

从世安厂往城里方向数的第四根栅栏有自行车撞击痕迹，第四根或者第五根栅栏就是杨帆曾经紧抱的救命"稻草"。站在此处，侯大利仍然后背发凉，不敢去深想杨帆面对河水时的绝望和恐惧。他不愿面对东去的河水，背对栅栏道："你能陪我来到河边，谢谢了。我和杨帆从小在一起长大，她又遭遇横祸，我很难忘记她，这对你来说不公平。"

田甜抚摸着石栅栏，望着沉默东流的河水，道："我是法医，见惯了生死，谈不上大彻大悟，却也比一般人看得更开。我之所以看上你，不是因为你长得不错，也不是因为你家里有钱，恰恰是你对逝去女友念念不忘，执意报仇。我偶然会想，如果我遭遇不测，你肯定会为我报仇的。"

"把最后一句话收回去，以后别说这种不吉利的话。必须收回。"

"呸、呸、呸。"

田甜对准江州河"呸"了三声，完成"收回最后一句话"的仪式。

两人步行来到当年石秋阳藏身之地，从石秋阳视角回顾整个案发经过。经过多次对石秋阳的提审，侯大利如今对当年往事有了更为清晰的影像：案发前，先有客车开过，随后一个小个子匆匆来到世安桥；十分钟后，杨帆骑自行车来到世安桥；看到小个子招手，杨帆停下自行车；随后两人发生冲突，杨帆被推下河。

小个子有可能乘坐客车来到世安桥，这是侯大利反复研究石秋阳供述得出的结论。杨帆案发当初，由于没有目击者，无法确定是自杀还是他杀，江州刑警支队在调查走访时，忽略了对途经世安桥的长途汽车和公共汽车的深入调查，所做调查主要是针对司机是否看到世安桥上发生的事情，而没有从"凶手是乘客"入手。等到七年后石秋阳落网，再回顾案情，最佳时机早已错过。

侯大利提起这点，连连嗟叹。世上没有后悔药，穿越只存在于小说中，错误已经犯下，永远无法纠正。

在世安桥停留许久，侯大利开着越野车来到江州大饭店，在雅筑餐厅要了一个小包间。侯大利和田甜刚落座，副总经理顾英就准时露面。

"雅筑餐厅有没有很香的肉汤？应该是煮了蘑菇的。"

"大利说的是蘑菇肉片汤，还是蘑菇丸子汤？"

"我也不知道，肯定是蘑菇炖肉，那香味真是让人流口水。"

"大利都流口水，肯定很香，"顾英笑道，"大利平时不下厨，说不清楚是什么汤。田警官知道是什么汤吗？"

田甜道："真的很香。那家主人介绍是蘑菇肉汤，具体是什么蘑菇，不知道。"

聊了几分钟，顾英到厨房找大厨做蘑菇汤，将私密空间留给一对男女青年。

凡是侯大利来到雅筑，肯定是平时不出手的大师傅亲自出马，哪怕是小菜都是千锤百炼。今天送来的一道野蘑菇肉丸子汤，虽然也是香气浓郁，却没有罗玉兰家的特别香味。

田甜把野蘑菇肉丸子汤全部喝光，拍着肚子，道："强烈要求步行回家，每次到雅筑来都管不住嘴，再不运动，肯定要长成大胖子。"

侯大利道："那就先步行到刑警老楼，看一看投影仪，对章红案再进行复盘，研究那几块尿渍。然后再步行回来，顺便减肥。"

田甜再次嘲笑道："你这个富二代好无趣，天天就知道看卷宗。"

话虽然如此，田甜还是陪着男友来到刑警老楼资料室。投影仪打开，章红案和杜文丽案的细节一页一页出现在幕布上，幕布如黑洞，牢牢吸引了侯大利所有注意力。他犹如钻进了幕布，两个小时都没有出来。田甜坐在他身边，瞧着神情专注的男友，眼里溢出丝丝柔情。

晚上八点，天黑透，侯大利眼睛从幕布移开，又提出新要求："抛尸肯定发生在晚上，我们到师范后围墙走一遍。"

"好吧，我陪你去。"

田甜今天心情不错，如大姐姐一般很宽容地对待侯大利，陪着他来到师范后街。此刻街上行人渐稀，两人手牵着手从师范后街拐入师范后围墙小道。

沿着小道来到师范后围墙缺口处，侯大利停下脚步，与田甜讨论了一番章红案和杜文丽案的联系。两人继续向前走，来到一处树林较密的黑暗处，拥抱在一起，说情话，谈案子。黑暗树丛中突然亮起灯光，将周围一片全部照亮，随后响起汽车发动声。

侯大利为了寻找三级监控，查遍了周边所有房屋，对周边环境非常熟悉。灯光亮处是一个关闭很久的院子，平时一向无人，今天居然有人出现在院里，明亮车灯将隐在黑暗中的两人完全照亮。

侯大利和田甜不约而同离开对方。侯大利用手遮蔽直射而来的光线，道："前一段时间我们来查探头，这家一直没人，也不知道有没有探头。有些探头安装得挺隐秘，我得去碰一碰运气。"

侯大利径直朝院子里走过去，拿出警官证，向正准备开车的中年男子出示。

"警官，有事吗？"中年男子打开车灯，便看见一对青年男女拥抱在一起。他见怪不怪，准备离开，没有料到青年男子是警官，而且直接找了过来。他猜不透警官来意，又知道污水井处才发现了尸体，从驾驶室出来时，暗自拎着一个螺丝刀。

侯大利客客气气地道："这个院子是你的吗？请问有没有监控？"

中年男子将螺丝刀放进裤子口袋，道："有监控，有时开，有时不开。"

侯大利道："什么时候开，什么时候不开？"

"我经常出差，出差时就把监控关了，回来再打开，主要是防止有人进来搞我的车。"中年男子驾驶的是超过百万的豪车，平时挺爱惜，照看得非常细致。

中年男子的话给侯大利带来希望，道："我想看一看视频，打扰你了。"

"你们是不是为了污水井的事？"得到肯定答复以后，中年男子的态度积极起来，邀请一男一女两位警察进屋。

打开视频时，侯大利暗自祈祷："希望发生奇迹，在这里能查到去年11月左右的视频。"

祈祷之后，奇迹当真发生了，中年男子所用监控是民用设备，并非天天启动，更关键是这套监控直接将视频存在硬盘上，有很长时间没有清理，去年9月到现在的视频全部都在。视频正好对准小道，小道有明亮路灯，能清晰录下走在小道上的路人。

拿到了极有可能突破案件的视频，侯大利激动起来，握着中年男子的手不放，不停地说"谢谢"。田甜相对来说更为冷静，接过了越野车的方向盘。

一路上，侯大利握着U盘，双手合十，祈求好运发生。

回到刑警老楼，侯大利拿出早就准备好的去年11月的天气预报资料。去年11月，北风集中在中旬。他将视频直接调到去年11月15日，视频快进到15日晚九点十七分，一个熟悉人影出现在镜头。

"李武林，这是李武林。"侯大利指着电脑，腾地站了起来。

视频中出现了一个人影，经过视频监控范围时，恰好有一束光打过来，将面部照得非常清楚。

田甜对侯大利列为嫌疑人的五个同学都有深刻印象，仔细看了定格的视频，道："确实是李武林，视频监控点在师范围墙缺口处朝右约两百米。李武林是从师范后街方向朝中山大道走，他两手空空，说明不了什么；而且在这个时间点经过，不是抛尸的好时间。"

在视频中看到李武林的身影时，侯大利脑海就在急速翻腾。田甜一席话，让他冷静了下来。他坐下来，朝前翻看视频，再也没有找到李武林的影像。

田甜道："视频如果没有拍到有人背着、扛着或者提着能装进人体的包裹，那就没有参考意义。这是一条小道，有人经过很正常，李武林经过也很正常。我数了一下，七八分钟就有一个人从镜头前走过。"

"杜文丽在11月中旬遇害，11月15日晚九点多在师范后街发现李武林身影，这不是偶然。"侯大利拿出笔记本，在李武林的"行为轨迹"记录上增加了这一条。这一条记录分量很重，比得上其他好几条记录。

田甜仿佛能看透侯大利的想法，道："很多案件中充满偶然因素，反过来推理，生活中也会有很多偶然。李武林为什么就不能是偶然间经过？师范后街是美食街，很多人吃过饭以后，都会走师范后围墙的小路，这是到达中山路的捷径。出了师范后街小道，到达中山路大道，朝左五十米就有一个公共汽车站，很多人都会去坐公共汽车。"

侯大利道："李武林有车，不会乘坐公交车。"

田甜道："李武林有无数理由经过师范后街，这不能说明任何问题。除非你在深夜看到他鬼鬼祟祟拿着一个大袋子。你往后翻看，说不定还会遇到熟人。"果然如田甜所言，侯大利继续快进视频，一个小时以后，另一个同班同学王胜在11月17日晚十一点二十五分出现在视频中。他似乎喝了酒，独自行走在围墙小道，脚步蹒跚。

当侯大利定格视频时，田甜道："这个同学的家在哪里？"

侯大利道："李武林和王胜的家都不在师范这一带。"

田甜道："要论可疑，王胜这个时间点更为可疑。"

侯大利慢慢冷静下来，道："无论如何，这是一个重要发现，李武林要进入嫌疑人名单。明天我要查李武林的通话记录，如果在邮戳日期内，李武林在南州、阳州等地出现，那么他就有重大嫌疑。"

这或许是一个重要突破口，田甜也存了些希望。通话记录的查找结果令人失望，不仅李武林在邮戳日期内没有在南州、阳州的通话记录，陈雷、王永强、蒋小勇和王忠诚等人在邮戳日期内同样没有在南州、阳州的通话记录。

嫌疑人侯大利

重案大队破了长青县灭门案，支队长宫建民便将注意力转向了杜文丽案。他准备将杜文丽案交由重案大队侦办，105专案组继续配侦，105专案组配侦的主要目的是判断杜文丽案和其他几件积案是否有联系。

4月3日上午，分管副局长刘战刚正在省公安厅参加扫黑除恶工作会，开完会不久就接到宫建民电话。听完宫建民的调整建议后，他道："我同意新调整，侦办命案本来就是重案大队的本职工作。"

宫建民委婉地说："刘局今天晚上回来吧。朱支是老领导，带着专案组干得风风火火。明天刑警支队开会，请刘局宣布这个决定。"

刘战刚道："朱支心胸挺开阔的，只要有利于工作，他都能接受。我来参会，具体工作就由你这个支队长来做。"

刘战刚原本还想小憩一会儿，与宫建民打了电话以后，想着工作上的事情，一时间无法入睡，干脆给黄卫打了一通电话。

黄卫在长青县灭门案发生之前就出差，接到刘战刚电话时，办完交接手续，刚好回到家里。电话里不能聊得太深入，点到即止。黄卫放下电话，抽了一支烟，略微休息，随即给朱林打去电话。

"你是所长，没有必要亲自押解。这一趟有两千多公里吧？还得给年轻人压担子。"在侦办朱建伟案时，重案大队和105专案组产生了些隔阂，尽管黄卫曾是自己多年的部属，朱林还是在不知不觉中变得客气起来。

"朱支，以前在刑警支队，觉得刑警最苦最累，到了派出所工作才晓得派出所更麻烦。人手不足，工作千头万绪，任务重，考核不合理，这些我都暂且不提。我到了派出所居然发现我是倒数第二小的年轻人。这一次押解距离长，让那些一头白发的老民警去，我于心不忍。工作笔记本在家里，让侯大利过来取。我那个工作笔记上有几个重点对象的基本情况，包括当时他们在做什么、谁能证明，都简单记了几笔。"

黄卫所言并不全是实话，而是另有隐情。根据省公安厅部署，江州市公安局抽调人员组成打黑专案组，黄卫被内定为打黑专案组副组长。这一次押解对象是涉黑关键人员，且是黄卫曾经办过的案子，所以押解任务就交由黄卫亲自执行。朱林不再是刑警支队长，按照保密原则，黄卫并没有讲明案件真实情况。

朱林道："杨帆案是积案，早一天晚一天影响不大。你好好休息，我让侯大利明天过来取笔记本。"

"基层派出所真不是人干的，业务大队都是老爷，我们要小心侍候。"黄卫没有完全说真话，但是这几句牢骚又是真牢骚。他到派出所当所长后，才发现如今派出所问题多、压力大。发了几句牢骚，黄卫又道："朱支，明天我有事，得耽误好几天。让侯大利过来取笔记本吧，他应该很心急。"

闲聊几句，黄卫挂断电话，仰身倒在沙发上，每一寸肌肉都透着疲乏。这一次押解总里程超过了两千公里，最麻烦的是押解对象摔伤了腿，走路不方便。押解对象一米八，体重超过九十公斤，有行凶记录。将此人从偏僻小县城押到江州，所有押解人员着实吃尽苦头，黄卫是指挥员，更是心力交瘁。完成任务后，黄卫双腿浮肿，瘦了七八斤。

妻子陈萍见瘦得和猴子一样的丈夫回家后不停打电话，又不停接电话，火冒三丈，道："是谁呀，电话追到家里？你看你现在的模样，和逃犯有什么区别？今天不准出门，老老实实在家里休息两天。你别干这个所长了，除了苦和累，没有什么好处。"

"是什么虫就得钻什么木头。你老公是警察，吃了这碗饭，活该受苦受累。"黄卫被暂定扫黑除恶副组长的事情还在保密阶段，没有跟妻子提起此事。

陈萍恨恨道："以后儿子绝对不能当警察，边都不能沾。我到海鲜市场买点虾和黄花鱼，给你补一补。你眼睛都凹陷下去，瘦成皮包骨头，除了家里人，谁管你累死累活？"

此时此刻，刑警老楼，朱林走到三楼资料室。

资料室桌上摆了张A4纸，纸上画了图表。侯大利拿着纸巾，正在仔细擦袖口。他身穿一件浅灰色夹克，夹克袖口有一小团黑色印迹，黑色印迹在灰色袖口很是显眼。

"你赶紧到黄卫家里取笔记本。"朱林见侯大利在用餐巾纸擦袖口，道，"你这件衣服应该挺高级吧？以后工作期间别穿高档衣服，弄脏了很不划算。"

侯大利举起手臂看了一眼袖口的黑色印迹，道："签字笔质量差，居然漏油，把衣袖弄脏了。"

黄卫的家距离刑警老楼要经过四个街口，十五分钟左右，侯大利来到黄卫所在小区。他刚走出电梯，迎面遇到陈萍。

陈萍认得这个年轻人，丈夫被调到边远的镇派出所便是拜此人所赐。她心疼丈夫，见到这个富二代，火气当即涌了上来，道："侯大利，你来做什么？"

"嫂子好。"侯大利调入105专案组之前在二大队搞资料，见到过陈萍。侯大利知其不善，还是客气打招呼。

陈萍道："嫂子？哼，莫叫得这么亲热。黄卫跑了几千公里，刚刚回家，脚都肿成馒头，你别来打扰了。如果真有要紧工作，也得让黄卫休息一天吧？"

侯大利道："我来借笔记本。朱支和黄所联系的，借完就走。"

陈萍怒道："管他朱支还是羊支，今天你不准进我家门。"

有隔壁邻居恰好此时出门，听到陈萍火气十足的话，悄悄朝这边看。电梯来了以后，邻居招呼："走不走？"陈萍瞪着侯大利，朝邻居挥了挥手，道："你先走，我等会儿。"

黄卫听到妻子嚷嚷声，打开门，道："陈萍，你吃错药了？这是我的同事，我打电话让侯大利来的。"

陈萍在公共场所给了丈夫面子，没有继续为难侯大利，进了电梯。她在电梯里想起丈夫浮肿的脚以及凹陷的眼睛，伤心得直抹眼泪。

侯大利在门口换上拖鞋，顺手把手套放在鞋柜上。

黄卫头发乱糟糟的，看了一眼手套，道："女人嘛，头发长见识短，你别往心里去。"

侯大利道："两千里押解，确实辛苦，嫂子是关心黄所。"

"我们别藏着掖着，打开天窗说亮话，免得以后心里留疙瘩。我在刑警支队工作了十八年，突然间被踢出支队，确实很难受。局党委宣布这个决定后，我和邵勇等人喝了酒，还掉了眼泪，当时对你和朱支都有意见，特别是对你有意见，觉得你是踩着同事们的肩膀往上爬。"

黄卫给侯大利沏了一杯茶。

侯大利接过小茶杯，慢慢喝。黄卫既然主动提起之前的事，说明他已经彻底看开了此事，否则定然不会主动提起。

黄卫话题突然转到普洱茶，道："每种茶的喝法不一样，普洱的第三泡和第四泡最香。我以前在刑警支队时很少喝工夫茶，到派出所才慢慢学会。不是说派出所清闲，是派出所值班时间比在刑警队还要多，一个人在所里值夜班，喝喝工夫茶，让自己安静下来。"

侯大利用小杯子接过黄卫的第三泡普洱，一股醇香让口齿留香。

黄卫思路不断跳跃，道："蒋昌盛、王涛、朱建伟等系列凶杀案破了，抓住了真凶石秋阳。说起来此事还得感谢你，若不是你们及时发现张勇没有作案时间，我就要办一件冤案。若是办了冤案，则是职业生涯的耻辱。从这个角度来说，我得感谢你。"

黄卫如此坦率，侯大利对其大生好感，道："谢谢黄所能理解。我发现张勇没有作案时间，肯定会提出来，这是职业道德。至于踩在同事们的肩膀往上爬，这个就和我没有任何关系。对事不对人，感谢黄所能理解。"

黄卫道："我当然理解，所以请你到家里，喝几泡普洱，揭开一点点不愉快。凭着我在刑警支队工作十八年的眼力，你小子确实是天生干刑警的料。我估计你在经商上天赋肯定不如你爸，但是在刑侦上的天赋肯定会让你在江州公安史上留下一笔。我不是拍马屁，是真心话。"

"黄所当年是杨帆案的知情人，真人面前不说假话，抓到杀害杨帆的凶手，我就没有白当警察。"侯大利一提起杨帆，神情便不由得严肃起来。

黄卫转身到书房，取了一个旧笔记本，递给侯大利，道："当年我调查了你、李武林、陈雷和蒋小勇，四个人的具体情况都记在笔记本里。"

拿到笔记本，侯大利如获至宝，不肯放在桌上。他翻了几次笔记本，又觉得不太礼貌，便合上笔记本。

黄卫注意到侯大利神态，道："你和传说中不一样，不算怪人，我们能聊到一起。你现在的心思全在笔记本上，就不深聊。等你看完笔记本，改天再聊一次。"

黄卫这话说到侯大利心坎上。侯大利不再客套，急匆匆告辞而去。

黄卫将侯大利送上电梯，刚回到客厅，看到侯大利的手套放在鞋柜上，便准备打电话，让侯大利来取。刑警支队大多是糙汉子，只有侯大利开车戴手套。刑警支队的同事们知道侯大利是富二代，也就认可了不同于寻常的怪癖。黄卫正给侯大利拨打电话，门铃响起来了。黄卫陷入思维误区，以为侯大利返回来取手套，挂断电话，拿起手套，打开客厅大门。

进门之人却不是侯大利。来人瘦高，穿了天然气公司工作服，戴了一顶工作帽。黄卫是多年老刑警，对危险比寻常人更加敏感，见来人眼睛如死鱼一般，意识到不对，便迅速关门。

来人原本想用检查天然气的说法骗开房门，没有料到对方根本没有询问，直接就开门。他上前半步，用身体别住防盗门，右手持一柄两边开刃的锋利匕首，对准黄卫脖子扎去。

有心对无心，加上黄卫刚刚千里大押解，身体疲乏，没能够躲开对方袭击，脖子被匕首刺穿。来人十分凶狠，匕首刺入对方脖子以后，手腕翻转，用力拉动。

黄卫用手套塞住伤口，意图堵住出血口。匕首割破颈动脉，鲜血喷涌而出。来人没有多余动作，进门，关房门，看着黄卫在地板上挣扎。等到黄卫不再动弹以后，凶手进入卧室，戴上手套，在抽屉里找到一个黄色笔记本，迅速离开房间。

侯大利坐电梯来到车库，上了车才发现手套落在黄家。他没有回去取手套，坐在驾驶室，迫不及待翻看笔记本。刚拿起笔记本，电话响起，是黄卫来电。接通后两三秒，侯大利"喂"了两声，电话挂断。由于接通时间很短，侯大利以为黄卫误拨电话，没回电，而是专心看当时黄卫的记录。

十分钟左右，侯大利读完与杨帆有关的章节，觉得有好多地方需要认真研究。他心思全在笔记本上，没有上楼拿手套，直接开车离开。

陈萍到菜市场挑选了小河虾和黄牛肉。小河虾特别新鲜，活蹦乱跳，正是丈夫的最爱。她想着丈夫贪吃小河虾的模样，心情慢慢变好了起来。

哼着歌，打开防盗门，在拉开门的时候，陈萍闻到屋里传来的血腥味道。这股血腥味道和平时杀鸡杀鸭的血腥味道不一样，浓重、压抑、残忍。血腥气冲鼻，她身上皮肤迅速起了一层鸡皮疙瘩。

"啊——！"陈萍走进门，顿时发出一串尖叫。尖叫声非常高亢，刺破了一层层楼板，直接冲向天空。

黄卫躺在地上，脖子被划开，鲜血染满了全身。陈萍手中的菜篮掉在地上，持续尖叫，尖叫时，嘴巴大张，声音却被拦腰斩断，始终发不出来，如失水的鱼。她跪在丈夫身边，用手捂住伤口，似乎这样就可以阻止丈夫流血。

几分钟以后，陈萍松开捂住丈夫脖子的手。她与丈夫结婚二十多年，耳濡目染之下，比一般女子更懂刑警。她没有抱住丈夫，因为这样做会破坏现场。之后，她便停下所有动作，从震惊中回过神后，拿出手机，没有打110，直接给支队长宫建民打电话。这时，她能够说得出话，只是刚才尖叫伤了嗓子，说话就如拉风箱一般。

"我家黄卫被杀了。"

"什么，你再说一遍？"

"黄卫脖子被割开一条大口子，血把整个人都淹了，没气了。"

"你别乱摸乱动，关上房门，不准任何人进入。现场保存得越完好，越容易破案。你是刑警家属，要克制悲伤。"

陈萍按照宫建民吩咐，关掉防盗门，然后在安全通道等待宫建民带人到达。从刑警支队开车到黄家只有三分钟距离，比最近的派出所出警还要快。宫建民、陈阳等人以最短时间到达现场。

凶杀现场基本上没有被破坏，保存得很好。

陈萍看到宫建民以后，哭了一声："黄卫死得惨，别让小军看见。"她靠在墙上，慢慢蹲坐在地，呼吸越来越困难。

宫建民站在门口，望着躺倒在血泊中的战友，顾不得悲痛，怒火直冲脑门。

救护车来到时，老谭带领技术室人员已经出现在勘查现场。陈萍在被抬上担架之时，突然叫了起来，道："最后到我家的是侯大利，杀人的是侯大利。你们快点抓住他，别让他跑了。"

听到这一声喊，屋内侦查员和勘查现场人员都愣住了，目光齐射向陈萍。

"我出去买菜，刚好遇到侯大利上楼，我们还吵了架。"陈萍眼泪和鼻涕齐流，说了几句，心脏又剧烈疼痛起来。

救护车护士道："病人情况危险，得赶紧送到医院。"

宫建民赶紧让陈阳护送陈萍前往医院。侯大利有可能是凶手，这是一个让宫建民震惊的消息。他不敢怠慢，立刻向分管副局长刘战刚汇报此事。

朱林接到刘战刚电话，道："侯大利绝不可能是凶手，他在三楼资料室看卷宗。"

刘战刚道："不管侯大利是不是凶手，你要控制住他，不能让他离开刑警老楼。赶紧调樊勇回来，得有点防备，免得措手不及。如果还需要增援，立刻打电话过来。"

侯大利从黄卫处借回笔记本以后，还特意到朱林办公室说了一声。

朱林压根没有发现侯大利有任何异常，拿着手机在走道上站了几秒，径直上了三楼。

侯大利坐在资料室，仍然专心翻看黄卫笔记本。

朱林道："听命令，伸出双手，放在桌上。"

侯大利抬头看了朱林一眼，伸出双手，放在桌上，同时问道："朱支，出了什么事？"

侯大利双手没有血迹，其身上衣服还是去找黄卫时的那件浅灰色衫衣，袖口有一小团黑色印迹。看到此处，朱林判断侯大利不可能作案，叹息一声，道："黄卫刚刚遇害，脖子被划了一条大口子。"

"啊，黄所遇害？就在刚刚？"

"宫支带人勘查现场。"

侯大利腾地站起来，道："我是嫌疑很大，从现在起，衣服、车辆都得封起来作为证据，封存过程要全程录像，还得叫人作证。沿途视频要保留下来，能证明我的轨迹。"

刑警支队会议室，黄卫案案情分析会上，首先由刑警支队技术室分析现场勘查情况。

老谭讲了七点。第一点，防盗门完好，没有撬、压、砸等痕迹，阳台和窗户安装有隐形防盗网，防盗网完好；阳台和窗户上没有脚印、手印等痕迹，凶手应该是从防盗门正常进入。

第二点，房间内除了黄卫和陈萍的指纹以外，还提取到侯大利的指纹，侯大利指纹主要是水杯、沙发和茶几上；门柄上提取到黄卫、陈萍和侯大利的指纹，没有第四人指纹。

第三点，房间内的物品没有被翻动的痕迹，现金、首饰等贵重财物皆在。

第四点，黄卫衣服上没有发现其他人的指纹、掌纹、脚印、血迹等痕迹。

第五点，小区监控设施在案发前四十分钟出现故障，进入电梯和小区的人无法查清。

第六点，从血迹来看，客厅就是作案第一现场。

第七点，黄卫用来堵脖子伤口的手套是侯大利的。

在场之人都是老侦查员，听到这七点，都明白这肯定是一场精心策划的杀人案。杀人者是谁，还无法判断。

法医老李汇报了尸体解剖主要情况。第一点，黄卫身上只在脖子上有一个伤口；伤口四厘米长，深达五厘米，割破颈动脉。第二点，血液喷溅在地面有两米多，血液痕迹与颈动脉伤口相符。第三点，黄卫手臂等部位没有抵抗伤。第四点，黄卫死亡时间在十一点左右。

随后由重案大队长陈阳汇报调查走访情况。第一，侯大利进电梯时，与陈萍相遇，双方有争执；陈萍和邻居都证实了这一点。第二，侯大利开了一辆豪华越野车，守门师傅有印象；这辆车出来的时候，正好在重播《江州新闻》，重播时间是十一点。第三，通过调取黄卫手机，最后一个电话是打给侯大利的，时间是十点四十二分，通话时间极短。

三人汇报结束，现场安静得能听到心跳声。

副局长刘战刚问道："侯大利为什么要去找黄卫？"

得知黄卫遇害以后，朱林与侯大利有过交流沟通，心里有底，神情平静，道："这事是我安排的。杨帆落水以后，有四组民警分别询问了追求过杨帆的男同学。105专案组怀疑杀害杨帆的凶手是追求杨帆的男同学。由于当时没有立案，如今找不到杨帆案的资料，而黄卫有记工作笔记的习惯，记录了当时调查情况，所以，我跟黄卫联系以后，派侯大利去借笔记本。"

在黄卫的通话记录中，倒数第一个是侯大利，倒数第二个是朱林。

刘战刚又问："为什么是侯大利一个人去找黄卫？"

朱林道："我安排樊勇到警犬大队联系工作，葛向东和田甜到了省刑侦总队，参加杜文丽颅骨复原经验交流座谈会。侯大利是去借笔记本，并非办案。这就类似于我找陈阳借钢笔，用不着两人同行吧。"

刘战刚道："宫支，你谈谈。"

宫建民一直低着头看材料，被分管局长点名后，抬起头，道："从现场勘查和尸检来看，行凶者是有预谋作案，趁着黄卫不备，一击得手。这就有两个条件：一是凶手身手好，心理素质好，非常冷静；二是黄卫不对其设防。正因为不对其设防，所以黄卫身上没有抵抗伤。另外还有两点，黄卫手里为什么拿着侯大利的手套？侯大利在十点四十二分接到黄卫电话，说明他们不在一起，为什么侯大利要在十一点才离开车库？从现在掌握的情况来看，侯大利具有作案嫌疑。"

朱林心平气和地道："侯大利为什么要杀黄卫？没有任何动机。他找黄卫是我安排的工作，从刑警老楼出发到回到刑警老楼，不到一个小时。他没有任何异常之处，至少我没有发现有任何异常之处。"

"有一种可能性，那就是激情杀人。陈萍和侯大利吵了架以后，侯大利和黄卫又发生冲突，控制不住情绪，导致恶性结果。"宫建民缓了缓口气，道，"侯大利具有嫌疑，但是并不一定就是他。虽然我很不愿意将侯大利列为嫌疑目标，但是在这种情况下，谁都会把侯大利列为嫌疑人的。"

朱林反对这个推论，道："激情杀人不会提前破坏监控设备，谁提前破坏了监控设备就是谁杀人。若是侯大利激情杀人，那把双刃刀从哪里来的？建议请电信方面的专家检查监控设备是被破坏还是设备故障，这一点很关键。"

宫建民最初见到黄卫遇害时是怒火冲天，如今冷静下来，只觉得有一种深深的无力感。刑警支队刚刚通过长青县灭门案的考验，黄卫遇害将成为更为严峻的考验。不管是不是侯大利作案，从现场情况来看，作案人都有很强的反侦查能力，破案难度比长青县灭门案更大。

如果出现警察杀警察的事件，那必定是轰动全省的爆炸性新闻，江州市公安局必然在全国公安系统出大丑。局长关鹏对此有十分清醒的认识，进入会议室后，眉头紧锁，脸色阴沉。

关鹏最不希望出现"警察杀警察"的最坏局面，道："宫支提出的疑问需要证实，老朱讲得也很有道理。侯大利身上确实存在疑点，为了确保不会冤枉同志，也不能放过凶手，更要预防有可能出现的舆论风险，我和战刚立刻到市委和省公安厅做汇报，争取主动。我希望省公安厅能派出刑侦专家，帮助我们破案。"

他用眼光巡视一圈，语带杀气，道："此案涉及我们两个同志，大家要严格遵守保密纪律。谁若泄密，后果自负。"

案情分析会结束以后，局党委随即又召开紧急会议，会议决定对侯大利使用技侦手段。这个决定除了公安局班子成员以及技侦支队的同志以外，绝对保密。

中午时间，田甜得知此消息，从刑侦总队赶回江州。

葛向东仍然留在刑侦总队，协助良主任恢复一具新送来的颅骨。

田甜风尘仆仆来到刑警老楼，迎面遇到大李。自从上次到师范后院出了现场以后，大李的冷漠态度便发生了微妙转变，偶尔也会理睬专案组诸人。今天田甜回来，大李居然迎了过来，虽然不至于摇头摆尾，仍然让田甜感到惊讶。

三楼，侯大利和往常一样坐在资料室，投影仪上显示的是章红案的卷宗。

杨帆案虽然已经归入105专案组，可是侯大利在资料室里坚持不让杨帆相片出现在投影仪上，所以投影仪上轮番出现的是丁丽、章红和杜文丽的材料，没有杨帆的影像。105专案组诸人都理解侯大利心境，也回避了杨帆资料。

听到田甜脚步声，侯大利转过头。两人对视一会儿，田甜没有说话，将自己的手机拿出来，伸手取过侯大利手机。她将两个手机放到二楼办公室，再回到三楼资料室。

田甜道："怎么回事？"

侯大利苦笑道："我也不知道，一头雾水。如今一堆黄泥巴掉进裤裆，不是屎都变成了屎。估计我很快就要接受调查。"

田甜道："你准备怎么应对？"

侯大利道："不准备应对，实话实说最妥当。"

田甜凝视侯大利，道："我绝对相信你，如果——我是说如果。"

侯大利用肯定语气道："没有如果。你要相信江州刑警，他们不是笨蛋，不会在我身上浪费太多时间。"

田甜道："你还挺平静。"

侯大利道："身正不怕影子歪。"

话虽然说得淡然，侯大利还是心存忐忑。毕竟他在黄卫遇害前到过黄家，应该算是除了凶手以外最后一个与黄卫见面的人。

第五章
杨帆案的新线索

神秘的拜访者

黄卫曾经担任过江州刑警支队重案大队大队长，如今是派出所所长，被杀害之后，全省政法系统震动。江州刑警刚刚在十天之内侦破了长青县灭门案，公安部发来贺电，省政府发出嘉奖令，谁知表彰会第二天就发生了警察被杀的恶性案件，社会影响极坏。

当夜，省公安厅刑侦专家组一行三人来到江州。

得知黄卫遇害以后，侯大利一直等着被询问。他清醒地认识到必须有拿得出手的证据，才能让其他侦查员相信自己。所以，他得知黄卫遇害的第一时间，便开始保留相关证据。

4月4日，两个陌生中年人出现在侯大利面前。

侯大利知道两人肯定来自省公安厅，或者是从其他市级公安局抽调的高手，此刻配合得越好，超容易讲清楚真相。他冷静从容地讲述了找黄卫借工作笔记本的前因后果。

两个预审专家对案情了如指掌，开始根据预案有针对性地发问。

"你平时开车戴手套吗？"

"开车戴手套，同事们可以作证。"

"为什么要戴手套？"

"个人习惯。"

"你离开黄卫家，然后到车库，没有发现手套吗？"

"我发现手套遗留在黄所家里，之所以没有上去拿手套，一是考虑到黄所妻子态度不好，回去有可能撞上；二是我当时拿到黄所长的工作笔记，坐在车上集中精力看笔记，看了十来分钟后，才开车离开。你们调出沿途的监控视频，应该可以看到我开车时没有戴手套。"

昨天夜间，专家组调阅了侯大利开车从黄卫所住小区回到刑警老楼的所有监控视频，从视频中可以看到侯大利确实没有戴手套。

"你最后接到黄卫的电话是在什么时间？"

"我到了车库，正在看笔记，接到电话，电话刚接通就断了。我'喂'了两声，没有回答。"侯大利又道，"在车库翻阅笔记本以后，我开车直接回到刑警老楼。沿途都有监控，很容易就能查清行驶路线和时间。我没有参与勘查黄所遇害现场，只是听朱支说起现场情况。黄所长的颈动脉被刺破，刺破颈动脉会引起血液喷射，至少一两米吧。我从刑警老楼出发到回刑警老楼穿的是同一件衣服，衣服没有洗，我把衣服装进物证袋子，随时可以接受检查。而且我希望检查越野车，看里面有没有黄所血迹。"

"衣服在哪里？"

"我听说黄所遇害时人在办公室，马上在朱支和樊勇面前脱下衣服，进行了封存，并交由朱支代为保管，整个过程全程录像。"

"你为什么要采取这些措施？"

"自证清白，虽然不需要我自证。我愿意接受测谎。"

专家三人组在离开江州之前，与江州市纪委、江州市公安局的领导小范围交流了意见。三人皆认为侯大利不具备行凶动机，现场勘查结果也排除侯大利作案的可能性。黄卫一直在负责江州打黑工作，专家组倾向于此案为黑社会报复杀人。

省公安厅专家组所得出的结论有刑事科学支撑，没有出现"警察杀警察"的险局，大大减轻了江州市公安局的压力。

在交换意见时，省公安厅刑侦专家组表扬了侯大利在黄卫遇害后保留证据的冷静行为。若非侯大利及时、完整地保留了案发后的相关证据，刑侦专家组不会在短时间如此肯定地得出侯大利不具备作案可能性的结论。

江州市公安局随即成立专案组，由局长关鹏亲自担任组长，分管副局长刘战刚和刑警支队长宫建民任副组长，紧锣密鼓地开展黄卫案的侦破工作。

由于此案太让人意外，牵涉到重案大队大量精力，因此杜文丽案仍然暂时交由105专案组侦办。

江州市重案大队侦破了长青县灭门案，侦查员们还未来得及喘口气，又遇上黄卫案。他们都是有经验的侦查员，知道在案发初期投入力量越多，破案可能性越高，所以不叫苦不喊累，投入了紧张的案侦工作中。

送走再次来勘查现场的老谭以后，陈萍只觉得心力交瘁。她以前总是嫌丈夫黄卫不回家，回家就躺到床上，懒虫一条。如今丈夫遇害，她坐在空落落的家里，忘记了丈夫往日缺点，丈夫离世对家庭造成的破坏却显露无遗。

男人是家中顶梁柱，这句话平时也就说说，如今顶梁柱当真垮了，陈萍感觉自己就真是一根浮萍，没有依靠。

手机响起，来电的是一个陌生电话。陈萍抓起电话，道："谁？"她满心希望是公安局领导或者刑警支队的同志打来电话，带来破案的好消息。

"五娘，我是满娃。"电话里传来老家口音，称呼很是亲热。

陈萍愣了一会儿神，这才想起满娃是一个接近十年没有走动过的亲戚。她情绪实在不高，只是"哦"了一声。

满娃声音很大，道："我有件事要找姑爷帮忙。我舅子的车在江州被扣了，五娘让姑爷给交警队打个电话，把车放出来。我把车号发了短信过来。"

陈萍最烦亲戚们找丈夫办这些烂事，有时往往罚款一百元的事情，非得让黄卫处理。黄卫在江州公安系统挺有名气，各单位都要给面子，往往在政策范围内走宽限。亲戚们开口时理直气壮，事情办完了甚至不说一声谢字。人情是债，是债就得还，要么是请客吃饭还债，要么就是在职权范围内还债。这两种方式都让黄卫觉得心中不爽，经常发牢骚。偏偏陈萍老家亲戚多，为了这些烂事，夫妻俩怄了不少气。

此刻满娃又提出让丈夫帮忙放车，陈萍悲从心来，道："你姑爷都走了。"

满娃向人夸了海口，说是放出小车轻而易举，顿时急眼，道："姑爷出差，好久回来吗？五娘，你让姑爷打个电话，姑爷面子大，交警肯定要买账。"

陈萍悲从心来，不想多说，"砰"地挂断电话。

满娃又打了两个电话过来，陈萍不想接。隔了一会儿，满娃发了一条短信："五娘，一点小忙都不愿意帮，还算啥子亲戚？"

看到这条短信，陈萍痛哭起来。正在哭时，响起敲门声，门外人道："嫂子，是我。"听到来人声音，陈萍开门，请来人进屋。

来人见陈萍脸上还挂有泪水，叹息一声，安慰道："嫂子，人死不能复生，你要节哀。你把身体弄坏了，小军怎么办？"得知陈萍生气的原因，来人拿起手机，看了短信，火冒三丈地打了个电话，说道："山B×××××，这个车的车主太不地道，给我往高限罚。"

听到来人打了这个电话，陈萍又觉得不妥当，道："他虽然不懂事，毕竟是亲戚。"

来人道："这种远房亲戚，一点不懂事，不要理他。"

陈萍又道："抓到杀人凶手没有？"

来人来到门口，拉开房门，朝外看了看，关门后，指了指喉咙，道："有些话是鱼刺，卡在喉咙里，不吐不快。"

陈萍急道："黄卫不明不白就被害了，我们这种关系，你有什么不能说？"

两人进了里屋，交谈了一个多小时。等到来人走了以后，陈萍趴在床上又哭了半天。泪水哭干以后，她拿出影集，抚摸丈夫年轻的脸。

4月5日，黄卫遇害的第三天，陈萍带着申冤材料，直奔阳州，开始上访。她第一站没有到省公安厅，而是直接到省委信访局。来到信访局接待中心前，她在头上绑了一条白布，布上写着"冤"字。随即又拉开一个横幅，写着"警察遇害，天理何在"。

陈萍展开条幅不久，有工作人员过来，收走了横幅，将其带入接待中心。

朱林接到主管副局长刘战刚电话后，吓了一跳，道："陈萍到省委上访？不可能啊。省公安厅调查组已经给出结论，排除了侯大利的作案嫌疑。"

刘战刚声音比平时更加低沉，道："陈萍提出就是侯大利杀害黄卫。这个指控很严重，电话里说不清楚。局里要召开紧急会，你和老宫都要参加，半个小时后开会。"

放下电话，朱林背着手在屋里转圈，反复分析此事对侯大利以及专案组的影响，消瘦脸颊上全是寒气。他转了十来圈后，来到资料室。资料室里只有田甜在看投影仪，侯大利不在房间。

"侯大利在哪里？"

"师范后围墙。"

"去做什么？"

"看现场。"

"你没去？"

"我们一起去过好几次，他今天想独自转一转，"田甜见朱林脸色不对，道，"找他有事？"

朱林道："遇到大麻烦，陈萍到省委上访，指认侯大利是凶手。"

田甜惊讶得下巴都要掉到地上，道："省厅调查组已经有了结论哪，排除了侯大利作案嫌疑。这事会有什么后果？"

朱林工作时间长，见过的事情多，比起田甜更加谨慎，道："陈萍到省委上访，这事麻烦，后果难料。你马上把侯大利叫回办公楼，给他打预防针，不管发生什么事情，千万别冲动，一定要冷静。"

田甜道："局里是什么态度？"

"暂不清楚。"朱林交代完毕以后，急匆匆到市局开会。

朱林来到市公安局指挥中心的小会议室，推门进入，才发现小会议室坐了满满一屋子人，除了市委常委、政法委书记杜军，市公安局关鹏局长等人，还有市纪委监察、市信访办的人。

会议开始以后，首先由105专案组组长朱林报告安排侯大利到黄卫家里取工作笔记的来龙去脉；之后由市刑警支队长宫建民介绍黄卫案侦办情况，着重介绍排除侯大利作案嫌疑的全过程；最后，市信访办谈了陈萍到省委信访办上访的过程。

三人讲完后，杜军书记道："我看了陈萍提交的材料，黄卫最后一个电话打给侯大利，手里握着侯大利的手套，这些疑点确实存在，不好解释。"

刘战刚道："省公安厅专家组有明确结论，从刑事科学角度，排除侯大利作案嫌疑。省公安厅派来一个刑侦专家组，帮助我们破案。"

杜军严肃地道："陈萍上访，市委非常被动。把侯大利调离刑警岗位，这样对上对下都有交代，也符合回避制度。"

朱林如今从刑警支队长岗位退居二线，无欲则刚，敢说真话，道："侯大利毕业于山南政法刑侦系，是非常优秀的刑警，在侦破石秋阳案中冒着生命危险替换出人质，把他留在105专案组才能发挥其特长。"

"地球离了谁一样转。侯大利刚刚毕业，怎么就无法代替了？"杜军口气严厉，道，"除了案件本身，我们还要考虑社会影响。陈萍到省委上访，江州市局必须有所行动，若是一点行动都没有，若是陈萍再去上访，甚至到更高级别的地方上访，追查下来，大家没有退路。各位都是一方领导，要有政治敏感性，眼光不能仅仅看到案件本身。"

一直没有说话的关鹏局长见朱林还要争辩，给他使了眼色，阻止他再说，道："恰好省公安厅正要举办现场勘查刑事技术培训班，半个月时间，文件刚到我办公室。我建议派侯大利参加，暂时离开江州。黄卫在刑警支队时一直领导打黑工作，千里押解的是本市有名的黑社会分子，这次遇害极有可能是黑恶势力报复。刑警支队必须尽快拿下此案，否则无法给江州警察交代，无法给市委市政府交代，无法给江州父老乡亲交代。"

杜军听出了弦外之意，道："你有把握在近期破案？"

关鹏道："命案发生后的72小时是黄金期，在这段时间里，现场痕迹物证的利用价值高，相关证人记忆清晰，犯罪嫌疑人还没有办法很好地伪装与逃逸。重案大队在黄金期里虽然没有抓到杀人凶手，也找到很多线索，半个月之内必定破案。如果半个月破不了案，事情就麻烦了，一时半会儿就破不了。"

"既然这样，那就让侯大利参加培训。我希望在半个月内能听到好消息。"杜军认可了关鹏的建议，紧锁的眉头慢慢松开，脸色缓和下来，喝了口茶水，道，"侯国龙谈起他这个儿子，真是恨铁不成钢啊，说起来都要掉眼泪。老朱，侯大利是你手下的兵，到底怎么样？"

朱林黑发尽白，眉毛也变长，颇有些"仙气"，道："在侦办石秋阳案中，侯大利舍身代替人质，非常英勇，我早已经忘记侯大利是侯国龙的儿子。"

杜军道："从3月下旬开始，江州就很不平静。希望抓住杀害黄卫的凶手以后，江州能平静几天，否则我都怕接关局的电话了。"

经过研究，会议决定：第一，推荐侯大利参加省公安厅现场勘查刑事技术培训班，培训时间是4月10日到4月25日；第二，由市公安局杨英政委牵头，与陈萍谈话，做好安抚工作；第三，由分管副局长刘战刚牵头，加强黄卫案专案组力量，掘地三尺，也要破案。

开完会，朱林开车回刑警老楼。在车上，他脸色冷得如三九寒冬。下车以后，他用力搓揉了面部，让紧绷的面部缓和下来。大李慢慢走过来，碰了碰朱林大腿。朱林蹲下来，道："大李呀，做事难哪。"大李听懂了朱林的话，用力点了点头。

三楼资料室，侯大利和田甜没有说话，专心看投影。

投影仪上正是陈雷、小吴和杜文丽在海边沙滩的合影：三人站在海滩上，笑得很开心；陈雷短发，穿短裤，光着上身，杜文丽和小吴都穿泳装；小吴双手抱着陈雷的一只胳膊，杜文丽则站在陈雷另一边，手搭在陈雷肩上。

朱林进屋，道："有没有新发现？"

侯大利指着幕布上的图表，道："杜文丽的社会关系有两条线：一条明线，房地产公司和电视台；另一条暗线是模特这条线。我和田甜前几天集中在调查明线，现在准备调查模特这条暗线。"

朱林道："田甜、葛朗台和樊傻儿加紧按照这个思路调查。侯大利把手中工作放一放，准备4月10日去参加省公安厅为期半个月的现场勘查刑事技术培训。这是一次学习的好机会，对以后案侦工作有好处。"

侯大利短暂沉默，道："我不用交证件吧。"

"不用交证件，只是派你学习。这一段时间，你暂时不用上班。参加工作以来，没日没夜地干，趁这个机会好好休息。"朱林咳嗽一声，道，"你要理解这个决定，现在各级对上访都很重视，必须拿出实实在在的措施。如果没有任何措施，陈萍再去上访，大家都很麻烦。我们也会给陈萍做思想工作。陈萍向来支持黄卫工作，就是遭遇到这事，思想有些乱。"

侯大利道："只要不交证件，也就是半个月时间，多学本事也是好事。"

"若不是你和黄卫遇害有点牵扯，我会建议把你纳入黄卫案专案组。你的视角很独特，总能找到被别人忽视的地方。刑警支队憋着一股劲，要尽快破案，这不仅是职责，还是情感；不仅是情感，还是荣誉感。黄卫曾经是重案大队长，重案大队长遇害，这是狠打全体刑警的脸。"

经过石秋阳之役，朱林如今打心眼里喜欢这个不是财迷也不是官迷的富二代。原本以为还要做思想工作才能消除侯大利的抵触情绪，没有料到他面对决定异常心平气和，朱林暗自给侯大利竖起大拇指。

楼下传来大李沉闷的叫声，这个声音发自喉咙底部，带着浓重威胁。朱林极为熟悉这个声音，赶紧跑到三楼走道，只见一楼院中站着一个消瘦的高个儿男孩，手拿刀，身体紧贴墙壁。大李平时懒洋洋的，一副无精打采的样子，此刻面对拿刀的少年人，凶相毕露，目光如电，牙齿如刀。

高个儿男孩是第一次遇到凶如猛兽的警犬，强自镇静，嘴巴却不敢出声。

"是黄卫的儿子，手里有刀，冲着你来的，你别下来。"朱林三步并作两步，匆匆下楼，将大李与黄卫儿子隔开。

"黄小军，干什么？"

"朱叔，别拦我，我要找侯大利那个杂种算账。"

朱林严厉地道："谁给你说的这事？"

黄小军正在读高二，长得极似父亲，满脸青春痘，挥动剔骨刀，大声道："大家都知道这事。侯大利爸爸有钱，杀人没事。"

朱林毫不客气地道："你爸这么精明的人，你怎么这样糊涂？他看到你这么愚蠢，在天上会生气的。"

黄小军迟疑起来，道："朱叔，到底怎么回事？"

朱林道："你从小就喜欢福尔摩斯，应该有推理能力。你把刀给我，跟我一起到三楼，完整推演一遍整个事件，你自然会做出判断。在这方面，你爸爸可是行家。"

黄小军看着大李，不愿意交出剔骨刀。

"大李是一只功勋警犬，我和你爸都将大李当成朋友，"朱林回头道，"大李，这是黄卫的儿子，没事。"

大李退了几步，仍然用警惕的眼光瞧着黄小军。黄小军将刀交给朱林，跟着其上楼。他上楼时仍旧不停回头，直到看不到大李，才松了一口气。

侯大利和田甜一直站在走道上，能听到朱林和黄小军对话。田甜道："黄小军要上来，你先回避，免得起矛盾。"侯大利摇头，道："我若是躲了，以后就更加说不清楚了。"

黄小军到了三楼，看见侯大利，顿时又如斗鸡一样想炸毛。侯大利一点都没有回避黄小军，冷眼望他。黄小军原本以为侯大利见到自己会因为内疚而退缩，没有料到这个富二代气势很足，根本没有退让。他捏紧拳头，脖子渐渐又梗起来。

"黄小军，跟我到资料室。侯大利，打开投影仪，你来讲案情。"

黄小军道："我不想听凶手讲。"

朱林心平气和地道："侯大利找你父亲，是我安排的，他没有任何动机害你父亲。"

黄小军斜着眼看侯大利，道："他和我爸有仇，我爸就是被他害的。"

侯大利一点都没有照顾黄小军情绪，道："按照你的说法，是我害得黄所调到派出所，那应该是他恨我，不是我恨他，这很难成为我杀人的动机。"

黄小军听到母亲哭诉，一时激愤，这才来到刑警老楼找侯大利麻烦，谁知刚进门，就被一条警犬逼住。他自诩胆大，可是突然之间看到这条硕大警犬，还真是被吓住了。来到楼上，眼前的"杀人凶手"一点不内疚，反而气势逼人，这让黄小军渐渐冷静下来。

侯大利来到幕布前，用眼神逼住黄小军，道："有些画面，你得承受住，你能吗？"

朱林眼光带着鼓励，侯大利态度倨傲，田甜很平静。黄小军咬了咬牙，道："我能承受。"

话虽然如此说，可是当他看到父亲躺在血泊中，仍然无法接受，泪水喷涌而出。他努力睁开眼睛，盯紧投影仪。

侯大利站在幕布前，分析道："致命伤在喉咙，只用一刀划破动脉，鲜血至少喷了两米；从地面的血迹来看，确实如此；尸体没有移动，这就是第一现场。"

田甜接口道："我查看过伤口，伤口显示出匕首在刺入以后有横切的动作，从这个动作来看，凶手毒辣，手法老练，绝对是老手。"

侯大利指着相片角落，道："这是手机，从手机在地面的角度来看，应该是突然遇袭以后，手机从手中摔落。而最后一个电话就是打给我的，我当时在停车场。"

……

"这是从停车场出来的相片，注意看我的衣服，没有血迹……这是回到刑警大楼的视频截图，看衣服。"

……

"这是我开的车辆，经检测，没有任何血迹。"

……

"你们家的小区监控被破坏。"

……

侯大利将黄小军当成侦查员，全面、准确、完整地复述了当天的现场情况。

朱林道："小军，你听明白了吗？省厅和市局非常重视你爸遇害之事，派了三个刑侦专家帮助侦办此案。他们查过所有线索，排除了侯大利的作案嫌疑。"

"我爸最后见到的人是侯大利，打的最后一个电话是给侯大利的，手里握着侯大利的手套。要说侯大利与我爸遇害没有关系，我不相信。"听完侯大利讲述，黄小军内心开始动摇，下意识地复述母亲强调的理由。

朱林若有所思，突然反问道："你妈是什么时候有这个观点的？"

黄小军道："最初只顾着伤心，后来才开始慢慢想起这些事情。"

朱林道："不对，肯定有一个时间点，你妈突然就有了这个观点。"

黄小军想了想，道："上访前一天吧，我妈给我谈到案件的三大疑点。"

朱林坐到黄小军身边，道："江州公安绝对不会放弃追查凶手，哪怕追到天涯海角，也要将凶手绳之以法。在追凶过程中，我们要理智、冷静，不能做让亲者痛、仇者快的事情。"

黄小军低头想了一会儿，来到侯大利身边，道："侯大利，请你回答我，你真的不是凶手吗？"

侯大利郑重地道："我不是凶手，绝对不是。"

黄小军独自离开了刑警老楼，失魂落魄。朱林站在刑警老楼门口，对侯大利和田甜道："这事奇怪啊！陈萍最初还能听得进解释，怎么突然间就跑去上访？有点奇怪。黄小军这孩子不错，脑袋清醒，能听得进意见。"

侯大利望着黄小军背影，想起当初杨帆落水时自己所受到的打击，对这个高中生充满理解和同情。

上楼时，朱林满腹心思，独自回楼。

今天是江州监狱的探视日，在田甜收拾东西时，侯大利主动道："我陪你到监狱。"

"什么？"

"我去见见你爸。"

田甜脸上慢慢有了笑意，道："你真愿意陪我到监狱？"

"我们是搭档啊。"

"若是搭档，那就别去了，这是我的私事。"

"别矫情了，走吧。我去见见刑警老前辈。"

侯大利主动要去见父亲，这对田甜来说是一个标志性事件。若非在单位，她肯定要热烈拥抱侯大利。

一辆警车开进刑警老楼，下车之人是侯大利的大学同学陈浩荡。大李面对来人，犹豫了一会儿，还是退回到自己领地。来人虽然身上有不熟悉的陌生味道，可是开着警车，这让大李有些犹豫。它最终还是承认来人是警察，放松了警戒。

侯大利见到老同学，调侃道："政治处的人难得到老楼来一趟，公事还是私事？找我还是找朱支？"

"开车经过老楼，顺便看看老同学。"

男友愿意陪着自己去监狱，"愿意"最重要，比实际行动更重要。田甜朝陈浩荡点了点头，轻声道："陈浩荡有事找你，你下次去吧。"

侯大利道："十分钟。你到车上等我。"

侯大利和田甜轻声说话时，陈浩荡一直用饶有兴致的眼光瞧着这一对传奇男女，等到田甜坐上越野车，才道："现在终于可以证明，你的性取向没有问题。你别瞪我，刑侦系第三小组曾经认真讨论过你的性取向。"

侯大利摸出一包好烟，丢给陈浩荡。

"难得有这种高档烟，暂时不抽，找机会显摆。"陈浩荡拿着烟，反复看了，放进口袋，又语重心长道，"我过来和你聊几句黄卫的事。陈萍到省委上访，影响很坏。我想到这事，替你着急，搞不好要坏你的前程。"

侯大利道："腿长在陈萍身上，她要去做秋菊，我有什么法子，总不能捆住她的双腿。我就算去求陈萍也没用。她如今对我恨之入骨，求她没有任何作用。"

陈浩荡用手指着侯大利，道："虽然省公安厅专家组排除了你的嫌疑，可是这种事总会留下坏印象。更何况如今上访是大杀器，没有哪个领导不怕上访。你这人在破案上有一手，对政治一点不敏感，简直是个白痴。我们是同学，有些话憋不住，一定要见面给你聊几句。你若要在警界发展，还真得利用父亲的关系，建立一个合适的上升通道。在专案组当刑警，破再多案子，最多夸你一声神探，可是对以后的发展没有什么好处。纯粹从业务往上走，这一辈子走到重案队大队长就算是了不起了。"

侯大利不以为然地道："论到当官，就算当了局长又如何？"

陈浩荡道："你这人脑袋不开窍，守着大金山讨冷饭。我若有你这种家世，绝对不会做小警察。当同学的，话说到这份儿上已经够意思了，你真的要好好想想我说的话。"

侯大利知道陈浩荡说的是真心话，只不过两人想法完全不同，鸡同鸭讲，互相都听不进去。在自己遇到困难时，陈浩荡能说出这一番话，也算不错。

陈浩荡离开后，侯大利陪着田甜前往江州监狱。

进入监区，在等待田甜父亲到来时，侯大利道："我忽视了一个问题，你爸叫什么名字，你一直没有跟我说过。"

田甜道："很有时代特点的名字，田跃进。"

田跃进以前是白胖律师，进入监狱服刑以后，生活有规律，不再有大鱼大肉，身体内的肥肉迅速飞走，变成一个精瘦中年人。田跃进被带到管教办公室而不是寻常的接待室，暗觉奇怪。进门后见到一个陌生年轻男子，他停住脚步，眼光一点一点变得锋利起来。

田甜介绍道："爸，这是我的同事侯大利。"

田跃进曾经摔断了腿，走路略有瘸拐，来到沙发前，扶着沙发椅子，道："你和田甜是同事？"

侯大利道："田甜是我的女朋友，我在刑警支队二大队工作，目前抽调到105专案组。"

"你认为女孩当法医算不算是好职业？"田跃进原本习惯监狱生活，神情中的锋利劲儿早就收敛，变得慈眉善目。今天见到陪同女儿一起来的男子，他往日的桀骜之气顿时又迸发出来。

侯大利没有回避眼前中年男人的眼光，不卑不亢道："我毕业于山南政法大学刑侦系，做过很多尸体解剖。在我眼中，法医是刑警中的一员，关键在人，而不在于职业。"

"你很面熟啊？爸爸是谁？"田跃进总觉得侯大利有些面熟，一时之间又想不出所以然，更没有将侯大利和侯国龙联系起来。

侯大利笑而不语。

田甜嗔道："爸，别查户口了。侯大利明天要到省公安厅参加现场勘查培训，抽时间和你见面。"

田跃进坐在沙发上，心情颇为复杂。他独自将女儿拉扯长大，费了很多心血，此时女儿终于带回了男朋友，虽然这是必然之事，他还是觉得心里空落落的。

"他为人可靠吗？"

"爸，你当着人问，我怎么回答？"

"实话实说。"

"肯定可靠，你要相信我的眼光，我可是法医，能透过身体看到灵魂。"

"我相信你的眼光。以你的臭脾气，把人都带到这里，我反对有屁用。"田跃进伸手指着侯大利，道，"田甜是我的宝贝女儿，你若是欺负她，老子找你的麻烦。"

田跃进是江州有名的律师，在侯大利以前的想象中，田跃进应该温文尔雅，今天见面才发现田跃进身上依旧保留着一线刑警的气质。几句话下来，侯大利觉得未来老丈人很对自己的胃口。

"爸，把手伸过来，我给你测血糖。"

田甜在刑警支队总体上是冰美人形象，到了父亲面前变得啰唆起来，给父亲查了血糖，反复叮嘱父亲在监狱生活的注意事项。

会面时间不长，即将结束的时候，田跃进让女儿先出去，道："平时田甜过来看我都是在接见室，今天安排在管教办公室，看来你小子有背景。不管有啥背景，你小子记住，田甜不是罪犯的女儿。在这一点上，你别瞧不起她。"

侯大利眉毛紧了紧，道："我和田甜谈恋爱是两个人的事，没有考虑父辈的因素。你是你，田甜是田甜。"

田跃进如暴怒的狮子，瞪大了眼，道："你小子挺有脾气，在我面前居然都不肯说点顺耳话。"

侯大利坦然道："好听的话未必是真话，我刚才说的全部是真心话。"

田跃进斜着眼打量侯大利，道："回去好好跟朱林学本事，刑警不好当，得有真本事。"

离开监狱，坐上汽车，田甜主动亲了侯大利脸颊，道："我爸最后和你谈了什么？"

侯大利若有所思地道："田叔在暗示我，他是冤枉的。"

田甜愣了愣，道："爸在我面前基本不谈他自己的案子。"

侯大利道："能不能弄到田叔卷宗，我想看一看。"

田甜道："我爸是检察院反贪局直接办的案子，卷宗不在局里。我爸的律师有些资料，可以找过来看一看。"

刑警笔记

侯大利将在4月10日到阳州参加省公安厅组织的勘查培训班，10日之前不用到单位上班，算是被强制放假。

在这几天空当，侯大利准备以吃喝玩乐的方式近距离接触当年杨帆的追求者，重点对象就是李武林、王永强、陈雷、蒋小勇和王忠诚五人。这五人在高中阶段都很瘦小。王忠诚和蒋小勇都是在高二高三才开始发育，如春笋一般，两年时间都长到一米八。但是，他们在高一的时候也与杨帆身高差不多。

黄卫笔记本上记下了侯大利、李武林、陈雷和蒋小勇在杨帆遇害当日的行踪，并做出分析——

第一人，侯大利。富二代，他与省城阳州来的几个社会青年喝酒，喝醉。经摸排，有餐厅服务员和社会青年多人证明此事，无作案时间，排除。

第二人，李武林。他与杨帆是一班同学。他家位于中山大道，距离一中步行约七分钟。据他本人称，放学就回家，回家后在家里做家庭作业。其父母都在工厂上班，母亲下班时间在晚上八点，其父亲在当天要值夜班（下午四点钟上班，晚上十二点下班）。经摸排，李武林父母皆有工人可以做证。李武林本人回家时有同学同行约三分钟，然后分开。至此，李武林行踪皆为自述。

第三人，陈雷。他在五班读书，下课后在篮球场外抽烟，抽了一支烟后，独自走出学校。据他自述一直在街上闲逛，有台球厅老板证实其在放学后打过台球，大约是五点到了台球室。在笔记本上陈雷这一栏的空白处加了一段话：经查，陈雷晚上七点遇到社会青年"铁脑壳"，晚上与"铁脑壳"等人一起参加盗窃。

第四人，蒋小勇。他在江州一中三班，下课以后回家，有爷爷奶奶证明。

当时调查分为两个组，各有目标。黄卫笔记本上没有王忠诚的具体情况。另外，王永强是在初中时向杨帆表达过爱慕之情，这是从杨帆笔记本反映出来的，由于王永强在高中阶段没有追求过杨帆，刑警支队没有调查其当天行踪。

侯大利对黄卫笔记本中记录的情况几乎倒背如流。经过代小峰案以后，他并不能完全相信不在场证明，因为不在场证明可以伪造。遗憾的是杨帆在八年前遇害，经过了漫长的八年，如今已经无法检验这些同学当时的不在场证明是否伪造。

在"赋闲"的几天时间里，可正面接触的人很有限：王忠诚近期在京培训，暂时无法正面接触；最近才接触过一次的蒋小勇和王永强，没有发现两人有异常；陈雷目前已经到省人民医院进行烧伤治疗，侯大利准备到省城学习阶段再次接触。

排除了四人，这几天重点接触目标便定为李武林。

侯大利始终记得老朴说过的"行为轨迹、社会关系"的八字平凡真言，在没有任何线索的情况下，耐心制作李武林的"行社"档案，包括家庭住址、出生年月、兄弟姐妹、曾经住过的地方、工作简历、恋爱经过、性格特点等，全部记录在表格里。

做完李武林的"行社"档案后，侯大利拨通金传统电话，道："老金，找几个同班同学喝一杯，就找同班的，人杂就不好玩。"

李武林、金传统都是侯大利高中时的同班同学，侯大利特意强调"同班"。金传统从国外回来后接手家族企业，时间虽然短，做得挺不错。李武林跟着金传统做消防器材，走得很近。若是同班同学聚会，李武林应该会来。

"没有问题，我马上打电话，"金传统又道，"你这是第一次主动给我打电话，老子受宠若惊，还是到我的地盘来吧，大家都习惯。"

打完电话不久，侯大利驱车来到金山别墅。

金传统读书时是个猥琐的小胖子，到国外混了两年后，如今变成了风流倜傥的帅小伙子。侯大利在高中时期的朋友不多，金传统算是其中之一。

两人见面后，又到亭子里喝茶聊天。

"哪些同学要来？"侯大利今天最想见的是李武林，若是李武林没到，则参加聚会就没有太大意义。

"都是平常玩在一起的，杨红、李武林、王胖子、郑娇娇、陈芬、张晓，都是我们班的。加上你和我，男女刚平衡。"说到这里，金传统脸上出现一丝坏笑，挤了挤眼睛，道，"平时你鼻孔望天，很少参加我们活动，所以那天给你一个惊喜，免得你脱离圈子太久成土帽。今天全是同学，喝酒后就玩真心话大冒险，这个纯朴一点。"

侯大利警惕起来，道："给你一次警告，别再玩上次那种把戏。而且真心话大冒险，不能问案子的事情；若要问，我肯定说正要侦办，细节无可奉告。"

金传统笑道："你这人现在一点都不潇洒。人生如戏，全靠演技……你别用鄙视的眼光看着我。我们都算是富二代，你是哪一根神经搭错了，非得当警察？"

"你若是遇到我这样的事，也潇洒不起来。"高中阶段，金传统算是侯大利唯一的朋友，侯大利就隐晦提及当年杨帆之事。

金传统听懂其中之意，道："人生不过就是一场游戏，遇到的难事就是打怪升级的怪物。你别斜眼看我，我这是经过人生磨难才开始大彻大悟。"

"吹吧，说说看，你经历过什么样的人生磨难？"

金传统回忆往事，笑容不知不觉消失，道："我为什么坚决回国，原因很简单，我在留学的时候被绑架过一次。真正的亲身经历，绝不乱说。那是出国第二年，地皮刚刚踩热，手里又有钱，买了辆兰博基尼，约了一个二代华裔，很漂亮的十八岁女子，结果在车库被绑了。我是真体会到手枪顶在头上的感觉，当时吓得尿裤子。后来当地商会出面，找了中间人，交了赎金。我被关在后车厢两天，拉屎拉尿都在里面，若再关一天，我肯定会崩溃。"

"国内没听到这事的报道。"

"那时你还在山南政法读书。若是报道出来，我可能就完了。我在国外遇到绑架案，吓破了胆，再也不出国了。回国以后，我就和王胖子、李武林、张晓、杨红混在一起玩，偶尔也和几个留法同学玩。我已经大彻大悟，要发财就得一起发财，否则谁跟着我们混？江州一中的同学都是聪明人，稍加提携，他们都会往上爬的。王胖子开了铝合金门市，李武林做消防器材，张晓家里搞土方，杨红承包了一个销售部。我开发的工程，都给他们留了一条路子。大利，你从来不缺钱，不知柴米贵，与其让其他人赚钱，不如把机会给同学。"

这是侯大利第一次听金传统剖析内心，他从刑警角度询问了绑架案细节。

在国外被绑架对于金传统来说是一场噩梦。一方面，他不愿意提起；另一方面，他又想找人倾述，侯大利便是极好的倾诉对象。

谈完当年经历，金传统回到现实之中，道："污水井的案子我还有新想法。抛尸到工地不是一个好选择。污水井早则一年，晚则两年，肯定要被开发的，抛尸在这里，肯定要被人发现。我觉得是有人想害我们，故意给工地抹黑，最近我已经听到师范工地风水不好的传言。师范项目体量大，最怕出现这种烂事，等抓到凶手，我要抽他，居然把尸体扔到我的工地。开发商都讲究风水，我原本不信，到国外去了一趟，回国更信这些老祖宗留下来的东西，我是真怀疑有人捣鬼。我在这里把话说清楚，我们是两兄弟，夏晓宇也有新楼盘，和师范后街品质差不多，他们不能用这些手段哪。"

侯大利道："为了拉客源，夏哥或许会耍商业手段。杀人是重罪，夏哥没有这么傻，否则我爸也不会用他。"

金传统道："我爸也是你这个观点。我爸对你爸还是挺佩服，当时说的是'国龙兄有大智慧，不会用这种低级手段，如果用这种手段，他就做不了这么大的生意'，这是原话，绝不乱说。"

长期以来，在侯大利心目中，父亲就是"早起的鸟儿捉到虫"的典型，并没有觉得父亲有什么了不起的地方。听到"国龙兄有大智慧"的说法，他先是惊讶，又有点好笑，又隐隐觉得自己不了解父亲。

谈话间，杨红、李武林、王胖子等人陆续进来，见到侯大利都很高兴。他们几人都跟在金传统身后做生意，短时间都赚了钱，尝到大甜头。侯家大腿更粗，若是抱上，发财就易如反掌。

喝酒之时，杨红坐在侯大利身边，不时帮侯大利挡酒。侯大利了解杨红的心思，却很难理解。他摆明了不接受杨红的善意，在这个前提下，杨红若是保持同学关系还能交往，继续追求则同学交往可能会断掉。他在喝酒之时完全放开，有说有笑，欢笑之下的注意力则大部分集中在李武林身上，在心中暗记其一言一行。

石秋阳提供线索让杨帆的落水真相水落石出，这个真相处于保密状态，只是办案民警和杨帆直系亲属才知道，没有对外公布。所以到目前为止，同学们以及世安厂相识的老邻居们仍然认为杨帆死于意外。

喝了酒，一群同学又在包间喝酒唱歌。这一次纯粹是高中同学聚会，不用装门面，小乐队没有到现场。

晚上十一点，同学们果真玩起了真心话大冒险游戏。依着侯大利本性，这种游戏实在没有任何意义，只不过李武林在现场，这个游戏反而变得特别有意义。

服务员将水果、洋酒、茶、咖啡、扑克送至房间。金传统喝了酒挺兴奋，举起扑克宣布规则，道："还是老规矩，每人三张牌，以炸金花的方式来比大小，最大的发话，最小的受罚。要么说真心话，要么玩大冒险，如果说出来的真心话大家都不相信，那就由我们来定大冒险。同不同意？"

男女都很踊跃。

杨红低声在侯大利耳边道："金传统是疯子，等会儿肯定玩得挺疯。"说话时，她与侯大利隔得很近，不到一拳距离。

第一轮扑克发完，侯大利拿到一个对子，不大不小。金传统拿到一个金花，最大。张晓拿了一把散牌，最小。

金传统哈哈大笑道："张晓，真心话还是大冒险？我说明一下，牌最大的人可以剥夺最小者的选择权啊，指定要么真心话，要么大冒险。"

"我选择真心话吧。"张晓在高中阶段是非常羞涩的女孩子，三年几乎没有和侯大利说过话，如今整个人似乎变了一个样，喝酒、抽烟，样样来得，在酒桌上说起男女关系的荤话题也毫不在意。

金传统举着三张牌，道："你现在穿的是什么颜色的内裤？"

张晓道："红色。"

金传统笑道："那得问大家是否相信？"

李武林带头起哄道："不相信？"其他人也笑着表态不相信。

金传统继续追击："那就给大家演示一下？"

张晓点燃一小支烟抽了一口,落落大方地站起来,背朝大家,然后很有韵律地摇摆屁股,慢慢把裙子后面的拉链拉开,果然见到一条红色内裤。

真心话大冒险的魅力在于男女可以游走在暧昧边缘,可以问一些平常无法触及的话题,侯大利正好借此机会打探李武林内心。他联络金传统时并没有想到会有这样一个环节,这个环节对于他来说是意外之喜。

第四轮时,侯大利牌最小,王胖子的牌最大。王胖子猥琐地打量诸人,道:"我指定侯大利玩大冒险,与倒数第二小的人深情搂抱,凝视十秒钟。而且,倒数第二小的人要双腿夹在侯大利腰上。"

倒数第二小的正是杨红。杨红做打人状,道:"死胖子,这个太难了。"

王胖子道:"遵守游戏规则,否则就没法玩了。"

在大家的起哄下,侯大利和杨红站起身,面对面而站。杨红双手搂住侯大利脖子,道:"你稳住啊。"她用力跳起来,双腿就夹在侯大利腰上。

"要深情对视啊,加油,1、2、3……10。"

惩罚结束,杨红放下双腿,身体贴在侯大利怀里。

在场全是高中同学,大家情绪调动起来,玩得很嗨。侯大利似乎也融入游戏之中,不仅主动参加,也给大家出难题。终于,侯大利拿到一把大牌,李武林是一手小牌。侯大利举起三张牌,道:"李武林,真心话,你这辈子最爱的人是谁?"

王胖子兴奋地大叫,道:"不准说假话。"

李武林喝了不少酒,神情高度兴奋,脱口而出,道:"杨帆。"

现场诸人都处于兴奋状态,"杨帆"两个字如降温剂,所有人的动作似乎都停顿片刻。李武林感受到大家的眼光,道:"大利也追求过杨帆,自古红颜多薄命,这是我终生遗憾。"

侯大利没有料到李武林会如此坦白,一时不知如何继续下去。

杨红最了解内情,道:"李武林,你发疯了?哪壶不开提哪壶。"

李武林叹息连连,道:"这是真心话,可惜杨帆没有回应过我,这是人生最大遗憾。从高中到大学，没有谁比杨帆漂亮。"

金传统拍桌子，道："这个不好玩，换大冒险。谁是倒数第二小？哇，是张晓。我建议张晓和李武林互换内衣，拍照留念。"

侯大利听到"杨帆"两个字时如被点了穴道一样，浑身僵硬，随后如突然通电的机器人，高声附和。

玩到凌晨两点，大家兴尽而归，只有张晓留在金山别墅。张晓从包里取出一些丸药，道："有一个老中医，治这种病挺有效，我特意去开了一服丸子。"

两人独处时，金传统张狂的笑容消失，如懒蛇一样躺在沙发上，沮丧道："没有用。"

"不管有没有用，你得想办法治疗。"张晓坐在金传统身边，道，"等会儿我帮你揉揉。"

揉了一会儿，金传统下身还是没有任何反应。

在国外被绑架时，金传统正和女友做爱，被枪顶头，惊吓过度，性功能发生障碍。张晓是金传统前女友，在金传统回国不久便知道此事，一直在帮助其治疗。这是两人绝对秘密，没有其他人知道。

侯大利整个晚上喝了不少酒，直接住江州大饭店。醒来时，他头疼得紧，吃过早饭，仍然没有从宿醉中清醒过来。

与江州一中同学在金家玩了一次"真心话大冒险"的游戏，没有明显收获。李武林是杨帆追求者，这是大家都知道的事情，在游戏中提及此事并不能证明什么。他能明确提及杨帆，反而说明心中没有太大负担。但是，世事之奇往往出人意料，或许他心理太强大，就算作了案，提起此事也没有负担。

早上八点，侯大利心情阴郁地回到刑警老楼，又将提审石秋阳的视频重新看了一遍。

李武林高一时不超过一米七，是竹竿身材，符合凶手形象。只是当时高中同学大部分都是竹竿身材，从石秋阳的描述只能判断凶手是学生，却没有更多特点。

看了一遍审讯石秋阳的视频，侯大利仍然觉得头疼，便到四楼寝室睡了一小会儿。听到楼下有汽车声音，他从床上爬起来，喝了几口浓茶，这才下楼来到资料室。

在资料室坐了几分钟，田甜走了进来，道："让你休息，怎么又来上班？"

侯大利拍了拍头，道："我还忘记这茬儿了，坐几分钟就回家睡觉。"他见到田甜总觉得她脸上不对劲，又道："你脸上怎么回事？"

田甜摸了摸脸，道："我脸没什么啊。"

侯大利仔细看了看，道："我也不知道有什么，总觉得不太真实。"

田甜给了侯大利一个白眼，道："今天化了淡妆。"

侯大利道："你以前没有化妆吗？我觉得素颜挺好，化了妆反而别扭。"

田甜脸微红，瞅见左右无人，低声道："滚。回家睡觉去。市局让你休息几天到省厅参加培训，明摆着说你有嫌疑。既然如此，你何必厚着脸皮继续调查案件，趁着这几天好好休息。"

侯大利闷闷不乐地关掉投影仪，准备离开刑警老楼，回高森别墅睡觉。田甜跟在身后，道："让你休息是件难事。算了，我陪你去走访模特和歌手。"

侯大利脸上终于有了笑意，道："我们是应该把这条线捋一遍，明明有很多工作要做，却让我休息，新接手的探组还得重新熟悉案情，这不是扯淡吗？"

侯大利拿出整理出来的名单，随手拨通朱朱的电话。第一次打电话，电话打通，没人接听。隔了半个小时，田甜再打电话，朱朱这次接了电话。朱朱声音挺好听，问道："谁打电话？"得知是警察要来了解杜文丽的事情，朱朱有些犹豫，道："我在上班，能不能改天？你们过来等也行。我在江州大饭店，一楼左侧的咖啡厅。"

侯大利和田甜进入江州大饭店，值班经理赶紧上前，道："大利哥，甜姐，今天还是到雅筑？"侯大利指了指咖啡厅，道："你认识朱朱吗？"值班经理笑道："朱朱在咖啡厅弹钢琴，正在弹。我等会儿把她叫过来。"

咖啡厅传来钢琴声。

侯大利摇头，道："不用打断她，我们到咖啡厅听音乐。"

咖啡厅环境幽雅，几个客人隐在各个角落。一个娇小的女孩坐在钢琴前专心弹琴，她身穿白衣，与黑色巨大的钢琴形成鲜明对比。钢琴旋律轻柔舒缓，如行云流水般洒向厅内。

值班经理安排了咖啡和小吃便离开，没有在侯大利和田甜身边久留。侯大利和田甜相对而坐。

侯大利道："她弹得怎么样？我对钢琴没有研究，初一的时候，我妈想让我学钢琴，我坚决反抗。"

田甜道："她弹的都是理查德·克莱德曼的曲目，前些年在国内流行。刚才弹的是《阿根廷，别为我流泪》，不算难，弹得还行。"

"你以前学过？"

"我们这个年龄的女生很多都被钢琴折磨过。我考过级，后来放弃了。"

副总经理顾英来到咖啡厅陪着侯大利和田甜说话。过了一会儿，朱朱离开钢琴，在服务员带领下来到侯大利和田甜的座位旁。

顾英知道侯大利有正事，道："我安排了一个小会议室，你们慢慢聊。"

小会议室有水果，还有清茶。清茶并非凡品，打开茶盖时全室盈香。朱朱见到老总顾英对两个警官格外照顾，暗自惊讶。

侯大利问："你认识杜文丽吗？"

朱朱很敏感，眼睛慢慢变圆，道："你问杜文丽是什么事情？难道师范后街真的是她？"得到肯定答复以后，她"哇"地哭了出来，哭声震天，泪水滂沱。这间小会议室甚为隐蔽，顾英又打过招呼，服务人员送过茶水和水果就没有再过来。侯大利和田甜都没有劝解，坐在一边等待朱朱发泄。

田甜等到朱朱稍稍平静，递给她一张纸巾。

朱朱脸上妆容完全被破坏，干脆彻底洗了脸。去掉妆容以后，她脸上露出几颗青春痘，反而显露出青春活力。"我和文丽是好朋友，她唱歌也不错，有一段时间我们都在当驻唱歌手。去年，文丽突然不辞而别，电话不接，QQ不回，当时我还挺生气，"说到这里，她又哭，"谁会想到文丽被人害了。"

侯大利道："既然你们是好朋友，你仔细回想一下，她在去年11月有什么异常。"

朱朱擦掉眼泪，默默地想了一会儿，摇头。

田甜道："她有没有追求者？"

朱朱道："文丽长得漂亮，当然有追求者。文丽想留在电视台，又想考研，不想急着谈恋爱，所以没有正式男朋友。"

田甜又道："杜文丽当模特，还驻唱，经济条件怎么样？"

朱朱继续摇头，道："文丽和我差不多，从学校毕业不久，家里没有太多支持，全靠自己存点钱。吃饭够了，谈不上有钱。"

4月9日，一夜缠绵之后，侯大利独自开车前往省公安厅培训基地。到省公安厅报到之后，当天无课，侯大利躺在宿舍床上给陈雷打电话。

陈雷与李武林一样，当年因为没有作案时间而被查否。但是经历过代小峰案之后，侯大利对作案时间持保留态度，不太敢完全相信。尽管翻看了黄卫笔记，仍然如此。更何况当年没有保留下来正式资料，如今无法考证陈雷在杨帆落水当天具体做了什么。

十来分钟后，侯大利走进省人民医院，来到陈雷病床前。石秋阳在落网前两次袭击了陈雷，后一次是用火烧，让陈雷面部受到重创，留下了明显疤痕。如今陈雷通过植皮手术修复被烧伤的面部。

陈雷已经完成了第三次植皮手术，很快便要出院。他接到侯大利电话后，将手机放到一边，继续对老七道："这个工程一定要拿下。你回去以后，给每个投标者打招呼，就说金顶山项目我来做，让他们给点面子，自己退出。你送点损失费，也不要把事做绝了。"

"若是有人硬来怎么办？"绰号老七的白脸汉子道。

陈雷拿起镜子看了看脸，道："如果给脸不要脸，那就杀鸡给猴看。这么多兄弟要吃饭，总得有条来钱的道。你们要多学点，有软有硬，先礼后兵，不要激起公愤。但是该硬的还得硬，否则别人不怕我们。"

老七杀气腾腾冷笑道："硬来最简单，到时寄两颗子弹，绝对吓退。"

陈雷摇头道："太野蛮了，效果倒是好，容易招惹警察。谁不给面子，就给人寄相片。他老婆的相片，他娃儿的相片，就要那种生活照，绝对吓死他们。就算报了警也没有用，生活相片罢了。"

老七歪着脖子想了一会儿才恍然大悟，竖起大拇指，道："老大就是高，脑袋好使。"

陈雷又道："如果有夏晓宇公司，暂且避开。夏晓宇背靠国龙集团，根深叶茂，我们不要随便碰。"

侯大利进门时，老七刚刚离开。

陈雷腰部、脸部都被燃料瓶烧掉，右脸几乎都是烂伤，左脸却完好无损，形成了奇怪的对比。如果只看左脸，陈雷文质彬彬。只看右脸，皮肤凹凸不平，呈暗红色，很恐怖。左脸和右脸同时存在于一张脸上，形成一种奇异凶相。

"是不是很吓人？"陈雷见到侯大利，扔了一盒烟，"医生不准我抽烟，你自己抽。"

侯大利观察陈雷的脸，问："还要植几次皮？"

陈雷左脸非常平静，道："植几次算几次，毁了脸也无所谓，反正不用讨好丈母娘。石秋阳什么时候死？到时我要开酒庆祝。"

"他身上背的案子挺多，现在还在一个一个查，没有这么快。"侯大利没有完全说实话，也没有说假话。

"今天一个人过来，有私事？"陈雷用右眼打量侯大利。

侯大利道："我到省厅培训，顺便来看看你。"

陈雷混过社会，经常与警察打交道。侯大利是同学，也是警察，因此，他们两人之间不再是纯粹同学关系。陈雷拉了张椅子坐在侯大利对面，道："这次出院以后，我准备给李超上香。说实在话，我以前看不惯警察。这一次李超替我挨了铁锤，我对个别警察的看法有所变化。"

侯大利打开烟，抽出一支，没有抽，放在鼻尖闻了闻，道："你当初为什么和社会上那群偷盗的混在一起？我记得你家也是工厂的，你妈妈还是街道干部。"

陈雷右脸没有任何表情，左脸似乎在微笑，道："我爸在江州化工厂。当年化工厂红火，市场经济一来，化工厂立马没有效益，只剩下两个车间在生产。和我一起玩的要么是化工厂的青工，要么是化工厂子弟。我不是给自己当年偷盗找理由。我当年成绩不错，肯定比你的成绩要好得多，否则不能凭本事考上一中。"

侯大利成长于世安厂。世安厂是三线大厂，级别比起化工厂要高得多。不管是大厂还是小厂，工人子弟的生活环境还是很接近，道："你的那群朋友如今怎么样？"

陈雷道："当时和我一起的被抓了四个。其他人被吓着了，大部分上岸。现在大多生活得一般，做点小生意，或者给别人打工。我开了雷人公司，算是里面混得最好的。回归到刚才的话题，我进入劳改队后也自我反省，其实真不用将责任推到化工厂。这是我自己选择的路，没有什么好说的，怪不得别人，也怪不得社会。我在这一点上鄙视石秋阳，他这人身手好，可是心胸太狭窄，不是真男人。"

侯大利道："做生意要做正行，一样赚很多。不再涉黑涉恶，风险小得多。"

陈雷苦笑道："这些年我悟出一个道理，每个人过什么生活都有定数。这一次女朋友被人弄死，我被烧成一个怪物，起因并不是我做了什么错事，甚至我当年还算是见义勇为。我出院以后就好好经营雷人公司，生死有命，富贵在天。杜文丽案子怎么样？有没有可能破案？杜文丽很上进，算是她们行当中很能洁身自好的。可是怎么样？死于非命。祸害活千年，好人命不长，我就老老实实当一个祸害。"

侯大利道："你的看法太悲观了。"

陈雷道："我不是悲观，人生无常，世事难料。杨帆这么漂亮的女子就早逝，想起来都觉得惋惜。"

侯大利与陈雷聊了一个多小时，仅仅是闲谈，气氛还算融洽。分手时，陈雷开出一个名单，是他所知道的与杜文丽接触较多的人。陈雷开这份名单用了心，里面有朱朱的名字和联系方式。

侯大利回到车上，抓紧时间拿出笔记本，在"行轨"的表格中填下从谈话中淘到的信息。目前来看，这些信息都没什么用；准确来说，这些收集到的信息暂时没有合适的用处。

从省人民医院出来，不远就是国龙宾馆。侯大利犹豫了一会儿，还是给母亲打了电话，讲了自己到省公安厅培训之事。

李永梅正在和宁凌一起美容，道："我知道你来培训，被人踢过来。既然不信任你，何必赖在公安局？此处不留爷，自有留爷处。你别不耐烦嘛，当妈的不会害儿子。晚上到国龙宾馆吃饭，陪老妈打小麻将。"

年初负重伤之后，侯大利和父亲进行过一次最为坦诚的谈话。在这次谈话中，父亲明确表示要再有一个后代来接手国龙集团。谈话之后，侯大利经过思想交锋，没有将此事告诉母亲。侯大利虽然没有在国龙集团工作，可是思维方式还是很富二代，若是将父亲的想法告诉母亲，那国龙集团必将天翻地覆，最后是什么后果还真是说不清楚。类似做法在他们那个圈子其实挺普遍，父亲的操守总体来说也还不错，他选择为父亲保密。

选择了为父亲保密，意味着将给自己增加分财产的兄弟姐妹。这个想法在侯大利脑中也曾经闪过，只不过他的心思全部放在几个积案上，对国龙集团的财产并不热衷。念头一闪而过，他便将争财产的念头抛在脑后。

侯大利能将分财产的想法抛在脑后，但是对母亲的愧疚就不那么容易抛在脑后，始终在心里隐隐存在。所以，他愿意陪母亲打麻将。

来到国龙宾馆，进入侯家人专属的倒数第二层，坐在宽大落地窗前俯视阳州城，侯大利的思维却顽强地来到世安桥上。"如果我不陪省城朋友喝酒，陪着杨帆放学回家，杨帆就不会遇害。"这个想法就是隐藏在身体里的毒蛇，总会在不经意间冒出来，用锋利的牙齿咬住心肝肺，喷进毒液。

他在脑中将石秋阳的讲述转化成视频，整个情节除了凶手人脸模糊以外，已经非常逼真。他甚至考虑了为什么自行车丢在世安桥上。最大的可能性是凶手第一次作案，心中惊慌，或者是有其他惊扰，比如听到汽车的声音。

最为遗憾的是当时现场勘查没有针对石桥墩进行详细检查，若是石桥墩留有自行车的撞痕，而且能排除是骑车撞上石桥墩，那么就有极大可能得出杨帆是遇害的结论。若是当年能立案，破案的可能性远远大于八年后的今天。

门铃声响，打断了侯大利思绪。

打开门，门外之人让侯大利愣了愣。宁凌以前烫过小波浪，打扮时髦，今天站在门口的她留着一个马尾巴，额头上还有刘海儿。这个打扮不仅没有给宁凌减分，反而将精致五官以本来面貌展现出来。

当年夏晓宇寻找宁凌时带有杨帆相片，颇费了一些周折，最后在一所985学校意外发现宁凌，并且成功将宁凌带入了国龙集团。宁凌的新打扮让侯大利都产生了似曾相识之感。

宁凌道："我和阿姨在美容，阿姨等会儿才做完。我们先吃饭，然后打麻将。"

侯大利道："除了你和我妈，还有谁？"

宁凌道："李丹姐。"

侯大利道："三人女人和一个男人，肯定是我赢。赢你们太简单，胜之不武，没意思。"

宁凌抿嘴而笑，道："刚才阿姨说，我们每人发二十张牌。我们先到餐厅，等会儿楼下把菜送上来。喝点红酒，少喝点。我酒量一般，有时陪阿姨喝一点。"

两人并肩朝餐厅走去。宁凌头发扎成马尾辫，马尾辫甩来甩去。侯大利数次放慢脚步，用眼睛余光瞧马尾辫。

"你还在夏哥那里上班吗？"

"我还是夏哥的助理，最近一段时间抽调到总部。上班时间我称呼李总，下班才叫阿姨。"

两人来到小餐厅，有一句无一句地闲聊。宁凌落落大方，谈起大学里的趣事，逗得一向严肃的侯大利都笑了好几回。

李永梅做完美容，双脸放光，走到小餐厅门口，望着与儿子有说有笑的宁凌，想起田甜的职业和在监狱服刑的田跃进，暗骂儿子有眼不识金镶玉。

"妈，你的脸太亮，可以当镜子了。"

"狗嘴里吐不出象牙，"李永梅坐下，接过宁凌递过来的咖啡，道，"大利，宁凌是我的干女儿，你以后要叫妹妹。你和你爸成天都不露面，若不是宁凌来陪我，我都要成怨妇了。"

宁凌颇有些羞涩，却没有反对这个说法。

侯大利道："你在集团管财务，很忙吧？"

李永梅道："忙个狗屁。你妈能吃几碗干饭，我自己清楚得很。如今我就是挂名，具体工作都是专业人员在做。财务总监是海归，那才是真正的电子脑袋。"

宁凌道："干妈是谦虚，最核心的事还是你在把关。"

侯大利听到"干妈"的称呼总觉得别扭。"妈妈"的称呼长期以来独属于自己，今天却分给了一个莫名闯入的女子，虽然有个"干"字，可是"干"字后面连着一个"妈"，意义不一样。他和金传统都是富二代，习惯了被人"算计"。被"算计"是富二代的生活常态，如果不被人"算计"，富二代生活起来也就少了很多味道和波折。金传统之所以过得有滋有味，正是因为他用商业机会换得了众星捧月的生活。所以，侯大利能理解母亲和宁凌的关系。

晚饭之后，李丹到楼上，四人摆了麻将，鏖战到凌晨一点。侯大利不太用心，打牌时总是想着案子，基本上平过，不输不赢。宁凌手气很好，赢了不少。

回房间时，侯大利和李永梅单独聊了十来分钟。

"你和田甜进展如何？"

"正常吧。"

"田甜各方面条件都好，就是职业让人受不了。我实在无法理解田甜为什么要当法医。宁凌还真不错，漂亮，聪明，非常懂事。"

"打住，换话题。"

"听说你惹了大麻烦？既然领导都不信任你，那就真没有意思。"

"妈，这个话题我也不想聊。"

"这不能聊，那不想说，那我和你能聊什么？养儿子真没有意思，什么话都不给妈妈讲。"李永梅气呼呼地起身，本来想昂首出门，走到门口，又道，"在公安局过得不顺心，随时可以回来，别无谓地赌气。"

在国龙宾馆住了一个晚上，4月10日，侯大利进入省公安厅培训基地。上课结束，侯大利走出阶梯教室大门，见到抽雪茄的老朴。老朴陷入沉思中，对走过身边的培训学员视而不见。

"朴老。"侯大利走到老朴身边，招呼道。

老朴这才回过神来，道："谁是朴老？我有这么老吗？叫我老朴。"

侯大利无论如何不肯称呼老朴，坚持称呼朴老师。老朴笑骂侯大利为人拘束，却也由得他去，道："找地方吃饭，边吃边聊。"

侯大利请老朴上车，直奔国龙宾馆。

看到国龙宾馆之时，老朴斜着眼反复打量，道："五星级的菜太讲究格调，反而不如小菜馆更注重味道本身。"几道大厨亲自做的菜送上来以后，老朴用餐巾纸擦了油嘴，又道："我收回刚才说的话，这菜真是绝了。看来我们到酒店吃饭，根本吃不到真正大师傅的菜。"

老朴平时挺注重养生，总是吃七分饱，今天尝到特级厨师为国龙太子亲手做的拿手菜，结果吃了十二分饱，吃完以后又后悔万分。

"手里有案子要查，却被踢到学习班，是不是挺憋气？"老朴要了一杯浓茶，帮助消化。

侯大利道："这还得感谢朴老师，若不是省厅刑侦专家组下了明确结论，我还真是有口难辩。"

"我真不是帮你，而是以证据说话。你得知黄卫遇害后做的事情全部正确，给专家组留下充足依据，否则我想帮你也找不到依据。若是你当时没有保留下证据，说不定刑警支队的视线真的会停留在你身上，你惹下大麻烦，真凶反而跑掉了。"

老朴话只说了一半，另一半则涉及案件本身，没有给侯大利明说。他放下茶杯，道："江州105专案组给了我启发，这一段时间，我抽空将全省未破的积案罗列出来，厚厚档案压得我喘不过气。我已经向省厅建议，准备学习江州经验，专门成立一个侦办积案的机构，和105专案组类似。我想调你到省厅专案组工作。"

侯大利脸色严肃起来，道："调我到省厅也行，前提是侦破了杨帆案。现在我感觉已经抓住了犯罪嫌疑人的尾巴，加一把劲，或许就能破案。若是调到省厅，陷入其他案子，破案就遥遥无期了。"

老朴道："杨帆案肯定也要列入全省未破积案之中，你调到省厅一样可以侦办杨帆案。省厅的破案资源强于市局，或许更有利于侦办杨帆案。你是天生做刑警的料，到了更大的平台，才能真正发挥作用。"

侯大利摇头，很明确地说："省厅与市局相比确实是大平台，但是，距离侦办杨帆案就隔了一层。朴老师，破不了杨帆案，我不愿意离开江州。"

老朴道："你还是坚持认为就是杨帆追求者作的案？或者更准确来说，你的某个同学是凶手？"

"石秋阳提供的线索证实了当初刑警支队的想法，也印证了我的想法。而且我觉得此人掰开杨帆手指，让杨帆落水，胸中有大恶。他当时还是学生，这个恶一定会在以后迸发出来，肯定还会行凶。"侯大利尽量用平静的口吻叙述当时的案发场景，可是当讲到凶手掰开杨帆手指时，双手下意识紧握，脸上肌肉变得僵硬。

老朴拿起雪茄，点燃，吸了两口，又道："我支持你的判断，杀害杨帆的凶手胸中有大恶。杀害杨帆的凶手应该是把恶藏在内心，平时甚至会表现出相反的一面，具有迷惑性。你在具体办案的时候，就要紧紧抓住胸中有大恶的一面。这是一个不能作为证据的典型特征，对侦破思路有帮助。"

在侦办石秋阳案时，老朴、朱林和侯大利曾经有过无数次天马行空的推测，这些推测没有证据支撑，更多靠刑警经验和知识综合起来形成的直觉。事实证明，他们在案情分析会之外对石秋阳案的大胆猜测，基本接近真相。

"杨帆案的恶在于不是激情杀人。杨帆抱住了石栅栏，凶手是掰开了杨帆的手。章红案的恶在于章红遇害后，凶手还将章红的尸体放在了桌上和椅子上，留下了尿渍，凶手变态。杜文丽案的恶之处我还在寻找。"侯大利突然拍打桌子，道，"杜文丽案本来就过了半年，早就错过了最佳破案期，我又被困在培训班，想起来很憋气。每次想到杜文丽父母绝望的神情，我恨不得立刻就揪出凶手。"

老朴正在协助江州公安侦办黄卫案，案件已经有了眉目，这次回省城正是代表专家组向省厅做汇报。在案子侦破之前，他不能向外透露，特别是侯大利和此案有牵连，更不能在他面前说起此案。老朴为人潇洒，甚至有些放荡不羁，可是在办案上极有分寸，不会犯低级错误。

老朴是省厅资深侦查员，能主动到培训班来看望一个普通学员，这让侯大利挺感动。他充当驾驶员，开车送老朴来到省公安厅。在车上，老朴讲了些曾经轰动全省的大案，其间的曲折、艰辛让侯大利大为动容，每个案子破案关键点的寻找过程更是深深吸引了侯大利。车至地下车库，侯大利依依不舍，直到将老朴送到电梯口。

"送君千里，终有一别，你回去吧。"

"我还想听案子。"

"你在这边有半个月，不急于这一天。"

"周二晚上请朴老师到国龙宾馆，吃正宗江州菜。"

"聪明啊，知道我喜欢吃美食。今天把案子讲完，下次就没的吃了。周二吃饭时，你把114案件的破案关键点告诉我，算是给你留的作业。"

"我以后就称呼朴老师。"

"随便你，不过何必注重这些形式。"

114案件是当年发生在阳州的重案，老朴全程参加，破案过程非常曲折，一波三折，有好几处出人意料的地方。老朴给侯大利详细讲了基本情况，布置了作业，让他思考第一个突破点。

在省公安厅侧楼电梯旁，侯大利想着114案，看着电梯数字不断上升。电梯停止，又掉头向下，侯大利这才转身离开。走到停车场时，他看到一辆熟悉的警车。警车停在这里，说明葛向东多半在省厅，他拿起手机打了个电话。

"是，我在省厅，在技术五室。你也在省厅？等我啊，最多五分钟就下来。"葛向东的妻子的家族在江州做生意，如今通过侯大利的关系接了不少边角余料工程，赚得盆满钵满，对侯大利态度非常好。

几分钟后，葛向东出现在地下车库，道："你怎么也在省厅？"

"我送朴老师回来。"

葛向东是为了黄卫案子来到省厅。由于黄卫案与侯大利有莫名牵涉，所以黄卫专案组有内部纪律要求，案件进展情况要回避侯大利。葛向东在进入地下车库前就在琢磨此事，听到侯大利问起此事，决定实话实说，道："我为了黄卫案子来的，有一张视频相片的五官非常模糊，我找良老师帮助恢复，确保准确。"

侯大利对黄卫案非常敏感，立刻摆手，道："别跟我说黄卫案，你为难，我也为难。我们今天就不吃饭了，改天喝酒。"

侯大利为了避嫌，不想知道黄卫案件。陈萍和黄小军却急切地想知道案件最新进展，数次询问专案组，得到的答案都是正在侦办，并没有具体内容。

不知道案情最新进展，母子俩处于焦虑之中，特别是陈萍，情绪很是暴躁。离开刑警支队以后，母子俩开始争吵起来。

黄小军道："我只是帮侯大利说话，没有帮凶手说话。宫叔和朱叔都给我讲了详细情况，从现在所有证据来看，侯大利肯定不是凶手。你到省委上访前一天，谁来找过你？"

"谁来找我，总之是对我们家好的人。侯大利害得你爸被调到农村，你爸最后见的人是侯大利，最后通话的也是侯大利，死的时候手里捏着侯大利的手套，这么多事聚在一起，你敢说凶手不是侯大利？骗鬼。你就是高中生，根本不懂人心险恶。侯大利家里有钱，做了什么坏事都能用钱摆平。"陈萍披头散发，如眼镜蛇一般瞪着眼。

黄小军完全将朱林和宫建民的解释听了进去，道："妈，你死咬着侯大利，反而让凶手逃脱。我给你做一个具体分析。"

　　陈萍开始焦躁起来，道："你能分析什么鬼？还不是捡着朱林的话来说。"

　　黄小军也起了火，道："妈，你是听谁说了鬼话？"

　　陈萍道："你才听信别人说的鬼话，帮着外人，不替你爸爸报仇。人说的话不听，鬼说的话句句都听进去。"

　　黄卫死后，陈萍和黄小军经历了从人间到地狱的残酷心理过程，如今还没有从地狱里走出来。母子都是为了追到真凶，但是为如何追凶产生了严重分歧，最后由争论具体问题演变成情绪化争吵。黄小军吵不过歇斯底里的母亲，怒火中烧，直接走下人行道，准备过马路，走到街道另一侧。

　　陈萍跟在儿子身后，道："你到哪里去？回来！"

　　黄小军只觉得一股无名火在脑中烧起，根本不想再听母亲无法理喻的说法。自从父亲死后，他开始公开抽烟。以前为了装酷，和一帮同学躲在一起抽烟，实际上没有尝到烟的味道，今天和母亲又吵架，特别想抽烟，而且想深吸一口，直接将香烟抽到肺里去滚几圈。

　　陈萍追着儿子的身影，跑过马路，道："别走，有话说清楚。"

　　从黑暗处蹿过来一辆小车，小车没有开车灯，速度极快。黄小军怒火中烧，快步向前，没有注意到来车。陈萍看到来车即将撞向儿子，猛地向前扑去，推开儿子。

　　只听"砰"的一声响，陈萍身体在空中翻了几圈，然后摔落在地上。黄小军从人行道上爬起，茫然地看着马路。一辆小车停在身前，车灯被撞坏，母亲陈萍躺在几米远的地方。黄小军号叫一声，连滚带爬来到母亲面前。刚才还在与他争吵的母亲此刻口鼻流血，躺在地上，身体轻微抽动。

　　黄小军全部身心都在母亲身上，没有注意到小车开始启动。

　　有围观群众发现小车在启动，站在小车侧面，用力拍打车门。车内坐了两人，开车的是青年男子，副驾驶坐着一个衣着暴露的年轻女子。

年轻女子是第一次遇到车祸，吓得花容失色，脑袋完全停止转动。

青年男子朝右前方看了看，踩油门，准备离开现场。

撞了人，驾驶员不下车，还准备逃离现场，顿时激起众怒。围观群众就捡起顺手之物，砸向小车，有矿泉水，有小板凳，有酒瓶。另有打抱不平的群众发动汽车，紧跟着小车，不停给警察打电话。

警车闻讯而来，根据见义勇为群众的引导，在城西堵住小车。肇事青年坚持在车中不出来。警方喊话以后，砸开车窗，这才将浑身酒气的驾驶员从车内逮了出来。

对于黄小军来说，是否抓住肇事者不是第一重要的事情，母亲能不能救活才是第一重要的事情。父亲遇害，母亲出车祸，若是母亲走了，他从此就是孤儿了。

"小军，怎么回事？"黄小军外公急匆匆走了进来，声音沙哑，神情慌张。

黄小军整个人都处于麻木状态，道："我妈被车撞了。"

黄小军外公道："怎么会被车撞？严重吗？"

黄小军双手抱头，不愿意回想撞车那一幕。当时他怒气冲冲朝前走，然后被母亲推倒，并没有看见撞车的具体情况。发现母亲重伤以后，他思维如被冰封一般，无法有效运转。刚才坐在手术室门外，他的思维才渐渐解冻，想明白母亲是为了救自己而被撞。

刑警支队同事得到消息，陆续赶到医院。支队长宫建民、政委老洪、老支队长朱林等人守在门外，脸色凝重。

刘战刚道："黄卫遇害，陈萍被撞，若是舆论被不正确引导，我们会很麻烦。"

宫建民道："我问过老陈，他说就是一般车祸。驾驶员喝醉了酒，车上还坐着他的女朋友。驾驶员是富二代，老陶的儿子。"

听说是陶老板儿子惹的祸，刘战刚松了一口气，道："富二代惹祸，舆论总算不会被引导到陈萍上访。"

宫建民又道："我们怀疑有人引诱陈萍上访，引诱之人与案件肯定有牵连。今天把陈萍请到支队，我跟陈萍谈话，老洪和黄小军谈话。陈萍坚决否认有人指使其上访。她本人不懂刑侦，却说了不少术语出来，而且有些事只有内部人才知道。"

刘战刚道："上一次长青县灭门案的抓捕行动相当漂亮，这一次周密布置，要确保把杀害黄卫的凶手抓回来，顺藤摸瓜，才能真正解决问题。"

几人正在分析车祸，一个医生走了进来，脸色沉重，道："朱支，人总算抢救过来了，只是脑部受了重伤，以后恐怕只能躺在床上了。若是知觉不能恢复，就是植物人。"

朱林道："成为植物人的可能性大不大？"

医生道："很大。"

支队政委老洪不停搓手，道："我们看着黄小军长大，几乎一转眼工夫，这个孩子先是失去了爸爸，现在妈妈又成这样，这日子怎么过呀？"

侯大利得到消息是在第二天早晨八点，田甜打了电话过来。

"什么？不可能吧，是意外还是行凶？"听到电话内容，侯大利几乎从床上蹦了起来。

田甜道："朱支说就是普通的交通肇事，是富二代惹的祸，开车的是陶老板的儿子。"

对于黄小军来说，母亲出车祸完全击碎了他的原生家庭。从此以后，他相当于变成孤儿，生活将彻底改变。同样的一件事情对于侯大利来说是另一个结果，陈萍出车祸，意味着她不会再上访，黄卫之死带来的困扰将有所减弱。

第六章
十二起麻醉抢劫案

夜总会的失踪者

周五，省公安厅培训课程提前结束，侯大利回到江州。

刑警老楼和平常一样安静。大李此刻已经与专案组成员熟悉，侯大利进门时，大李用头蹭了蹭侯大利的腿。大李是有尊严的功勋犬，年龄大，体力弱，用头蹭侯大利的腿已经是它能做到的极限。只有面对朱林之时，它才会伸腿搭在朱林肩膀上。

田甜听到汽车声和大李的叫声，来到走道，俯身看到侯大利正在和大李说话。她也不打招呼，双手撑在走道栏杆上，打量分开了一个星期的搭档兼爱人。今天侯大利要回来，她特意化了淡妆，让自己面部线条看起来柔和一些。

上了楼，侯大利道："现在七点，我们看一会儿投影，再回高森。"

田甜一个星期没有见到男友，男友见面第一句话就是急吼吼地要看投影，于是给了他一个白眼，道："你应该弄一套投影仪到阳州，装在国龙宾馆，随时查看。"

"安装一套投影倒是很简单，只是你不陪着我看，没有什么意思。

而且不能把卷宗随处带。"侯大利发现田甜化了淡妆，心中一动，道，"他们都下班了吗？"

田甜道："朱支、樊傻儿和葛朗台都抽到黄卫专案组，这几天经常是我一个人在老楼。看来我是受到你的牵连，不被信任。"

侯大利握住田甜的手，道："凭我的感觉，案子到了突破点了。"

"案子还在侦办，他们没有说，我也没问，"田甜将手抽回，道，"看来多数人都知道我们在谈恋爱，我们两人的保密行为就像鸵鸟，以为把头埋进沙子里，别人就看不见我们在谈恋爱。"

投影仪如黑洞，牢牢吸住了侯大利的注意力。田甜深知此点，于是从对面丁晨光所开的餐馆订了晚餐。看完视频，已经是晚上十一点，两人下楼，走到楼道拐角的监控盲区。侯大利见田甜脸色有些不快，明白自己只关注投影仪的内容确实有些不妥，便趁黑抱住田甜，准备亲吻。

田甜用手封住侯大利的嘴巴，道："有监控。"

侯大利道："这是监控盲区。"

田甜道："回家再亲，在老楼里怪怪的。"

侯大利倚着墙，将女友抱在怀中，道："刚才我不对啊，光顾着看卷宗，冷落了你。"

田甜有点小怨气，道："你终于反应过来。没有见过你这样的男朋友，卷宗比女朋友的吸引力还要大。"

两人倚墙亲吻，渐渐进入忘我境界。突然间，巴掌声响起，声控灯光从天而降，朱林出现在走道上。

灯光亮起，侯大利和田甜赶紧分开，傻傻地望着正在往上走的朱林。田甜一贯是冷美人形象，今天与侯大利亲热被朱林撞见，顿时羞红了脸。

侯大利反应极快，道："朱支，这么晚过来，今天有新发现？"

朱林神情严峻，道："你们到三楼来。"

朱林背着手走在前面，侯大利和田甜紧跟其后。虽然男大当婚，女大当嫁，可是与侯大利在刑警老楼走道上亲热被老刑警支队长撞见，田甜感到很是羞涩。她整理衣衫后，趁着朱林在前面不注意，悄悄掐了侯大利一把。

"泡杯茶。"朱林吩咐一声，靠在椅上，有些失神。

来到房间，侯大利才发现朱林双眼充满血丝，透着一股疲惫。他赶紧泡了茶，端到朱林桌前。在灯光下，朱林的花白胡须和全白头发特别刺眼。

喝了几口茶，朱林这才开口道："十点，抓捕组在抓捕杀害黄卫的凶手时，双方发生枪战，凶手被击毙。这一次专案组葛朗台和樊傻儿都立了功。凶手进入黄卫所在小区时，只是破坏了三个摄像头，但是他不可能破坏所有摄像头。视频大队从内到外调取了大量视频，逐步排除，锁定了犯罪嫌疑人。"

侯大利和田甜在不久前为了杜文丽查调了很多视频，知道视频追踪的难度。朱林说得很简单，但是简单背后则是侦查人员调取天量视频时的艰难努力。

"这个人只有模糊身影，五官看不清楚。葛朗台确实学了本事，拿着视频画出图像，出于稳妥考虑，又去找省公安厅良老师，得到了对方的认可。重案大队根据画图锁定了犯罪嫌疑人，在其家里搜出了嫌疑人作案时所穿的裤子，验出了没有完全洗干净的血迹，正是黄卫的血。"

朱林喝了口水，道："追捕组在湖西省找到了凶手行迹，组织抓捕。由于在凶手家里发现了一粒子弹，所以抓捕方案谨慎周密，必须做到万无一失。很遗憾的是，抓捕行动被一个蠢货坏了大事。埋伏地点是江州公园，如今江州公园是开放式公园，一组队员躲在一个木屋里面，另一组队员在另一处密林设伏，准备扑倒必将从此经过的凶手。那个木屋曾经是公园办公室，如今废弃，没人使用。谁知意想不到的事情发生了，凶手出现在众人视线的时候，有一个妇女恰好抄近路经过木屋，见到里面躲着几个人，便大声嚷嚷，让几个人出来。队员拿出警官证比画，妇女不仅没有停止，继续大声嚷嚷，说有警官证也不能乱占房子。"

说到这里，朱林懊恼地拍了桌子。

侯大利道："没有提前和公园打招呼？"

朱林道："人算不如天算，当地警方跟公园打过招呼，公园管理人员安放了维修牌子，还将入口处封了起来，免得有人进来。"

田甜道："这个女人是什么人？"

朱林道："以前做过清洁工，为人拎不清，早就解除合同了，今天莫名其妙窜到公园，还大叫大嚷。凶手听到叫声，转身就跑。两组队员被迫提前从埋伏点出来。凶手果然有枪，跑了两步就在一个拐角处停下来，开了三枪。追捕组在与凶手对射的同时，樊傻儿和大强从另一边绕过去，樊傻儿和大强同时开枪，当场击毙凶手。"

侯大利和田甜几乎同时问道："我们的人没有受伤吧？"

朱林道："追捕组战术运用得很成功，无人受伤。当初樊傻儿和大强被派去控制凶手，凭着两人能力，突然袭击，抓捕凶手的把握很大，可惜被那个妇女一顿乱吼，只能强攻。这个妇女熟悉地形，从小道进来，只是想抄近路。专案组判定杀人凶手背后应该还有操纵者，可惜凶手被击毙，没有办法深挖后面的指使人。"

侯大利长舒了一口气，黄卫之死带来的压力顿消，道："我的嫌疑就真能洗清了。朱支，能不能换人到省厅学习？我想接着走访杜文丽另一条线的朋友。"

朱林道："这次培训对你以后工作很有用，时间很短，你安心学习，我们这边会调配人手调查走访。"

侯大利和朱林聊天时，田甜内心一直在打鼓。今天两人在走道上亲热，恰好被朱林看见。两人无法否认正在谈恋爱，有一人极有可能会被调离专案组。和侯大利一起调查案件是让人很愉快的事，她发自内心不愿意和侯大利分开。

朱林上楼休息时，一直没有提及田甜担心的事，仿佛没有看见两人亲密拥抱一般。他上了四楼，进入宿舍。他没有开灯，站在窗边，俯视着小院。

侯大利和田甜下楼，没有再敢牵手。

"朱支看见我们抱在一起没有？"

"肯定看见了。"

"会不会把我们调开？"

"只要我们不公开，暂时不会调动。朱支多半会在窗口望着我，别回头。"

田甜进入副驾驶位置，飞快朝楼上看了一眼，四楼漆黑一团，朱林房间没有亮灯。若是开灯，则说明朱林并没有观察两人，此时没有开灯，就如侯大利所言，朱林在窗后观察。越野车离开老院子时，朱林房间的窗口没有亮起来。

回到高森别墅，两人一夜缠绵。

周六上午十点，在江州大饭店弹钢琴的朱朱打来电话，说是约了一个与杜文丽经常在一起演出的模特蒋明莉，蒋明莉与杜文丽关系不错，应该知道一些杜文丽的生活细节。

侯大利和田甜赶紧前往江州大饭店，在茶室见到了艺名叫莉莉的年轻模特。这时茶室没有客人，侯大利没有单独开房间，在茶室角落与蒋明莉见面。

朱朱坐在钢琴前，弹起轻柔舒缓的钢琴曲。

"我和杜文丽前一段时间经常在一起演出，没有想到，她会出这事。"蒋明莉身材高挑，妆容精致，提起杜文丽便唏嘘不已。

"杜文丽在遇害前有没有异常行为，比如说过什么特别的话，或者有害怕的表现？"田甜很冷静，直接打断蒋明莉的唏嘘，问关键环节。

蒋明莉望了侯大利一眼，道："侯警官能不能回避一下，有件事情谈起来羞人。"

"警官和医生一样，治病救人，不用回避。另外也不能回避，我们办案要求是两人同组，"田甜鼓励道，"有什么事就直说，如果再发生类似杜文丽的事，大家都受不了。"

"去年10月2日，我和杜文丽到KTV喝酒，唱歌。我们两人的名字的最后一个字同音，为了这个原因碰了三杯酒，所以我记得非常清楚。杜文丽挺正常的，没有异常。这次喝酒以后，我就没有见过她。"

侯大利在笔记本上记下了一个时间点：10月2日。记下之后，他忽然意识到不对劲，道："你们最后一次见面是什么时间，不要急于回答，仔细想一想，这很重要。"

蒋明莉道："我敢肯定，10月那次喝酒以后，就再也没有见过杜文丽，至少没有喝过酒，也没有一起演过节目。后来我们有一场演出，我帮助主办方约模特，给杜文丽打电话，电话关机，无人接听。"

侯大利经常浏览杜文丽的QQ空间，清楚地记得，杜文丽QQ空间的更新停留在9月30日，她发了一组新拍摄的人物照，时尚又漂亮。

杜文丽和蒋明莉最后一次见面是10月2日。

从社交网站和蒋明莉提供的线索来看，杜文丽很可能在10月初便失踪。而杜文丽被抛尸的时间是11月中旬，10月初到11月中旬的这一段时间她在哪里？

这是一个非常重要的问题。侯大利在笔记本上画了一个大问号。

这一个月时间差意味着什么？田甜熟悉杜文丽案，倒吸一口凉气。

侯大利突然间身体有些发冷，喝了口水缓解突然到来的不适感。他与田甜对视一眼之后，强压着内心震惊，合上笔记本电脑。

田甜道："蒋明莉，你说说你的事情。不要害羞，一定要说出来。"

蒋明莉神情略有迟疑，咬了咬牙，道："后来发生一件事情，我怕丢丑，一直不敢说。得知杜文丽出了事，我吓得睡不着觉，几天几夜都睡不着。去年10月6日，在罗马夜总会，我遇到一个男子，当时我喝得挺多，现在记不起他长什么样子，反正就是和一个男的碰了啤酒，然后就在包厢里睡着了。醒来以后，我身上的钱、手机、耳环、戒指都被搜走了。"

田甜道："被性侵没有？"

蒋明莉满脸通红，道："那个人是……是变态，把我的内裤和胸罩都偷走了。我喝得太醉，记不得是否被侵犯。但……多半被侵犯了。"

田甜道："记得清那人的模样吗？"

蒋明莉道："已经很模糊了。与他见面前喝了不少，和他碰了一杯后，醉得不省人事，断片儿了，醒来以后难受了好几天。"

侯大利突然想起在金传统别墅里陈梅弄的"爱草液"和"知心爱人"。"爱草液"和"知心爱人"曾经让他短暂失去冷静，从蒋明莉醉得不省人事来看，与那个人碰的酒绝对有问题，不是一般的酒。

朱朱安静地在弹钢琴，琴声在空旷大堂内游走。值班经理所处位置与钢琴不远，拿着笔，听得很是专注。

田甜问道："你没有报警？"

蒋明莉道："这种丑事，谁都想遮住。报警以后，满城风雨，就没脸在江州工作了。之所以来谈这事，我是被杜文丽的事吓住了，希望能给警方提供帮助，早点把凶手抓住，我们这些姐妹不再担惊受怕。"

侯大利道："有其他朋友遇到类似的事情吗？"

"这种事情谁会说啊。我是得知杜文丽出事，才鼓起勇气说的。"蒋明莉神情有些犹豫，又道，"我之前没有报警，是那天醒来后发现了一张字条，字条上写着我被拍了高清裸照，如果报警，就把裸照上传到网上。"

"字条在哪里？"

"扔了。"

"是手写还是打印？是多大的纸张？裁得是否整齐？"

"打印的，只有两根手指宽，裁得很整齐。"

"你受侵害那天的衣服还在不在？是否洗过？"

"那天我觉得非常屈辱，为了彻底忘记那天发生的事，我把当时所有东西都扔进垃圾桶了。"

侯大利拿出随身携带的笔记本，调出李武林、王忠诚、陈雷、王永强和蒋小勇的相片，包括头像相片和全身像，请蒋明莉辨认。

蒋明莉认真看了一会儿，道："虽然我对那一段过程的记忆很模糊，可对那人还是有点基本印象。那人个子高，和你的个子差不多，身体强壮，应该经常健身。"

这一次与蒋明莉见面得到了以前没有的特殊线索。

发现污水井女尸以后，刑警支队做出了师范后围墙是抛尸现场的结论，根据尸检、现场勘查又得出了女尸大体死亡时间，随即又通过模拟画像找到了受害者。但是，不管是刘战刚、宫建民、陈阳，还是朱林、侯大利等人，都没有想到受害者杜文丽是失踪近一个月以后才被抛尸到污水井。

"你确定杜文丽失踪了一个月？"朱林得到这个信息，意识到案件比原先预料的更复杂。

侯大利道："QQ空间记录、蒋明莉回忆、杜文丽父母记忆，以及杜文丽手机的通话记录，都指向杜文丽是在10月2日就失踪了。"

朱林道："如果真是先失踪再遇害，侦破方向得有变化。专案组先碰个头，然后要立刻把这个重要线索报告市局。"

十分钟后，专案组五名成员聚到小会议室。

葛向东作为画像师，根据头骨成功地画出了杜文丽画像，画像公布以后，顺利查出了女尸的真实身份。由于他对女尸头骨有深入研究，投入了大量精力，在研究过程中与杜文丽产生了某种特殊联系。当他听到杜文丽极有可能是被囚禁再杀害的推论以后，倒吸一口冷气，道："若真是有囚禁行为，杜文丽就太惨了。若是她父母得知这个细节，五脏六腑都会疼的。抓到凶手，我恨不得千刀万剐。"

朱林平时很少抽烟，这次却要了一根，慢慢点燃，深吸一口，道："蒋明莉被性侵，这事与杜文丽有没有关联？"

侯大利道："虽然线索不够多，但是我认为没有直接关系，蒋明莉案有抢劫和性侵的行为，图财为主，性侵应该是顺便而为，谋财没有害命。杜文丽案则不同，绑架、囚禁、杀人、寄明信片，凶狠毒辣，狡猾如狐，从手法上来说，与蒋案没有相同之处。"

105专案组会议结束，朱林匆匆赶到市局。

朱林来到小会议室，正好遇到宫建民和陈阳。刑侦支队前一段时间主要精力集中于黄卫案，经过合成作战，成功揪住凶手尾巴，找到视频证据、血衣和凶器。虽然击毙凶手以后，其杀人动机以及可能存在的幕后指使人无法找到，但是终究击毙凶手，大大减轻了刑警支队压力。也正是因为全力以赴侦办黄卫案，宫建民几乎没有过问杜文丽案，全由105专案组侦办。他与朱林握了手，道："有突破？"

朱林道："侯大利和田甜挖到一条新线索，与杜文丽有关。线索人又涉及一起抢劫案，基本可以确定是麻醉抢劫案。"

宫建民倒吸一口凉气，道："老天，费尽千辛万苦，顶着巨大压力，刑警支队破了长青县灭门案和黄卫遇害案，大家还没有喘过气，又来一起麻醉抢劫案。神经绷得这样紧，我迟早要出问题。"

朱林道："这是支队长必须承受的压力。熬吧，熬几年就习惯了。"

宫建民由衷地道："我以前是副职，凡事都有你顶着，我只管办案就行了，没有感受到太大压力。如今我当了支队长，方方面面要兼顾，现在才明白支队长不好当。"

进了会议室，几人略作寒暄，迅速进入主题。

朱林汇报以后，刘战刚道："蒋明莉这条线挖得很好，要继续深挖，就算与杜文丽无关，打掉抢劫案，也算一个大战果。我更关心另一个问题，失踪时间和抛尸时间对不上，杜文丽这一个月到哪里去了？这是本案关键点。重案大队成功侦办了长青县灭门案和黄卫案，可以集中兵力侦办杜文丽案。还是按照石秋阳案惯例，105专案组协助重案大队办理杜文丽案。陈阳要虚心点，请朱支详细讲一讲杜文丽案。"

在分管副局长刘战刚眼里，杜文丽案的分量远比蒋明莉被抢案重要，此时重案大队侦破了黄卫案，便决定将杜文丽案交由重案大队主侦办，105专案组配侦。

朱林早就料到刘战刚会如此安排，没有提出异议。

刘战刚又道："蒋明莉案与杜文丽案有千丝万缕的联系，暂时不交给其他单位，由105专案组顺着这条线索细查。我等会儿给治安老陈打电话，让他们派人配合调查。105专案组若是觉得人手不够，随时可以从刑侦支队抽调人员。"

105专案组是市公安局专案组，以前的组长是朱林，后来根据省厅老朴建议，由分管副局长刘战刚任组长，朱林和宫建民皆是副组长，如此设置大大增强了105专案组的力量。

侯大利正在省厅参加培训，原本只是利用周末办案，没有料到挖到一条重要线索，若是周一到省厅参加培训，会影响案件侦破工作。省厅培训班要求很严，请假不容易，侯大利散会以后立刻联系老朴，请他帮忙通融。

老朴声音又高又辣，道："难道江州公安无人了，非得让你回去办案？没有这个道理嘛。"

侯大利道："这是我和田甜发现的新线索，极有可能与杜文丽案件有关，我想亲自追查。"

老朴道："你准备请几天假。"

侯大利道："一周。"

老朴道："我的面子不够大，最多帮你请三天假。"

侯大利道："三天就三天。"

老朴撂了一句狠话："这个抢劫案破绽太多，就是个小破案子，给你两天时间就够了。三天破不了案，我会对你的能力产生怀疑。"

放下电话，侯大利向田甜复述了老朴的话，自嘲道："老朴真把我当成神探了。"

田甜也笑道："支队很多人私下都调侃你为神探。"

侯大利道："哪有这么多神探，我有自知之明。石秋阳案确实有偶然性。我们深入研究了蒋昌盛案和王涛案，恰巧朱建伟案就是石秋阳做的，瞎猫碰上死老鼠。"

案情如火，相关人员迅速行动起来。

治安支队派一大队副大队长王华陪同105专案组调查。

此事是105专案组需要治安方面配合，侯大利和田甜态度很积极，驾驶越野车到市局与王华会合。王华接到电话，爽快地道："你们到车库，我坐电梯下来。"

在车库等了一会儿，治安一大队副大队长王华从电梯里出来。王华是大胖子，形如笑面菩萨，先与田甜打过招呼，又对侯大利道："你就是全局闻名的侯大利？我姓王，大家都叫我王胖子。"

侯大利道："王大队好。"

王胖子指着侯大利，道："你别跟我客气，我和李大嘴曾经在一起干过，关系挺不错。李大嘴牺牲前和我吃过好几顿饭，一直在夸你。我见过胡秀，她也说你经常到家里去。你是富二代，送点钱是毛毛雨，关键是有这个心，最难得。"

"李大嘴是我师父，这些都是应该的。"

"谁说是应该的。全局师徒关系多了，很多人都是白眼狼。"

上车以后，王胖子巨大胸腔产生了强大共鸣，越野车狭窄空间里充满了王胖子的声音。田甜立刻明白李超与王胖子关系好的原因——两人都是话痨。

话痨归话痨，王胖子是治安方面老资格，对酒吧或者夜总会情况了如指掌。当夜三人走了四家夜总会，令他们完全没有料到的是四家夜总会有三家遇到过在包厢长醉不起的年轻女子，其中有两人身上钱财被盗，另一人是否有财物被盗并不清楚。

嫌疑人显露行踪

一天时间摸到三起类似抢劫案，意味着极有可能还有其他抢劫案。江州市公安局局长办公会研究决定：此案由刑侦支队二大队负责侦办，105专案组协助。

市公安局之所以让105专案组在杜文丽案和系列麻醉抢劫案分别协助一大队和二大队，主要原因并不是105专案组比一大队、二大队更能破案，而是希望让105专案组能及时跟进了解杜文丽案和系列抢劫案的细节，以便与丁丽案、章红案和杨帆案这三个积案进行比对。如果能搂草打兔子，那就太划算了。

二大队大队长叶大鹏接手此案后，特意将侯大利和田甜叫到办公室。叶大鹏坐在皮椅上，微微左右转动，反复打量侯大利。过了好一会儿，他才道："侯大利，你可是二大队编制，如今荒了自己的土，肥了别人的田。二大队也有疑难杂案，什么时候回归本大队？你别着急，让你回来不是当资料员，直接上一线，怎么样？"

"叶大队，这事由不得我，我是支队一块砖，搬到哪里都行。"侯大利在105专案组已经望到了杀害杨帆凶手的模糊身影，虽然望到与抓到之间还隔着宽阔的大江大河，可是一步一步努力，终归会越来越靠近真相。若是回归二大队，那就很难跨过那条大江。面对直接领导，侯大利玩起太极拳。

叶大鹏知道很难将侯大利要回本队，刚才的说法更多的是表达对年轻侦查员的认同。他又深深望了一眼田甜，不再寒暄，开始询问案情。

侯大利讲完第一天调查结果后，道："全市大大小小的酒吧、夜总会至少有百家，如果深挖，估计还有受害者。"

叶大鹏咬着一根烟杆，道："这案子不难破，雁过会留痕。作案人长期混夜场，必然有很多人见过他。下一步就是大规模的现场调查，105专案组可以不参加调查走访，直接参加案情分析会就行了。"他取下烟杆，又把目光朝向田甜，道："田甜，你喜欢做法医和当侦查员？"

田甜道："对我来说没有区别。"

叶大鹏道："你是好法医，又是干侦查员的料，法医缺，女侦查员更缺。"

田甜心中一动，道："我听从组织安排。"

谈话结束，侯大利和田甜走出叶大鹏办公室。两人虽然都调到了105专案组，但是在刑警支队都还有各自的办公室。田甜提醒道："你不到资料室坐一坐？二大队才是你真正的单位。"

侯大利摇头道："二大队资料室分来一个小姑娘，警院才毕业的，如今坐的是我的办公桌，我回去，她就得让位。我直接回刑警老楼。"

"我还是回一趟技术室。"田甜在父亲出事以后，心情变得格外糟糕，对技术室同事和来办事的同事没有什么好脸色。她与侯大利谈恋爱以来，心情渐渐平复，觉得以前对同事态度过于生硬，有意改善。

侯大利独自开车回到刑警老楼，隔了老远就见到黄小军站在老楼门口。车行至门口，侯大利停车，道："黄小军，你找谁？"

"我找你。"

"找我做什么？"

"我想和你谈谈。"

"进来吧。"

"那条狗太凶了，刚才还在门口看我一眼。"

"那不是狗，是警犬，有功勋的。"

黄小军坐上副驾驶座，和侯大利一起进入刑警老楼院子。大李慢悠悠地过来，黄小军吓得脸色发白，不敢走出越野车。等到侯大利将大李带走以后，他才下车，快速上楼。

到了三楼资料室，黄小军接过热水杯，双手紧握，身体明显僵硬。短短不到一个月的时间，黄小军的人生发生了天翻地覆的变化，父亲遇害，母亲车祸。从母亲出车祸以来，他发现自己神经出现异常，只要听到巨大响声，脑海中就会自动出现母亲车祸时的"砰"的一声巨响，响声过后，世界变成了血红色。

"有一件事情想不明白。为什么我妈会执着地认为你是杀人凶手？"黄小军紧紧抱着热水杯。

"黄所殉职以后，有没有人找过你妈妈。"

"现在回想起来应该有，我妈受伤，暂时没有办法查证了。"黄小军放开热水杯，紧紧抱住头，似倾诉，又似喃喃自语，"我真傻，当初如果不跑过公路，我妈就不会出车祸。她现在昏睡不醒，也不知能不能醒来。我真后悔跑过马路。"

这句话如子弹一样击中侯大利内心深处最柔软的地方。杨帆出事以来，他一直在自责：若是当年不去接待省城来的朋友，而是送杨帆回家，那么一切事情都不会发生。

这是无人能够帮助分担的自责，只能由本人艰难承受，这么多年过去，侯大利的自责始终如毒蛇盘踞在内心深处，时不时就要出来撕咬内脏。他能感受到黄小军内心深处也有一条毒蛇，随时在撕咬其心脏。

"我听说过你的事情，知道你为什么当警察，我也想走这条路。"黄小军抬起头，目光充满坚毅。

侯大利盯着黄小军。黄小军没有回避他的眼光，昂起下巴。

"每个人的情况不一样，我家很有钱，有退路。"

"当警察就是我的退路。我要考山南政法刑侦系。我今年高二，成绩还不错，只要好好努力，应该能达到刑侦系的分数线。"

侯大利叹息一声，拍了拍黄小军肩膀，道："跟我来。"

越野车启动，很快就来到江州公墓山脚。进入公墓下方盘山道时，侯大利感觉心脏血管被堵住一般，沉闷到极点。杨帆落水之后，他的人生瞬间分为两段，两段虽然是连续的，却完全不同。他能够理解黄小军此刻的心情，也明白黄小军的人生因为父亲和母亲在一个月内分别出事而被分割成两段，特别是母亲为救他被车撞击，这种愧疚感将永远伴随他一生。

杨帆离世多年，其坟墓在下葬时处于当时墓地的边缘位置，八年时间过去，杨帆坟墓已经处于整个墓地的中间位置，黄卫墓地位于新开发的山坡上。黄小军握着鲜花，提着香、蜡烛、纸，来到父亲墓前。他原本想让自己坚强，可是当与父亲目光对视之时，眼泪夺眶而出，根本无法抑制。短短一个月，原本幸福的家庭便分崩离析，分崩离析不是暂时，而是永远。他想到永远都见不到父亲，不管自己幸福还是痛苦，不管自己以后成功还是失败，都不能告诉父亲，更加泣不成声。除了父亲以外，母亲出车祸后成为植物人，仍然躺在床上。黄小军想起母亲或许永远如此，更是悲从心来。

侯大利蹲下身，为黄卫点燃了香烛。他与黄卫是交集不算多的同事，没有深厚感情。由于黄卫遇害前最后一个电话是打给侯大利，手里握着侯大利的手套，因此，侯大利和黄卫有了某种特殊联系，犹如葛向东通过颅骨复原与杜文丽建立起的特殊联系。

上香之后，侯大利道："既然来了，我们为另一个牺牲的警察上炷香。"

两人正准备前往李超墓地，一个男子出现在眼前。

"秦叔叔。"黄小军认出来人，招呼道。

秦力手提塑料袋，望着黄小军，欲言又止，叹息一声，道："我来给你爸爸上香。没有想到，他走得这么早。"

秦力朝侯大利微微点头，径直朝墓地走去。黄小军陪着秦力，再给父亲上香。秦力神情庄重，点燃三炷香，双手捧着，鞠躬三次。礼仪结束后，他点了一支烟，插在墓前，道："老伙计，我知道嫂子不准你抽烟，今天破个例，我们哥儿俩抽一支。"

来人上香之时，侯大利来到李超墓前。墓碑上，李超咧着嘴巴，笑得十分开心。侯大利想对师父说点什么，满腹话到了嘴边，无从说起。他给李超上香以后，来到杨帆墓地。杨帆墓地非常干净，墓地两侧时常都有鲜花。杨帆的岁月停在了花一般的年龄，不再衰老，也不再有悲伤。侯大利俯身，用纸巾擦去相片上的灰尘。

黄小军走了过来，站在侯大利身边，默默地注视着墓碑。最初听到侯大利的故事时，他还有几分怀疑，看到杨帆相片后，所有的怀疑一扫而空。

"那人是谁？"侯大利问黄小军。

"我爸警校同学秦叔叔，以前也在刑警支队，后来辞职做生意。"

越野车盘旋而下，两个心事重重的人不再说话。分手时，黄小军道："大利哥，我要向你学习，杀害我爸的凶手虽然死了，但是肯定有幕后指使者，我要当刑警，亲自把幕后指使者找出来。"

侯大利道："想好了？不要冲动，这个决定会改变你的人生。"

黄小军道："我已经下定了决心。"

杨帆逝去以后，侯大利做出考山南政法大学的决定。父亲和母亲轮流劝说，却压根儿不能动摇其决心。当黄小军说出其决定后，侯大利特别理解，提醒一句以后没有再多说。

黄小军下车后，一步一步走向曾经温暖如今却冷冰冰的家。

侯大利看着黄小军走进小区，这才开车离开。他没有回刑警老楼，直接到了世安桥。前天大雨，江州河涨大水，由安静鲤鱼变成了迅猛蛟龙，气势汹汹朝下游冲去。

侯大利站在世安桥上盯着河水，很快眩晕起来。他压制住想吐的冲动，顽强地睁大了眼睛。石秋阳的口供此刻已经完全在他脑中形象化：河水汹涌，杨帆拼命挣扎，却还是被无情带走，永远消失在黑暗中。

如果没有石秋阳供述，侯大利只知道杨帆落水；抓住石秋阳，证实了杨帆是遇害，所有细节演化成硫酸，灼烧着他的每一根神经。

星期一晚上，刑警支队二大队，叶大鹏主持召开了案情分析会，105专案组全体参加本次会议。

经过一天摸排，各个酒吧以及夜总会总共发生了八起类似的麻醉抢劫案。目前已经摸排出来的十二起麻醉抢劫案有相近特点：受害人皆是在酒吧或夜总会消费的年轻女子，喝了一个年轻男子递来的啤酒或是饮料后人事不省，钱物被席卷一空；所有受害者的胸罩都被取掉，有部分受害者的内裤被脱走；受害者衣服口袋里往往留有一张字条，威胁说如果报案将在网上公布裸照。由于受害者人事不省，大多无法确定是否被性侵。

摸排到十二起麻醉抢劫案件，数量如此之众，震动了江州市委市政府。市委赵书记将政法委书记杜军和公安局长关鹏叫到办公室，专门询问此案，要求尽快破案，以防更加恶性的案件发生。

周二，一个可疑人物浮出水面。侦查员拼接了不同场所服务人员和受害者的回忆片段，勾勒出作案人基本特征：身高一米八左右，短发，瘦脸，阳州口音，身材健壮匀称。

二大队调取了发生麻醉抢劫案件的夜总会和酒吧的全部监控视频，抽调三名侦查员专门通过视频找人。仅仅依靠服务人员和受害者的回忆勾勒出的犯罪嫌疑人特征，从海量视频中查找犯罪嫌疑人很难，三名侦查员查看一天，没有结果。

周二晚上照例是案情分析会，局长关鹏、副局长刘战刚、支队长宫建民、重案大队大队长陈阳、二大队大队长叶大鹏、105专案组组长朱林等重量级人物参会，会议由副局长刘战刚主持。

各组汇报情况以后，一个年轻警察拿起打印好的素描画像，发给所有参会人员。

关鹏拿起画像，说道："葛向东，你现在是画像师了，画得很不错呀。"

葛向东苦着脸，道："关局，学艺未精，害怕画得不像，误导大家。"

关鹏道："你是采取什么方式画像的？"

葛向东道："我是采用最原始的方法，凡是见过犯罪嫌疑人的受害者和服务人员分别到刑警老楼，由他们分别描述犯罪嫌疑人相貌，然后我针对性提问。画完以后，再让证人来提意见。他们一般都会说眉毛粗了或细了，长了或短了，会说眼睛距离近了一些，或者远了一些。我根据证人的反馈再修改。从今天上午开始，我一直在画，最后定了这张素描。"

关鹏道："受害人和服务员觉得像不像？"

葛向东道："犯罪嫌疑人很狡猾，总是找那些喝得半醉的女子下手，而且这些受害者醒来以后，都有一段记忆空白期，很多事记不起来了。而服务员每天接触到的人太多，记忆会有偏差，所以，我尽量抓住大家指出的一致点，画了这幅画像。"

宫建民插话道："我市出现了一种新型迷幻剂，吃了这种药以后，很快就人事不省，然后出现记忆空白，所以这种药有一个绰号叫'任我行'。这种迷幻剂有一个特点，二十四小时就会在体内完全分解，我们事后很难查到，即使查到也不太好固定证据。"

"我们不仅要侦破这一系列麻醉抢劫案，更要深挖新型迷幻剂的源头，彻底挖除这一颗毒瘤。"关鹏说到这里，捶了一下桌子又道，"杜文丽案和麻醉抢劫案有没有联系，老朱是什么看法？"

朱林道："污水井不是第一作案现场，而只是抛尸现场。我们现场还无法判定是仇杀、情杀还是财杀。但是，系列麻醉案明显是奔着酒吧、夜总会等公共场所的年轻女性而去，目的明确，一是抢钱，二是劫色，但是不杀人。我认为系列抢劫案犯罪嫌疑人和杜文丽案的犯罪嫌疑人不是同一个人。"

宫建民道："我同意朱支判断。"

侯大利坐在后排，脑中又不断浮现起杜文丽和蒋明莉的形象。蒋明莉是被人在夜总会麻醉，抢去了钱财和内衣裤。杜文丽的结局比蒋明莉凄惨得太多，其过程想必不仅是麻醉那么简单，从失踪到被抛尸有一个月。想到这一点，他不寒而栗。

"侯大利，系列麻醉案线索是你摸到的，你又一直在参加杜文丽案件的侦破工作，有什么新想法？"原本在这种会议上，轮不到侯大利来发言，只是侯大利在代小峰和石秋阳案中表现得非常出色，主持会议的刘战刚见侯大利一副若有所思的模样，顺便点了他的名。

"系列麻醉抢劫案和杜文丽案明显不一样，应该另案侦查，这样可以突出工作重点，避免交叉。刚才听了各组摸排的情况，我有一个新想法，调查走访要增加一个内容，不仅是调查被麻醉的人，还要调查经常来往于酒吧歌厅夜总会的女子是否有同伴莫名其妙失踪。"

在侦破石秋阳系列杀人案时，侯大利深入研究了蒋昌盛案和王涛案，再以这两案为基础来分析朱建伟案。由于这三人确实是石秋阳所杀，所以其判断基本准确。有了这一次成功经验，侯大利在思考杜文丽案时，不知不觉使用了在石秋阳案中得来的成功经验。

这是一个完全不同的思路，在场所有侦查员都愣住了。全场安静下来，静得能听到呼吸声。

讨论案情时，侯大利经常有天马行空的想法，朱林见怪不怪，没有急于表态。

二大队本身就有组织、指导全市打击拐卖妇女儿童犯罪、解救受害妇女儿童工作任务，叶大鹏对这方面情况掌握得比较全面，道："如果真有妇女失踪案，应该反映出来了。"

侯大利道："系列麻醉案有十二起，如果不查，肯定反映不出来。"

侯大利所言是事实，叶大鹏被顶得说不出话。

侯大利编制在二大队，有众多领导在场的情况下与二大队大队长叶大鹏一个钉子一个眼，在一般人眼里有些傻气，不会为人处世。田甜知道男友在办案上的执拗性格，虽然坐在身边，却没有提醒。原因很简单，此刻提醒没有用。

关鹏作为一把手局长，位置更高，胸襟更宽，道："侯大利，继续往深里说。"

侯大利道："从杜文丽失踪时间和被杀害的时间来分析，凶手将杜文丽绑架了接近一个月的时间，然后杀害，抛尸。这说明凶手非常残忍，心理还变态，胸中有大恶。凶手不应是初犯，也不会在杜文丽案后就停手，所以建议调查是否还有失踪女子。"

关鹏眉头紧锁，道："你的意思是江州市有一个连环杀手？"

"杜文丽案可能不是孤案，"侯大利略微停顿，又道，"除了调查是否有失踪人员以外，在系列麻醉案中，建议细查指纹。犯罪嫌疑人用麻醉方式抢劫了十二人，大部分有猥亵行为。从受害者的叙述来看，犯罪嫌疑人没有戴手套，那么极有可能在衣服上留下潜在指纹。收集十一名受害者的衣物，说不定能弄到指纹。有了指纹，证据链条上就多了一个定海神针。"

关鹏问道："为什么是十一人？"

侯大利道："我与蒋明莉见过面，她被猥亵以后，回家反复洗澡，将当天穿过的衣服扔掉了，所以只能从另外十一名受害者那里寻找有可能存在的证物。"

关鹏问宫建民："衣服上的指纹能提取到吗？"

宫建民道："一般来说，只有光滑的无孔表面才适合指纹提取。如果衣服是那种粗糙多孔的材质，提取指纹比较困难，就算能检测，质量也不见得好。"

侯大利道："目前指纹提取技术水平发展得很快，有能力提取衣服上的指纹。"

今天来参会的侦查员主要是二大队侦查员，重案大队只有几个领导参会。二大队侦查员早就听说过侯大利在讨论案情上是一个"变态"，经常弄得领导很没面子。以前只是听说，今天终于见识到这个从二大队出去的"变态"，尽管只是短短几句对话，其"变态"风采表现得淋漓尽致。

散会以后，二大队侦查员老汪回到家，特意上楼，敲开重案大队侦查员邵勇的家门，用嘲讽语气谈了侯大利这个"变态"在会上开的"黄腔"，总结道："麻醉案没有破，居然无中生有提出找失踪人口。没有人报失踪，找个屁的失踪人口。"

邵勇抽着烟，心平气和地听老同学发牢骚，道："侯大利虽然是二大队的人，可是你们与他接触得少，不太了解。这一年我和他接触得比较多，总结出一条经验，侯大利在案情分析会上说过的话，一定要认真对待，他的奇谈怪论往往会成为现实。侯大利这个富二代愿意当刑警，本身就是怪人。他是刑侦系毕业生，天天埋在卷宗里，很有几把刷子，绝对不可小视。"

"奇了个怪，刘局和你是一个想法，居然郑重其事安排全队调查有没有失踪人员，还要求去提取受害者衣物。"老汪回想起侯大利在会上说话的神态和语气，道，"就算侯大利是神探，我还是不喜欢他。他是我们二大队的人，在会上完全不给叶大队面子，让人觉得烦。"

邵勇道："黄大队被调出重案大队以后，我们都讨厌他，而且都没有给他好脸色。后来发现侯大利对事不对人，没有啥坏心，也就能接受了。"

第二天早上，刑警支队二大队召开全体侦查员会议。根据昨天案情分析会议要求，刑警支队二大队分成五个调查组，准备重新展开调查。

会议即将结束之时，叶大鹏道："我们已经抽调三个人进行视频追踪，截至目前并没有任何进展。昨天开会，侯大利代表105专案组开口要视频资料，关局同意了，我们调取的视频要完整复制一份给专案组。侯大利这人是真有本事，多次让重案大队下不了台，大家当时都不服，而事后证明侯大利确实是对的。他虽然是我们二大队的人，但是实际上代表的是105专案组。若是我们没有从视频中查出线索，而侯大利从视频中查出些重要线索，那我们二大队就太没有面子了。除了参加调查组的人以外，顾华领头组成一个视频组，再调三个人到视频组，专心研究视频。二大队绝对不能重蹈重案大队覆辙，让专案组给比下去。"

二大队新调来的副大队长丁浩听到叶大鹏如此安排，暗自撇嘴：侯大利以前在二中队实习时，还挺正常，与大家关系都不错。谁知分配到刑警支队就变成奇葩，在石秋阳案中踩得重案大队没有脾气。为了一个视频，居然弄得二大队如临大敌。不过从另一个角度来看，侯大利业务能力还真是杠杠的，神探之名虽然有些夸张，却也并非没有依据。

"丁大，侯大利以前在二中队实习过，这人怎么样？"副大队长顾华受命领导视频组，对接触不多的下属侯大利颇为好奇。

丁浩道："侯大利那小子以前在二中队实习过，工作还算勤快。他就是一个才参加工作的菜鸟刑警，没有吹的那么神。"

叶大鹏道："战略上可以轻视，战术上我们要高度重视。关局、刘局几乎全盘照搬了他的建议，从这点来说，我们二大队的这个资料员真有本事。"

侯大利的"变态"之名早就响彻了整个刑警支队，如今见叶大鹏大队长面对侯大利时如临大敌，二大队侦查员禁不住都生出"同仇敌忾"之心。

周五，调查结果陆续汇总，查到的两条线索镇住了二大队侦查员。

第一条线索：第三小组调查到有人失踪，失踪者是在夜总会唱歌的歌手李晓英，失踪时间至少一个月。之所以经过调查才判定失踪，原因很简单，夜总会流动性很强，李晓英没有到夜总会唱歌并没有引起大家注意。

第三小组调查到李晓英很久没有在夜总会出现的信息以后，最初没有太过重视。侦查员通过李晓英一个老乡找到李家电话，与李晓英父亲通了电话。李晓英离家多年，与家人联系并不频繁，一个月未与女儿联系，家人并未觉得异常。李家父母与江州警方通话后，又与亲朋好友联系，仍然没有找到女儿，这才着急起来，赶到江州，找到了二大队的侦查员。

侦查员再查李晓英的QQ空间，最近一次更新在37天前。

侦查员从电信部门调出李晓英电话记录，最后一次通话也是37天前，然后再没有通话记录。

综合以上信息，李晓英失踪的概率猛然间上升。

第二条线索：调查组走访了除蒋明莉之外的十一名麻醉抢劫案受害者，有四名受害者保留了当时穿过的衣物，没有洗涤，也没有经过处置，脱下来扔在角落。

两名受害者衣物是棉织品和牛仔服，纤维粗大，找到了指印痕迹，但是看不清具体纹路。

一个受害者的皮带上检测出了两枚非受害者潜在指纹。

另一个受害者保留了一件丝绸内衣，丝绸内衣下摆处有指纹。

人的手掌或手指与承载客体接触以后，其中汗液和油脂便遗留在客体上，潜在手印的物质成分主要由皮肤分泌物以及手掌面接触环境中的其他物质混合而成。在渗透性客体吸收手印物质的过程中，水分随之蒸发，手印遗留物包括氨基酸、尿素以及氯离子等均渗透到客体内部，形成了潜在手印。

市局技术室小林采用平时很少用到的真空金属沉积法，在丝绸内衣下侧一共提取到十七枚指纹，其中九枚看得出指印痕迹，但是看不清具体纹路；四枚可以大致看清纹路，尚不能用于身份鉴定；另外还有四枚质量较好的指纹，这四枚指纹清楚地显现出指纹类型、纹线流向等特征，可用于身份鉴定。其中两枚是受害者本人指纹，还有两枚是非受害者指纹。

这两枚非受害者指纹与另一个受害者皮带上提取到的非受害者指纹一致。

疑似系列麻醉抢劫案犯罪嫌疑人的指纹被警方掌握。

叶大鹏所讲"二大队绝对不能重蹈重案大队覆辙，让专案组给比下去"这一段话很快传到朱林耳中。朱林如今不考虑仕途，也不考虑队伍建设，只关注三个积案，听到传言，一笑了之。

刑警老楼三楼，侯大利埋头看视频，桌边放着眼药水。

朱林进屋，转述了叶大鹏所言，又道："二大队要和你竞争，你有没有把握？"

侯大利将视线从视频中转移出来，道："叶大队小心眼了，我调视频实际上是想查看有没有我预想的人在里面，针对的是杜文丽案，根本不想和二大队比试。"

朱林笑道："你不想比，我倒想和二大队比一比。"

半个小时后，在外面调查走访的葛向东、樊勇回到刑警老楼，到小会议室开会。

朱林道："侯大利在案情分析会上提出查找是否有失踪的年轻女子，不幸被他言中。二大队在调查走访中确实查到了有一个失踪者，名叫李晓英，驻唱歌手。二大队调集六个侦查员查看视频，注意力放在查找系列麻醉抢劫案嫌犯上面。我们也要集中精力查视频，但是要把注意力放在李晓英身上。杜文丽和李晓英已经并案侦查，查杜文丽案和李晓英案才是我们的重点。你们两个暂时放下手中的事，一起来看视频，具体由侯大利来指挥。"

侯大利当仁不让接过指挥权，道："如果调查李晓英案，那么二大队提供的视频还不够，我们要调取酒吧、夜总会等场所的停车场视频。如果有所突破，估计就在这里。"

樊勇拍了下额头，道："这是天量啊，我们读完视频，肯定要变成熊猫。侯大利已经是熊猫了，双目充血，眼圈发黑。"

朱林道："废话少说，一切行动听侯大利安排。"

樊勇最怕长期坐着不动紧盯视频，主动请缨道："我和葛朗台调取停车场视频。"得到同意后，他故意调侃道："神探，还有什么要交代？"

侯大利没有客气，道："这个犯罪嫌疑人作的是大案，肯定有防范意识，他必然会避开最明显的监控。街面上有多个层级监控系统，你们要注意发现特意隐蔽的那一种。如果我是犯罪嫌疑人，要将李晓英带走，肯定会提前踩点，破坏停车场探头。如果发现有被破坏的探头，那就要仔细在四周寻找其他探头，说不定有意外发现。"

樊勇明白侯大利说得有理，故意抬杠，道："停车场有探头被破坏都能推测得到，那大利就真是神探了。如果这一次又被你说中，我就向你献出膝盖。"

葛向东道："大利就是变态神探，否则叶大队也不会以一个大队来挑战105专案组。记住，每到一处停车场，我们就先问探头近期是否能够正常使用，凡是遇到近期被破坏的，那就绝对是重点。"

田甜向葛向东竖起大拇指。

樊勇斜眼看葛向东，道："葛朗台，你变了。你以前吊儿郎当，现在居然变得一本正经了，我很不适应。"

葛向东道："别鬼扯，出发。"

下了楼，葛向东开车，樊勇来到大李房前。大李平时一副除了朱林谁都不理的神情，现在面对樊勇时也变得和蔼可亲，从小房间走出来，如老朋友一样站在樊勇身边。葛向东催促了两次，樊勇这才与大李依依惜别。

警车刚刚启动，樊勇接到二大队相熟民警打来的电话，询问105专案组视频读取进展。樊勇故意恐吓道："我们专案组全部都在读视频，还从视频大队借了两个兄弟。朱支给我们开了会，就要和二大队掰一掰手腕。兄弟们，你们要加把劲。"他语言夸张，却没有说实话，比如他们调取停车场视频这种关键信息就隐瞒了"对手"。

得到"准确"消息后，二大队打探消息的民警立刻给视频读取组通报："105专案组全部在读视频，还争取了视频大队的外援，一门心思要和我们掰手腕。"

顾华听了倒吸一口凉气，道："我们抽调了六个人读视频，105专案组是四人读视频，还加两名专业外援，人数一样，鹿死谁手，还真很难说。我们得加人，再上两人，这样才能在人数上压倒105专案组。"

二大队视频组憋了一口气，盯紧视频，不放过任何疑点。

读视频第一天，二大队视频组和105专案组都没有突破性进展。二大队视频组圈出来四个疑似犯罪嫌疑人，105专案组暂时没有进展。

第二天，葛向东和樊勇将停车场视频拷入硬盘，带回刑警老楼。

停车场视频是105专案组的真正重点，再辅之以酒吧和夜总会视频，极有可能发现从娱乐场所被带走的李晓英。

"我们暂时放弃寻找系列麻醉抢劫案犯罪嫌疑人，全神贯注找李晓英。我这里有李晓英的生活照和视频，大家要熟悉她的身材。"侯大利将李晓英的相片发给大家，又在投影仪上反复播放李晓英视频。

樊勇抬杠道："神探，你凭什么认定李晓英是从娱乐场所被带走？完全有可能是在另外的场所被带走，甚至李晓英根本没有失踪，只不过是来了一场说走就走的旅行，消失在旅游区。"

田甜道："李晓英肯定是失踪，现在的年轻人可以离开父母和亲朋，享受另外一种新生活，但是他们绝对离不开手机和社交网站。"

樊勇继续抬杠道："就算失踪，也不一定在酒吧和夜总会被人带走，存在多种可能性。"

田甜道："我们通过查看视频，至少可以排除或者肯定李晓英被人从酒吧和夜总会带走。就算查不到李晓英，葛朗台对犯罪嫌疑人身形和相貌最熟悉，我们先锁定犯罪嫌疑人的可能性也很大。"

分管副局长刘战刚得知二大队视频组和105专案组较上劲，特意抽时间分别来到两个单位，给两个单位打气，鼓励他们尽快取得突破。晚上十一点，他正准备睡觉，接到朱林电话。

刘战刚打了好几个哈欠，道："师父，有突破了？"

朱林用平静的声音道："在视频中找到李晓英，她被人从夜总会带出来。"

刘战刚睡意全消，赶紧起床，开车前往刑警老楼，刚进入刑警老楼就闻到诱人火锅香味。朱林见到刘战刚，举起茶杯，道："找到关键视频，刘局，我们以茶代酒，碰一杯。"

刘战刚进屋，道："等会儿碰杯，先看视频。"

一段较为模糊的视频已经被传至投影仪：停车场，出现一男一女两个身影；女子全身无力，几乎是被拖着在走；男人戴了一顶帽子，帽子下面形成阴影，完全遮住了头部。

整个画面只有几秒钟，有一个镜头恰好是女子的正面。正面模糊不清，经过处理以后，基本能看清女子的相貌，与李晓英非常相似。几秒钟之后，两个人消失，随后有车灯亮起，一辆女式车离开了现场。

侯大利指着视频中的画面，道："停车场有两个视频点，有一个视频探头在当夜被破坏，无法使用。另一个探头主要控制前面街道，也能拍到停车场部分画面。那个男人应该没有发现另一个探头，我们侥幸得到这个珍贵画面。"

田甜轻声对樊勇道："樊傻儿，你说过要献上膝盖。"

樊勇装傻，道："谁说过，没证据呀。"

支队长宫建民和重案大队长陈阳先后来到刑警老楼。

有了这段视频，李晓英失踪案便是板上钉钉，和杜文丽案一样被列入江州刑警支队的重要案件。由于杜文丽已经死亡，而李晓英生死未卜，找到李晓英成为刑警支队当前最紧急任务。

凌晨一点，刘战刚诸人离开，侯大利仍然坐在资料室，研究模糊不清的图像。自从杨帆遇害以后，他最见不得有女人被侵害，想到李晓英有可能还被囚禁，心里很是发慌。

葛向东打了个哈欠，道："那个男子经过伪装，脸部完全看不清，身材也模糊，巧妇难为无米之炊，我真的画不出视频中人的画像。大利，心急吃不了热豆腐，我只有这个处理水平，明天找高手来试一试。"

侯大利只能作罢，拜托葛向东找高手处理图像。

回高森别墅途中，侯大利坐在副驾驶，思绪全部被带着阴影的模糊画面占满。他在脑中形成一幅立体图像：一个身高在一米七五左右的中等身材男子扶着李晓英前往停车场，男子的脸先后换成李武林、王永强和陈雷，都完全适合。

田甜最了解侯大利，见其坐在副驾驶神游天外，道："你是不是将心中几个嫌疑人代入到阴影中？王忠诚如今是胖子，蒋小勇一直在外省工作，两人个子高，不应该是站在阴影处的男子，那就只有李武林、王永强和陈雷。"

侯大利道："陈雷是社会大哥，到了夜总会很打眼，不会是他。"

田甜道："我们大胆假设，小心求证。李武林和王永强，谁最有作案的可能性？你收集的视频中出现了李武林，说明李武林在当初至少接近过师范后街围墙，而且李武林和金传统关系密切，所以李武林作案可能性最高。"

昏暗灯光下，一个面部阴沉的灰衣男人站在蹲坐于地的女人面前。女人仰面看着男子，身体如筛糠一般。

灰衣男子调侃道："你叫什么名字？"

女子抽泣着道："我叫李晓英。"

灰衣男子很有征服感和掌控欲，道："过来舔我的脚。"

灰衣男子坐在椅子上，抬起了脚掌。李晓英平时在当驻唱歌手时，总是容光焕发，青春靓丽，被关在暗室里面不见天日已经有一个多月，再无飞扬神采。

她最初被关在黑屋还拼命反抗，不听从灰衣男子的指令。灰衣男子没有采用暴力行为，而是转身离开，只是扔了一个大瓶矿泉水。两天后，灰衣男子再下来时，带了一份喷香的红烧排骨。他坐在桌前，慢条斯理地啃排骨，满屋都是香味。李晓英很想拒绝灰衣男子，可是当灰衣男子将一块排骨放在嘴边时，她无法忍受扑鼻的香味，毫无尊严地猛啃排骨。灰衣男子用饥饿打碎猎物的自尊心以后，便成了猎物的主宰，无论提什么要求都能得到满足。

他此时坐在椅子上，俯视着曾经在舞台上光彩照人的人，道："舔脚。"

李晓英得到这个指令以后，内心还是有所迟疑。但很快，求生欲望战胜屈辱感，让她扶着墙站起身，来到男人面前，又蹲下，捧起了那双臭脚。

这是一种难以言明的畅快感，甚至超过了真正的性爱。半个小时后，李晓英累得差点吐了出来，瘫软在地。男子心满意足地站起身，道："你今天表现得不错，准备给你奖励。"

男子的奖励是一个大箱子，里面有一台旧电脑。他将电脑拿出来以后，道："会不会安装？"

李晓莉看了看这台老式的台式电脑，温顺地道："我会安装。"

男子道："你若是听话，以后就将绳子给你再放长一米，你平时可以在屋子里活动。这台电脑不能上网，我在里面下了些电影和电视剧，你平时无事的时候可以看电视剧。"

李晓英脖子上有一个钢制的套狗绳，将其与地面铁环连在一起。最初被关进小屋时，套狗绳收得很紧，如今已经有三米的活动范围，若是再放长一米，那基本上就可在小屋范围内自由活动，再加上电脑可以看电影，被囚禁的日子就要相对好过一些。

"谢谢，老爷。"李晓英发自内心地对眼前男子表示了感谢。

男子突然来了兴致，用手指挑起了李晓英的下巴，道："你为什么要谢我。"

李晓英乖巧地道："感谢老爷让我看电影。"

如花似玉的女人匍匐在自己脚下，用尽所有心力来讨好自己，这让男子得到极大满足。他俯视了一会儿眼前女人，突然狠狠地打了一个耳光，道："昨天你为什么没有洗澡？不要以为我不在这里，你就能为所欲为。"

这个耳光很重，李晓英眼冒金星，嘴角流血。她不敢哭泣，擦掉嘴角鲜血后，道："老爷，我下次不敢了。"

一个小时以后，男子这才离开。李晓英抬起脸看着男子走上梯子，离开房间，这才双手捂紧嘴巴，痛哭起来。被关在屋里已经有一个月，李晓英不知道自己还能坚持多久。恐惧再次袭来，她坐在角落里，双手紧紧抱住头。

突然，李晓英想起了男子的话，用尽力量站起来，来到纸箱子旁。男子没有食言，在离开时又打开一把锁，让其活动范围延长一米，刚好能坐到桌前。

纸箱子里装着老款台式电脑，里面有键盘和插座。

李晓英发现延长绳子以后就能够得着插座，在这一瞬间，她产生了触电的念头。念头在心里转了一会儿，求生欲望再次在心中升起，她脑中又响起那句话："把我服侍好，再玩一个月，我放你出去。"

男子露出了本来面目，不可能放李晓英出去，这句话就是一个谎言。可是李晓英根本回避此点，强迫自己相信男子说的是真话，以此来麻痹自己，维持活下去的希望。

自从被关进密室，李晓英渐渐失去了白天和黑夜的分界，过得稀里糊涂，后来发现一个规律，每天有一列火车长鸣经过以后，男子便会进来，引来几只狗叫，带来一天的食物。李晓英苦苦思索，火车开过去到底是白天还是黑夜。此时电脑到来以后，虽然不能上网，但是电脑带有时间，不管时间是否正确，她能给自己规划一个白天和黑夜。

男子每天来到密室以后，李晓英就在墙壁隐秘处画上一横，目前已经有三十七横。她跪在地上安装电脑时，看到墙壁角落的横道，抽泣着想道："如果横道画到一百，我就去触电。"

安装好电脑，李晓英赶紧先看时间和日期，令她失望的是电脑日期是2099年，时间是21点。她由此判断男子白天要忙工作，晚上开车到这个密室。这个密室接近铁轨，应该是郊区，甚至更远的地方。

李晓英对着电脑做了一些判断，又反复上网，无果后，打开D盘。D盘果然存着不少电影和连续剧。打开电影便如打开了走出密室来到外部世界的大门，她一边看电影一边哭泣，接连看了两部电影，日子比起没有任何娱乐设施强了许多。

第七章
来自抛尸现场的脚印

工地上的脚印

在江州忙了好几天，侯大利这才回到省厅培训班继续学习。4月25日，培训班结业。若不是老朴出面协调，培训班领导肯定不会让侯大利结业。侯大利科班出身，水平在培训学员中算得上顶尖，就是旷课太多。培训班老师原本想将代小峰案例放在教学中，考虑到侯大利三天打鱼两天晒网，于是在本期培训班将案例取消，准备在下一期培训班时，由侯大利亲自来谈代小峰案的勘查经验。

培训班结业典礼时，侯大利接到田甜电话。

田甜道："葛朗台这次是真的用尽全力，找来技侦专家弄图像，也没成功。有两个原因，一是探头隔得远，清晰度不够；二是犯罪嫌疑人戴着帽子，路灯光线被遮住形成阴影。"

侯大利道："你们忙得团团转，我在省厅跟闲人一样，真不是滋味。我知道你下一句话是什么，地球离开了谁一样转，我明白这个道理，只是觉得有劲使不上，憋得慌。你什么时候出发？我妈等着和你一起吃饭。我要参加结业晚餐，不能请假。"

田甜道："你不回去，我一个人到国龙宾馆很尴尬。"

侯大利道："已经跟我妈说了，她等你过来开饭。你也别怕我妈，多接触几次，我妈什么副总裁等职务都是外加的，她本人就是世安厂女工的底色，喜好和以前工厂同事没有区别，只不过钱多一些，选择面要大一些。"

田甜道："好嘛，我先去，你得赶紧来呀。我不是怕，是觉得没话说，有点尴尬。"

田甜在下午六点四十分开车到了阳州国龙宾馆，总经理李丹知道田甜要过来，特意在大堂等候。当田甜出现在大门口之时，李丹便陪着田甜来到属于侯家私人的楼层。侯国龙平时很少在此楼层出现，今天也在，心情还不错，坐在沙发上看报纸，听李永梅和宁凌聊天。宁凌有在国营工厂生活的经历，说起小时候趣事引得李永梅深有同感，连侯国龙都将注意力从报纸上转移，时不时插一句。

宁凌读小学的时候，恰好就是国龙集团初创时期，侯国龙和李永梅夫妻刚刚离开世安厂，对宁凌生活的国营工厂环境熟悉到骨子里，所以听其聊一群小孩的事情有特别感触。侯国龙看着宁凌总觉得有些恍惚，仿佛是邻家小女杨帆长大的模样。他暗自将田甜和宁凌做对比：宁凌出身名校，父亲病逝，母亲出自国营企业，目前经营一家餐馆，家境小康；田甜父亲是江州名人，背景复杂，在监狱服刑，且田甜本人是法医，这是一个令人无法产生美好联想的职业。对比起来看，宁凌更适合做侯家的媳妇。

侯国龙经过二十多年风风雨雨，将人心看得很透。宁凌这个女孩花尽心思讨好李永梅，就是想从国龙集团中获得利益。他不反感这种行为，在他的思维中，生意都是需要交换的，宁凌想要利益，那就是一个正常人。

侯国龙抬起手表，看了看时间。服务人员挺有眼色，赶紧打开电视，《新闻联播》的声音在房间响起。

房门打开，李丹带着田甜进了门。田甜进门以后便将注意力集中到了宁凌身上，她总有种怪异感觉。因为案侦工作需要，田甜看过杨帆各个时期的相片，对杨帆印象颇深。宁凌穿着打扮都与杨帆有几分神似，与李永梅关系还很亲密，至少比起田甜要亲密得多。田甜尽管外表保持一贯的冷静，可是女人都有领地意识，宁凌出现在此明显侵犯了其领地，不由得生出了戒备之心。

有了戒备之心，在国龙宾馆的时间便不好打发。面对侯大利的父母，田甜又不能以冷面相对，在吃饭之时一直盼望着侯大利推门而入，解除尴尬。越是盼望侯大利早日到来，侯大利越不出现。饭后，侯国龙离开，在李永梅强烈要求下，四个女人打起麻将。终于，到了晚上十点，侯大利才出现在酒店。

田甜长舒了一口气，借口上厕所，将麻将交给了侯大利。

宁凌桌前堆了不少筹码，见到侯大利上桌，夸张地拍了下额头，道："大利哥是打麻将一哥，我前半场是白忙了。"李丹道："你至少还赢这么多，我可是雪上加霜。"

打麻将对于侯大利来说确实是拿手得不能再拿手的游戏，桌面上打出来的牌如有生命一般，纷纷跳进了侯大利脑中，每个人打出什么牌，要什么牌，全部都清清楚楚浮现在脑中。田甜站在侯大利身后观战，很快就觉得宁凌所言不虚。

两圈之后，李永梅发话了，道："大利下来，让田甜来打。你这人也没眼力，和一群女人打牌，也不让着点。"

侯大利闻言站起身，扶着田甜肩膀，让其坐下来。他站在田甜身后，正好面对宁凌。宁凌打牌时偶尔抬头笑一笑，眉眼灵动，颇有韵味。侯大利与宁凌对了两次眼以后，便转身离开了田甜，独自坐在沙发上看电视。

打完麻将已经是凌晨一点，侯大利和田甜回到常住的客房。田甜道："我发现一个问题，宁凌和杨帆长得很像，五官有点像，穿着打扮的风格也接近。不可能有这么巧的事情，莫非是你特意找来的。"

侯大利道："她是夏哥的助手，和我没有半点关系。"

田甜又道："宁凌和李丹都跟阿姨很熟悉，她们三人有说有笑，我就是一个局外人，很尴尬。以后你没有回来的时候，我尽量不来。"

侯大利过来抱住田甜，道："做刑警一年，我就看到了别人一辈子都看不到的惨事。你参加工作时间更长，看到的阴暗面更多。我们两人是特殊岗位，心理比一般人要紧张，都应该放松一些，让自己融入日常生活中。"

田甜靠在侯大利肩头，道："你说得也对，也不对。直说吧，我感觉宁凌是想办法刻意来到你们家，就是冲着你来的。"

侯家是山南顶级富豪，被人算计是很正常之事。侯大利习惯了富二代身份，比起田甜更从容，道："冲着我来的人不少，关键是我的选择，这才是最重要的。"

"我怎么有一人侯门深似海的感觉。"

"太夸张了。明天我要回江州，李武林组织了一个活动，到他的农业园吃饭。"

两人说了一些闲话，洗漱之后，进了卧室。虽然只是隔了几天，两人思念得紧，如藤缠树一般，一夜缠绵。高潮之后，两人平静下来，躺在床上继续说些闲话，闲话说了一会儿，不知不觉谈到了案子。

"李晓英、杜文丽都有在夜店工作的经历。凶手就是针对类似群体，而且是直接将人带离现场。这两个案子和麻醉抢劫案有根本不同，凶手气质不同：杜文丽案凶手变态，还很凶残；麻醉抢劫案的犯罪嫌疑人贪婪，很猥琐。"田甜本是法医，到一线工作以后，很喜欢进行心理分析。

"章红案、杜文丽案凶手胸中有大恶，李晓英案也是如此。"侯大利忍着没有说出"杨帆"两个字。

"这个凶手是变态，杜文丽失踪是10月，抛尸时间大约在11月中旬，这一个多月时间她到哪里去了？李晓英失踪了一个月，现在活不见人，死不见尸，不知现在是死是活。"

侯大利平躺在床上，目光却穿透了酒店的窗，向夜空飘去，巡视黑暗之城。在他脑中形成了一幅影像：在一个封闭空间里，一个漂亮女子在角落里瑟瑟发抖。一条黑影出现在女子面前，如野兽一样走了过去。

他翻身坐起，道："失踪女子没有死亡，被囚禁在曾经囚禁杜文丽的地方。"

田甜伸手拍了拍侯大利的背，道："你没有任何证据。"

"我是凭直觉，而且这种直觉非常强烈。杜文丽父母收到明信片时，杜文丽已经死亡，也就是说凶手是在杜文丽死亡之后才寄去明信片。李晓英家里没有收到明信片，说明李晓英还活着。"

案侦工作中，刑警直觉非常重要。直觉是在无意识状态中，以过去经验和知识为基础，不经过推理和分析，直接出现在脑中的灵感和顿悟。直觉不能作为证据，却可以帮助刑警从一团乱麻中找到逼近真相的方向。侯大利虽然不是老刑警，可是长期沉浸在案件中，经历了代小峰案和石秋阳案的磨砺，已经具备了老刑警才有的犀利目光和灵光闪现的直觉。

田甜也坐在床上，与侯大利并排而坐。月光从窗口照了进来，将田甜的肌肤染成玉色。她拉起薄毛巾盖住身体，道："囚禁再杀人，我同意凶手心理有问题的推断。如果杀害杜文丽和让李晓英失踪的犯罪嫌疑人是一个人，那么此人便是连环杀手，从犯罪心理学来看，很多连环杀手的动机是建立在诸如控制和支配之上，此人多半是通过对受害者生死的掌控来获得满足，可能有性的成分，也可能没有，但是主要动机就是对无助的受害者的极度权力和控制。从国内外的案例来看，有的连环杀手还主动与媒体或者警方联系，通过媒体关注来获得心理满足。"

"我同意你的看法，分析得很好。"

"我是法医，当年选修了犯罪心理学，有点理论知识，在实践上基本没用。其实我们都是纯粹猜测，完全没有得到证据支撑。"

"这个连环杀手与杨帆案有没有关联？"

"我得说实话，杨帆案更接近激情杀人，而杜文丽案则是变态的预谋杀人。"

石秋阳案件侦破以后，看到了侦破杨帆案件的曙光，谁知仅仅是曙光而已，侯大利一直没有能够进一步深入，不免有些丧气。田甜知道侯大利的心思，鼓励道："杨帆已经走了近八年，大家还在追凶，说明没有忘记她。你也不要灰心，说不定某一天突然就有了突破性进展，山重水复疑无路，柳暗花明又一村，说的就是这种情况。"

侯大利想起杨帆案，心情又持续低落。4月26日，他回到江州，来到金传统别墅，与诸人聚在一起。

金传统脸色苍白，身体似乎比读高中时还要消瘦，坐在摇椅上，抬头看天。阳光从树叶缝隙落下，有几块斑点恰好落在他的脸上。他看见侯大利进来，拍了拍张晓的屁股，示意侯大利坐过来。

张晓昨夜又拿来一服中药，帮助金传统外用和内服。折腾了一个晚上，金传统的身体仍然没有从当年绑架案的噩梦中醒来，软绵绵的，不能用力。她有点怜惜这个英俊又有钱还有格调的富二代，暗自叹息一声，端来咖啡，放在躺椅旁边。

侯大利道："今天到哪里去？"

金传统道："李武林有一个农庄，一直叫我们过去玩。今天我们换个口味，到乡下玩。"

刑警支队目前在侦办杜文丽案和系列麻醉抢劫案，105专案组虽然不是主力，却承担配侦之职，此刻侯大利最想做的事情就是到办公室研究案件。只是，李武林在杜文丽案中具有嫌疑，甚至有可能与杨帆案有牵连，有必要保持接触。

坐了一会儿，不断有小车开到金家门口，杨红、李武林、陈芬、王胖子陆续从车上出来。同学们到齐，围坐在一圈，互相开起玩笑，气氛便热闹起来。金传统从躺椅中起来，抽个机会在陈芬屁股上拍了一掌，陈芬不依，为求公平，坚持要打金传统屁股。两人在院子里打闹一会儿，金传统苍白的脸上这才有了血色。

金传统丢了一支烟给李武林，道："武林，你想做夏晓宇工程的消防器材，别让我传话，自己跟大利说。大家都是同学，别不好意思。"

对于李武林来说，如果能接下夏晓宇新建大楼的消防工程，那绝对能大赚一笔。因为有大利益，他便开始患得患失，不敢轻易向侯大利开口。侯大利自从大学毕业以后，眼神深处总是冷冰冰的，似乎能把人穿透，这让李武林悄悄拉开了与侯大利的距离。

虽然大家表面上还是维持同学关系，似乎还是能随便开玩笑的同学关系，金传统当面把话挑破，倒让李武林有些许尴尬。他对侯大利道：

"夏总平时不苟言笑，我还没有接触过。"

上一次玩过"真心话大冒险"以后，侯大利才和同学们慢慢拉近了关系，道："你做消防器材，质量怎么样？"

李武林道："我毕业以后就在做消防器材，资质、技术在江州至少合格。"

金传统道："师范后街项目，是我交给李武林的，做得不错。"

污水井女尸案在江州市公安局是大案要案，可是这种事情对于江州普通市民来说不过是一阵风，吹过了就散了。侯大利听闻李武林在做师范后街消防项目便留了心眼，问道："师范后街项目还没有完工，你们提前介入了吗？"

李武林道："合同签下了，我和公司的工程师一直在跟踪工程进度，这样可以优化施工方案。"

侯大利道："正在现场施工的房子，你们可以提前进去？"

李武林道："只要签了合同，我们就会全程跟进，自然是要进工地的。"

"抽时间我约夏哥，大家一起见面。"侯大利在问话时意识到自己在杜文丽案上出现了一个思维误区。围墙缺口太过明显，当时只是考虑到凶手是从围墙缺口处进入抛尸现场后再离开，实际上还有另一种可能性，就是凶手可以从工地进入师范后街围墙处，再乘车离开。

金传统插话道："大利，你就给个痛快话，到底能不能成？你又不是二道贩子，打一个电话搞定的事，用得着介绍李武林给夏晓宇认识吗？"

侯大利道："我还真不知道夏哥目前手里有什么项目，这一块的事情我向来不管。"

金传统道："明明家里有一座金山，你偏偏在这里当神探，兄弟表示佩服。"

杨红从房间出来，道："走吧，早点去爬山，晚了天气就热了。"

小车出城，行了半个多小时，来到巴岳山的一处支脉。此处风景甚佳，山边有一条小河，河边全是竹林，河水清澈，水中鱼虾穿行嬉戏。

与小河平行的是铁轨，偶尔有绿皮火车在青山绿水中呼啸而过。最初火车出现与乡间景色并不相符，如今几十年过去，绿皮火车已经融入这片土地，成为乡间一景。

李武林的乡下农庄位于山脚之下，背靠巴岳山支脉不算太高的山峰，面前有流水绕过，景色优美。商务车进入院子，有工人搬了桌椅在院内，桌上摆了两个大盘，装着桃子和李子。桃子有脆桃和蜜桃两个品种；李子则是大红李子，远看如苹果一般大小。一般情况下，这种大红李子口味不如本地江安李。在李武林推荐下，侯大利吃了一颗大李子，甜中略带酸，果味十足，和本地江安李各有特色。

杨红对山庄很好奇，看到院外就是河水，指着渔竿道："这里能钓鱼？"

李武林道："这个地方经常喂窝子，昨天就撒了料，下面有鱼。"

一个工人道："中午吃的鱼就是从河里钓的，绝对是野生鱼。"

杨红抬头看山坡，道："也不一定是野生鱼，每年涨大水，会从水库和稻田里跑不少鱼到河里。原本是喂的饲料鱼或稻田鱼，只不过进入河里，变成了野生鱼。"

"河水清，不管是哪个地方来的鱼，在水里生活一段时间，肉质都会变好。"工人又道，"昨天李总带我提前到山庄，特意喂了窝子，今天肯定好钓。"

在院子外面则是果园，有桃树、李树和梨树。杨红问道："这房子应该是修的管理房，平时你住在城里，谁来管理这些果树？"

李武林道："我晚上还是经常回这里，图清静，早上起来在河边散步是最舒服的事情，开车回城也近。我主要想住在山下河边，果园是附带着搞的，平时有几家人帮我管理。"

李武林的院子虽然在果园里，但是院子和果园实质上是分隔开的，小车可以直接开进院子，不必经过果园。村民到果园劳动，也不用经过院子。这个院子便成为李武林的世外桃源。

在杨红带领下，王胖子和张晓也过来钓鱼。不一会儿，王胖子钓起一斤左右的白鲢鱼，引来一阵大呼小叫。很快，张晓也钓起一条小鱼，巴掌那么长。金传统和陈芬也被吸引到了河边，纷纷架起渔竿，加入垂钓者行列，只剩下侯大利和李武林在院中喝茶。

杨红放下渔竿，坐在侯大利身边，道："怎么不去钓鱼？"

自从杨帆出事以后，侯大利对水面产生了恐惧感，特别是对于流动水面更有生理性反应，如果站在河边直面河水，很快就会头晕目眩甚至呕吐。他没有明确回答这个问题，只道："不太喜欢钓鱼。"

杨红拿了一个桃子，递到侯大利手边，道："现在社会竞争太激烈，不管哪一行都很难。"

侯大利咬了一口桃子，桃汁四溢，桃香扑鼻。

杨红又拿了一个桃子，自己慢慢吃。她曾经是杨帆在高中阶段的朋友，相貌也很出色，在年级里只是逊于杨帆而已。正因为对自己相貌有信心，她对自己另一半要求很高，挑来挑去，皆没有满意的对象。侯大利大学毕业到刑警支队工作，她的注意力顿时被吸引住，除了侯大利的痴情以外，还有他的富裕家庭和英俊外貌。

令杨红最苦恼的事是侯大利对自己的热情没有任何回应。她准备继续努力，建立与侯大利的亲密关系，即使没有能够成为恋人，退而求其次，男人一般对女性追求者还是很有好感的，这将对自己的商业发展大有促进。

中午，李武林带着同学们沿着小道上了山。山上有许多巨石，巨石奇形怪状，有的两块巨石重叠在一起，有的巨石位于悬崖边上，有的巨石形成磨盘。李武林带着同学们爬上一块巨石，巨石表面平坦，可以安桌椅。工人将桌椅和大盆鲜鱼搬到巨石上，让众同学在山顶吃饭。

山顶相对高度只有一百多米，却可以俯视下方。一列火车开过来，发出轰隆隆响声，扰乱远处炊烟。山风吹来，小河鲜鱼香味扑鼻，这令所有同学都觉得心旷神怡。侯大利表面上和大家一样谈笑风生，内心深处则一直在想着李武林能够进入师范工地之事，在脑中出现了一段旧电影般的影像：小车进入工地，黑暗中，李武林从车后厢搬出杜文丽的尸体，打开了污水井盖，将尸体放了下去；在关闭井盖时，秋风吹来，树叶落进井里，掉在杜文丽胸口；李武林做贼心虚，没有注意到此细节，匆匆离去。

吃过饭，诸人在巨石上打麻将。金传统喝了半杯酱香酒，脸上略有血色，道："打麻将就不用侯大利来陪同了，你算得太精，谁都打不过你。"

侯大利与李武林交谈时获得一个突破性进展，还真没有心思把整个白天耗在此处，留几个同学在巨石上迎风打麻将，独自下山。侯大利下山走了一百来米，杨红从后面追了过来，道："别走这么快，这山上还有一个特殊地方，你陪我去看一看。"

侯大利道："什么特殊之地？"

"这个山是石头山，山中间有土匪洞，很有特色。"杨红一路小跑跟了下来，肌肤白里透红，道，"我一直想来看土匪洞，一个人又有点害怕，你能不能陪我去？从这条小道上去就有土匪洞，我知道怎么走，就是没走过。"

杨帆日记中曾经多次出现杨红，爱屋及乌，侯大利对杨红总体来说很友好，听到她提出这个要求，内心稍有犹豫，还是答应了。

杨红带路走了另一条小道，小道最初是石板道，后来就是土路，树林渐渐多了起来，走了一阵子，土路淹没在草丛里。侯大利有点疑惑，道："你确定有土匪洞？"杨红擦着额头汗水，道："应该没错。"侯大利道："草深，有蛇。"杨红道："我穿裙子都不怕蛇，你怕什么？"

侯大利折了一根棍子，在前面带路。杨红嗔道："别走这么快，要有绅士风度，拉我一把，这儿有点陡。"过了草丛，侯大利赶紧松开杨红的手，拿出矿泉水喝起来。

土匪洞是战乱年间老百姓避乱之地，在山峰的密林处，从巨石中凿出来的山洞。站在山洞处，可以俯视数十米高的陡崖，还能望见另一个山峰的巨石。杨红身上薄衫被汗水湿透，内衣痕迹无所遁形。她指着山下星星点点的农庄道："我老家就在附近，所以从小就知道土匪洞。"

侯大利道："小时候来过？"

杨红点头道："小时候经常来。"

侯大利站在洞口，视线没有遮挡，看得很远。他正准备离开，感到一具柔软的身体抱住了自己。

杨红把脸贴在侯大利后背，喃喃道："大利，你别动，听我说几句。"

侯大利的手已经放在杨红的手背上，正想将其移开，闻言暂时停止动作。

"我爱你很久了。我没有说假话，当时我和杨帆关系最好，知道她和你的秘密。杨帆落水后，我们班上很多同学都在沿岸寻找，你那时弄了一条船，沿河寻找。你当时站在船头，在汹涌的河水中前行。当时我就哭了，如果有一个男人能为了我这样做，就算死了也甘心。后来，你考上山南政法，再后来，你当了刑警，我之所以没有谈恋爱，主要原因就是心里有一个站在船头的男人。"

杨红说的是真心话。当初看到大风大雨中站在船头的侯大利时，纨绔子弟的形象顿时烟消云散，变成了一个盖世英雄。这个英雄形象如此鲜明，至今仍然在头脑中没有失色。从另一个角度，杨红是初进商场的生意人，侯大利是国龙集团太子，这个身份再加上英雄光环，让杨红决定大胆表白，就算被拒绝，有了这层特殊关系也很划算。

侯大利确实没有想到杨红会说出这一番话来，这番话又将其带入当年在波浪中前行的苦难日子里。他没有转过身，也没有急着脱离杨红的拥抱，道："谢谢你还记得那一天。我已经有女朋友了，走吧，我们离开这里。"

杨红松开手。当侯大利转过身来之时，她踮起脚，迅速亲吻了侯大利脸颊，道："我会永远爱你的。"

离开之后，侯大利开车提前离去。杨红心情很不错，在山顶巨石上休息了一会儿，哼唱老歌《网中人》："回望我一生，历遍几番责备和恨怨，无惧世间万重浪，独怕今生陷网中，谁料到今朝，为了知心我自投入网……"

杨红站在巨石上，远望公路，只见越野车正在公路上行驶，越走越远，直至消失不见。

侯大利开车回到师范后街，田甜已经在街边咖啡馆喝了半杯咖啡。

"我们有个思维误区，总以为凶手是从围墙缺口进出，还有一种可能，抛尸人开车进入工地，然后抛尸于污水井。"等到坐定，侯大利开始讨论案情。

田甜习惯了男友的说话方式和内容，甚至觉得男友如果见面说点软绵绵的情话是很奇怪的事，道："这是极有可能的事情，但是就算是这样，对我们来说也没有用，工地录像也只保存三个月，半年前录像没有保存。"

工地是特殊之地，半年时间已经是沧海桑田的变化。侯大利和田甜亮出身份，进入工地，面对一幢幢渐渐拔地而起的高楼，对视一眼，相顾摇头。侯大利不甘心，沿着工地朝师范围墙走去。在行走过程中，他打开了佩戴在头部的高清录像机。

此高清录像机不是警用装备，是宁凌代表国龙集团赞助的设备。侯大利在勘查现场时用上此高清录像机，可以提供另一个角度的视频资料，专门用来研究现场。

回到刑警老楼，侯大利调出上一次在师范后围墙附近无意中得到的视频资料。

在视频里，李武林走路略微摇晃，似乎喝了点酒；出现在镜头前时是从师范美食街朝中山大道方向行走，也可以认为是从围墙缺口出来，然后再朝中山大道走。

侯大利反复重播，一遍遍研究。

田甜坚持其观点，道："如果凶手开汽车进师范工地，更有可能是开汽车离开，而不是从围墙缺口走出来。而且，当时能进入工地的人远远不止李武林，所以李武林能够进入工地并不能说明任何问题。"

侯大利无法否认田甜的看法，颓然关掉投影仪。

吃过晚饭，抽空看了一场电影，两人回到高森别墅。

侯大利平躺在床上，在脑中将工地的影像片段回放一遍，仍然没有找到任何线索。

4月27日，上班以后，侯大利和田甜照例先到资料室看章红资料，准备下午再到章红家去。章红家就在江州市区，距离江州师范学院只有两公里不到，前往调查很方便。

投影仪上显示出章红卷宗资料、生活照和说明：章红，20岁，江州师范学院中文系学生，被扼颈窒息死亡。经尸检，死者体内有大剂量安眠药。"

打开投影仪不久，葛向东和樊勇一起上楼，来到资料室。

葛向东和樊勇以前曾经调查过章红案，对章红案并不陌生，看到幕布上的相片便随口议论起来。

"章红和杜文丽都很漂亮，身材好，个子高挑。"樊勇拿起桌上资料，翻了翻，又道，"章红是师范学院艺术团的，能歌善舞，看来凶手就是专门找漂亮女人下手，目标明确呀。章红体内检测出安眠药成分，现在江州出现了系列麻醉抢劫案，两者之间肯定有联系。"

葛向东当即反驳道："樊傻儿，你错了，章红案和系列麻醉抢劫案完全不一样，肯定不是一个案子。"

樊勇道："就算章红案和系列麻醉抢劫案不一样，那和杜文丽案总很相似吧。"

葛向东摇头道："我没有看出相似点在哪里，难道相似点是青春漂亮？杜文丽案和章红案肯定不同，杜文丽是先失踪，一个月之后才被抛尸到污水井；章红案是先被人下安眠药，性侵后再被扼死。从作案手法上来说，没有相同点。"

葛向东和樊勇一直是搭档，经常在一起争论，谁都不服谁，都认为对方是杠精。

葛向东说完，樊勇立刻反驳，道："杜文丽失踪时也有可能是被人麻醉，或是吃安眠药。如今没有证据，谁说得清楚？"

葛向东道："没有证据，你就不能臆断。"

樊勇道："不是臆断，这是案情分析。朱支说过，大胆假设，小心求证。"

田甜终于不耐烦了，道："你们别做杠精，杠来杠去，把我的脑袋都弄晕了。你们好久没有一起出现在专案组，今天怎么联袂出席？"

葛向东道："前阵子我和樊傻儿被抽到黄卫专案组。黄卫案破了，我们自然就要回归105专案组。以前是我和樊傻儿主要负责丁丽案、章红案和赵冰如案，大利和你主要负责蒋昌盛、王涛案。你们不仅把蒋案和王案一起破了，还顺带破了赵冰如案，我和樊傻儿面上无光。"

朱林站在屋外听了几分钟，这时接话道："面上无光就得想办法把脸面争回来，我刚才被关局叫到办公室，关局又在询问丁丽案。我们破了石秋阳系列杀人案，丁晨光心里更着急。他只要遇到市委赵书记，就要谈女儿的事，关局压力大得很。葛朗台和樊傻儿继续深挖丁丽案，侯大利和田甜盯紧章红案，两个小组每周通报一次进展，让大家心里有数。"

杨帆案几乎没有任何线索，105专案组很有默契没有将杨帆案纳入侦办重点。侯大利对此也无异议，因为从普通侦查员角度来看，此案事隔八年，毫无线索，没法儿办。

丁丽案的侦查方向仍然集中于上世纪90年代企业恶性竞争，前期摸到一些线索，但是没有关键突破。

朱林对章红案的看法居然与樊勇出奇一致，道："樊傻儿是在和葛朗台抬杠，估计抬杠时也没有太过脑子，纯粹是直觉。其实直觉很重要，我们在侦办看上去没什么因果关系的疑难案子时，往往要用到直觉。人类原始社会时期，还没有推理和归纳能力，只能依靠感官和非语言的直觉分辨危险。这个本能是和意识推理并行的一种能力，通俗地讲，侦查员要把敏锐直觉和缜密逻辑结合起来，才能破大案。丁丽案线索不多，樊傻儿要好好发挥你的直觉。"

朱林正式又郑重的评价反而让樊勇很不好意思，他刚才确实是在抬杠，有意挑葛向东破绽。

侯大利听到这一席话，在头脑中上演章红案、杜文丽案的"影视片段"。他此时采用全能视角，俯视脑中人物。进入脑中情节之后，他脱离现实世界，直到田甜推了肩膀，才从自我世界中跳出来，道："朱支、老葛、老樊走了？"

"他们去丁晨光公司了。"

"老樊说得很有道理。杜文丽、章红有很多共同点，漂亮，身材好，凶手就是盯着类似的人。"侯大利目光骤然收紧，刚才提到的"漂亮、身材好"的条件，杨帆完全符合这个条件，从漂亮程度上还超过了杜文丽和章红。

田甜点头道："从犯罪心理学上讲，这就是合意性，被害人符合作案人的某项偏好。刚才你说的特征太笼统，我个人觉得这两个受害人除了漂亮和身材好以外，还有一个共同点就是杜文丽和章红都在舞台上表演，章红是话剧团演员，杜文丽是兼职模特，凶手应该喜欢看现场演出，然后盯上受害者。"

"杨帆跳舞，上舞台；失踪的李晓英是驻唱歌手，也上舞台。这就是相似点。"侯大利握紧拳头，敲了一下桌面。

侦破工作是在黑暗中利用现有条件摸索前进，现有条件越是充足，越能够尽快走出黑暗。有时光明就在前方，只是被幕帘挡住，前行者无法见到光明。今天专案组较为轻松的讨论，无意中拉开了幕帘一角，透出些许光亮。这些许光亮就是杨帆、章红、杜文丽和新失踪的李晓英都有舞台表演经历，如果这几个案子真是一个凶手所为，那么凶手很大程度上就是当年江州一中的学生。

在四个案子是一个凶手所为的前提下，可以做以下推论——

第一步：李武林、陈雷、王永强、蒋小勇和王忠诚，曾经追求过杨帆，都有嫌疑。

第二步：蒋小勇大学毕业以后就在外地工作，王忠诚近一年不在江州，他们两人与杜文丽和李晓英应该没有关系，基本上可以排除。

第三步：原本具有很大嫌疑的陈雷由于被烧伤，基本上排除杜文丽案和李晓英案的嫌疑。

第四步：嫌疑最大的就是王永强和李武林，而李武林恰恰在杜文丽遇害那几天都在师范围墙小道露过面。

四步推论摆出来，田甜也和侯大利一样陷入沉默。她想了一会儿，提出另一个问题："三张明信片寄到杜文丽家，通过邮戳反查，李武林当天都在江州有通话记录。"

侯大利道："这也是我没有想通的问题。"

章红卷宗重复播放两遍以后，侯大利随手播放勘查污水井现场的视频。这段视频播放过很多遍，侯大利对视频烂熟于胸，所以，他一边想心事，一边随意看着幕布。突然，他暂停投影仪，拿起放大镜，来到幕布前。投影仪显示出约两米宽的水泥路，水泥路上积满灰尘，几乎看不出水泥原来颜色。

侯大利拿起放大镜在幕布前观察了一会儿，道："你来看，这儿是不是有脚印？"

在灰尘下，确实有四个脚印，脚尖是从师范工地朝向围墙，只有一个看得见前半脚掌，后面几个脚印都只能看到大体轮廓。水泥地没有完全凝结，有人经过，所以留下了脚印。这是常见现象，并非个例。

田甜放下卷宗，道："这个脚印能证明什么？"

侯大利用放大镜对准最清晰的脚印，道："这是左脚留下的印子，左脚鞋印步角向外，幅度还不小，而且侧外压要明显一些。"

田甜道："这能说明什么？"

侯大利道："我在省厅培训，刚刚学习了足迹特征，从这个脚印来看，大概率是右侧有负重。把其他几个脚印的灰尘扫开，应该就能看得清楚。"

事不宜迟，侯大利和田甜一路疾走，来到楼下，启动越野车。这辆E级越野车是侯大利的代步车，外形方方正正，底盘高，车身巨大，车头大灯气势十足，加速到100公里6.1秒。越野车带起一路灰尘，直奔师范工地。

在车上，侯大利给金传统打去电话，让其给师范后街建筑承包商打电话，必须全力配合调查。金家是开发商，开发商和建筑商是合作关系，只是开发商处于上游位置，占有更多资源，往往能制约建筑商。金传统是金家太子，打电话很管用，等到侯大利和田甜来到师范后街工地办公室时，管施工的副总杨涛已经等在办公室。

杨涛三十刚出头，模样周正，脸色微黑，很有工地人气质。他的眼光从警官证上一扫而过，热情地握着侯大利的手，道："我这辈子最佩服的人是国龙老总，白手起家，二十年时间做到全省第一，人杰呀。国龙集团有自己的品牌，国龙摩托在东南亚鼎鼎大名，听说国龙老总还准备造车，这给我们江州企业家增光添彩。今年山南省十大经济人物，应该颁给国龙老总，国龙老总前两届一直在推托，弄得很多企业界的候选人都不好意思登榜。"

在侯大利心目中，父亲侯国龙是成功企业家，但是在他心目中与"人杰"挂不上钩。他与杨涛略作寒暄，带着田甜直奔那条水泥小道。

水泥小道距离临时停车场仅有十米，距离围墙缺口约五十米。水泥小道成了主工地与师范后山的分界线，过了小道便是至今仍然未开发的师范后山。

杨涛对金传统吩咐的事情很上心，更何况眼前警察是侯国龙的儿子，来到水泥小道后，打了一个电话，吩咐当年施工人员带上施工记录以最快速度来到现场。打完电话后，他见侯大利拿起小扫帚在清扫几个脚印，急道："侯警官吩咐一声就行了，怎能让你亲自动手？"

侯大利挡住伸过来抢扫帚的手，道："你印象中这条水泥路是什么时候修的？这种附属工程有施工记录表吗？"

杨涛道："大约是去年国庆后吧，准确日期要看施工记录。我们企业管理很正规的，施工记录表一直留存备查。"

扫开了水泥地上的灰尘，留在水泥地上的四个脚印清晰显现出来，两个左脚印，两个右脚印。从这四个脚印来看，有几个明显特点：左步长较右步长要长；左步角外展大，右步角变小，略微内收；两足压力明显朝左侧偏移，右足内侧重，水泥略微拱起；左足压力偏外侧，有拧痕出现。

看到脚印，侯大利强压内心激动，问："施工员还没有到？"

杨涛拿起手机，又催促施工员。隔了几分钟，施工员拿着灰扑扑的表册快步过来。杨涛道："你缠了小脚吗？磨磨蹭蹭。"施工员道："存档的记录表是测量控制表之类，这本记录不需要存档，我是在办公室翻到的。"

侯大利问道："这块水泥地是什么时间修的？"

施工员翻了翻表格，道："10月29日平场，11月14日上午用水泥铺路面。"

侯大利道："这个脚印应该是什么时候留下的？"

施工员蹲下来看了看脚印深度，道："应该是在14日晚上。我们用的是普通水泥，那天温度不高，初凝需要七八个小时。"

田甜冲着侯大利竖了竖大拇指。

杜文丽案已经交由重案大队侦办，105专案组来配侦。从现在看来，最先找到关键突破口的是105专案组，具体来说是侯大利。如果说侦破代小峰案和石秋阳案都有运气在里面，此次若是再找到杜文丽案的突破口，那确实不仅是运气。

11月14日晚上八点到九点，师范后街围墙处监控视频先后发现了李武林身影，若是在当天师范工地水泥地上出现了李武林脚印，那么他的抛尸嫌疑就急剧增大。

侯大利先给技术室小林打了电话，让其准备收取样本足迹，随即又给朱林打去电话，汇报了在师范后街的发现。由于师范后街围墙已经封闭，几人在水泥路面观察脚印没有引起工地外任何人注意，工地内也只有杨涛和几个施工员知道此事。

朱林刚从丁晨光办公室出来不久，就接到侯大利的电话，当即带着葛向东和樊勇来到师范工地。三人刚到不久，技术室老谭和小林也到达现场。

水泥地上留下的脚印非常明显，小林到达后，先对单个足迹拍照，然后拍摄成趟足迹。在拍摄成趟足迹时，小林在四个脚印两侧各放一条皮尺，两条皮尺相互平行；又在足迹上空设置了一条滑道，相机固定在滑道上，采取相同参数分段连续拍照。

拍照完毕，小林在足迹旁做了小土墙，将调好的石膏液灌入小土墙，石膏液厚度在足迹约一点五厘米时放入骨架，以相同方法灌注第二层石膏以后，就等待石膏凝固。

此时，宫建民和陈阳也来到了现场，和朱林站在远处小树林前小声议论。

今天的发现对于案侦工作有很大的促进作用，或者说狠狠地推进了一步。脚印主人具有重大嫌疑，案侦工作将围绕脚印主人展开。但是，发现脚印只能证明有人负重经过，无法证明此人扛的是尸体。

技术室完成脚印提取工作以后，诸人来到刑警支队小会议室。进入会议室以后，刘战刚、宫建民诸人所有目光都集中在侯大利身上。田甜表面上神情冰冷，暗自为男友感到骄傲。

看了接近两分钟，刘战刚开口道："大利，这一系列线索都是你发现的，你先谈。"

侯大利没有推托，道："目前有三个重要发现，三个发现还不能确定具体犯罪嫌疑人，但是三个发现已经开始形成证据链条上的节点，对案侦工作有重要意义。第一，发现污水井尸体以后，通过法医解剖以及现场勘查确定了遇害和抛尸时间，大体在11月中旬，由于时间间隔有半年，以当前技术水平无法精确到具体日期；第二，这次发现的脚印恰好在11月14日，脚印显示经过的人负重，且在晚上八点左右踩在水泥地上；第三，专案组找到了11月中旬的监控视频，11月14日经过师范围墙缺口右侧的人都有嫌疑。"

刘战刚将目光转向坐在侯大利身边的田甜，道："田甜，你有什么看法？"

田甜道："这三个发现还不能形成证据链。有两个重大缺陷，脚印显示负重，并不意味着扛着尸体，这是其一；11月14日经过师范围墙缺口右侧和水泥上的脚印有可能有联系，也有可能没有，这是其二。"

朱林随后表示没有补充。

刘战刚道："宫支，你来讲。"

宫建民道："首先要表扬专案组，作为配侦单位，连续挖到重要线索。其次，虽然这几个发现还不能形成证据链，但是具有重要价值，当前就以鞋找人，通过鞋印可以分析出此人的身高、年龄等基本信息。若是其信息与视频上的人是一致的，那么此人作案可能性就很高。"

散会以后，宫建民坐上陈阳开的警车，很感慨地道："有105这种配侦单位，是好事，也是坏事。重案大队很有压力呀。"

陈阳对此深有感触，道："为了侦办杜文丽案，重案大队专门抽调了十二个侦查员，还是由我来牵头，这是相当重视了。等会儿我要召集大家开会，让大家一起体会我在会上的感受。尽管刘局没批评，可是脸上火辣辣呀。"

宫建民道："知耻而后勇。105专案组就是一条鲇鱼，有了这条鲇鱼，大家才不会懈怠。从这一点来说，我希望105专案组更厉害，逼得整个刑警支队都保持紧张感。老陈，你的压力很大，不仅是杜文丽案，还有李晓英失踪案，105专案组也是配侦单位，若是再让他们抢了先，我在关局和刘局面前只能找块豆腐撞死。"

陈阳回到重案大队，召集重案大队全体参加侦查员开会。得知105专案组挖出这条重要线索，又听到陈阳提起"找块豆腐撞死"的自嘲之语，侦查员们都憋了一口气。

金传统的秘密

会议结束，大队长陈阳守在技术室，等着老谭拿出分析结果。老谭对现代科技不太熟悉，却是足迹和手印方面的专家。拿到足迹以后，他很快就勾勒出足迹主人的年龄及体形。

根据推算，足迹主人身高在一米七五左右。

陈阳道："这人有负重，会不会对身高有影响？"

老谭对自己的技术很有把握，道："估算时，我已经充分考虑到负重影响，做了处理。此人力量不算好，应该不是体力劳动者，更像是坐办公室的人。"

在桌上放着四个脚印模型，老谭轻轻拿起模型，用看情人的眼光打量模型，道："我们古代有立七坐五盘三的说法。以头长为单位，身高与头长的比例是七比一，人类学、医学、体育、艺术等学科的研究和实践都证明了这一规律，只要是正常人，都逃不脱这个规律，顶多是做加权处理。"

陈阳看着结论表，道："25到30岁，这个年龄准确吗？"

老谭继续举起脚印，道："这个脚印已经告诉了我们年龄，一般来说，年龄越小，足迹前掌重压面越小，且靠前靠内侧；随着年龄增大，压力面则向后、向外转移，且面积增大；过了五十岁，压力面还会由外后向内前转移，我们用乘五法就可以判断出基本年龄。"

陈阳道："这应该是指的赤脚情况吧。"

"穿鞋形成的足迹的原动力来自足底，力的效应透过鞋底转移到地面，原理是一样的。留迹人就是25岁左右，一米七三到一米七五，体形中等。"老谭用手指探着鞋子印迹，道，"这款鞋很少见，与市面上的鞋印都不一样，应该是进口名牌鞋，非常贵。具体叫什么名字，鞋底没有标志，我也不知道。"

老谭对足迹的解读，为重案大队侦办此案提供了重要线索。

重案大队确定了以鞋找人的方案。简短案情分析会结束，侦查员们没有在办公室停留，分成几个小组在江州各大商场寻找相同款型，谁知整个江州都没有类似鞋底的户外鞋。

接到几个小组反馈之后，陈阳正在为难，宫建民道："你傻呀，侯大利就是富二代，还是顶级富二代，多半认识这种鞋。"

陈阳如梦初醒，赶紧给侯大利打电话，让他到重案大队。十分钟后，一脸严肃的侯大利出现在重案大队。

陈阳拿出鞋印模型，道："你知道这是什么鞋吗？"

"我研究了鞋印。这款鞋叫阿尼，是进口鞋，以前在省城圈子里，富二代有人专门穿这款鞋。"

在发现水泥道脚印后，侯大利在心中认定李武林就是脚印主人，而脚印主人是凶手的可能性很大。发现鞋印是阿尼鞋所留之后，他便意识到自己可能错了，李武林跟着金传统是赚了些钱，但基本不可能买阿尼鞋这种奢侈品。

陈阳道："这鞋多贵？"

侯大利道："不算太贵，两万五左右。"

陈阳拍着额头，叹道："这双鞋两万五，叫作'不算太贵'？"

侯大利脸上没有任何笑意，道："陈大不来找我，我都会过来。阿尼只有省城才有专卖店，实行的是会员制，应该很好查。"

陈阳道："我、邵勇和你，一起到省城。"

案情如火，容不得迟疑，警车直奔阳州。

侯大利在车上提议道："阿尼是外资企业，平时有点拽，经常闹店大欺客的新闻。我们是江州警方，他们不一定配合，建议与阳州市局联系，他们出面，更容易拿到阿尼的顾客资料。"

"就算是外资企业，到了山南来，就得依规守法，难道还要翻天？"牢骚归牢骚，陈阳还是与阳州刑警支队重案大队联系。

打通电话后，阳州刑警支队重案大队大队长胡阳春笑道："你这个电话打对了，去年我也找过这家店。这家店最初还以商业秘密为由，不让我们查顾客资料，后来被我们合理合法收拾两次，才开始依法配合我们的工作。"

一个小时后，三人出现在阿尼专卖店，胡阳春已经在经理办公室等着来人。

胡阳春得知侯大利名字以后，竖起大拇指，道："久仰久仰。"

侯大利有些糊涂，道："胡大，别逗我了。我工作一年时间不到，就是一个菜鸟。"

胡阳春道："我还真不是乱说这个'久仰'，老朴在我面前提起你至少十次，我耳朵都听起茧子，果然是英雄出少年，不服不行。"

胡阳春出面，阿尼专卖店还算配合，调出了客户资料，江州到阿尼专卖店来买鞋的只有一人，名叫金传统。

侯大利找重案大队陈阳谈阿尼鞋的时候已经猜到十有八九是金传统的鞋，此刻得到证实，心情变得很是糟糕。他在高中阶段遭遇了杨帆之死后，便把自己封闭起来，除了与金传统有接触之处，基本上不与其他同学来往；杨红等人都是在大学毕业后才重新交往，其目的并不是为了友谊，而是为了查找杨帆案线索。此刻金传统杀人嫌疑骤然增大，这让侯大利很难过。

中午由阳州刑警支队重案大队请客，席间，胡阳春得知侯大利是侯国龙的儿子之时，肃然起敬的同时，又对其当刑警的行为迷惑不解。

案情重大，陈阳在阳州滴酒未沾，在回程的路上就给宫建民汇报了省城之行得到的线索。陈阳回到江州，随即和宫建民一起来到刘战刚办公室。

"金传统的鞋印？没搞错吧。"刘战刚一阵牙疼。金传统的父亲是江州著名企业家，还是省政协委员、市政协副主席，其儿子有可能涉案，事情就变得麻烦起来。

陈阳道："我们核对了阿尼鞋同一批鞋的鞋印，能够断定在师范工地的鞋印就是阿尼鞋留下的鞋印，很独特。"

刘战刚道："有没有仿制鞋？"

陈阳道："我向阿尼专卖店提出过相同问题。阿尼专卖店的技术人员仔细看了我们提取的鞋印，指出鞋底的几个暗纹全部都在。市面上有仿制的阿尼鞋，可是要把暗纹全部仿制则成本太高，所以仿制鞋都无法制出暗纹。这双鞋就是正品留下的鞋印。"

刘战刚又道："在水泥地上留下了鞋印，也并不意味着就是金传统那双鞋留下的。谁规定穿阿尼鞋的只能是金传统？工地上进出的老板多，完全有可能是其他老板留下的。"

从逻辑上，刘战刚的观点确实无懈可击。可是现实生活中，整个江州只有一人购买了阿尼鞋，其他人在金传统管理的工地上留下同码阿尼鞋的可能性不大。

刑警支队长宫建民道："目前刑警支队还有一件失踪案，失踪者名为李晓英，与杜文丽基本情况很相似。我怀疑杜文丽案和李晓英案是一人所为，事不宜迟，必须尽快下定决心。"

如果只有一个杜文丽案，还可以想清楚再决策，或者等待更全面证据之后再行动。可是还有一个失踪者李晓英等待解救，早一天抓到犯罪嫌疑人就有可能早一天解救出失踪者。

刘战刚权衡再三，同意了宫建民的建议。

此案涉及在江州极有分量的企业家，关鹏和刘战刚亲自到了市委政法委，向市委常委、政法委书记做了汇报。汇报之后，出于解救失踪者的需要，市公安局决定对金传统的住宅进行搜查。

依据《公安机关办理刑事案件程序规定》（公安部令第35号）相关程序，承办民警根据办案需要，确定进行搜查的对象与范围，制作《呈请搜查报告书》，由市公安局领导进行了审批。审批之后，重案大队准备依法对金传统住宅进行搜查。

侯大利和金传统是高中同学，平时也有来往。根据《公安机关办理刑事案件程序规定》第三十条第四项规定："本案当事人有其他关系，可能影响公正处理案件的，应该自行提出回避申请。没有自行提出回避申请的，应当责令其回避，当事人及其法定代理人也有权要求他们回避。"他主动提出回避，不再参加侦办杜文丽案。

考虑到金传统有可能还牵涉到绑架案，搜查准备工作进行得很细致，重案大队准备好《搜查证》《搜查笔录》《扣押物品、文件清单》等法律文书，并配置照相机、摄影机和手铐、警绳等约束性警械，为应对突发事情，还特意带上武器。

为了寻找失踪者李晓英，警犬大队派员带着警犬参加搜查。

金传统虽然未结婚，家里极有可能有女人，重案大队特意调来两名女警参加搜查。

准备妥当以后，重案大队悄无声息来到金传统住宅。

金传统昨夜玩到凌晨，刚刚醒来，警察就进门。他从小养尊处优，除了在国外遭遇一场绑架以外，没有遇到过大挫折。他得知警察要搜查自己住宅，顿时暴跳如雷，伸手想抓掉邵勇出示的搜查令。

邵勇经验丰富，在宣布搜查之时便有意与金传统拉开了一米多距离。当金传统伸手之时，他便退后一步，对金传统和身边的张晓道："金传统，你不签字也行，我会在《搜查证》上注明。如果你阻碍搜查，那就应负法律责任，情节严重就构成妨碍公务罪。"

参加搜查的侦查员有三个探组，十来个人，有一名侦查员负责全程录像，还有一名侦查员带着警犬。

金传统出国后在国外深受警察教育，知道与警察硬碰硬要吃大亏，回国以后这根弦却松了，甩开张晓的手，就要冲过来。

重案大队大队长陈阳厉声道："金传统，你涉嫌妨碍公务。"

"妨碍个屁！"金传统气急败坏，继续朝陈阳冲过去。

张晓用力抱住金传统，大喊道："别冲动，你要吃亏的。"

金传统是单家独院，没有邻居，重案大队在搜查时邀请了居委会工作人员。此时居委会工作人员也开始劝解金传统。

金传统被张晓抱住，慢慢冷静了下来，坐在沙发上喘了一会儿粗气，打量警察阵势，道："你们有搜查令，那就搜吧。为什么搜查我家？连警犬都用上了。"

搜查分为室内和室外两组，室内主要搜查与杜文丽或者李晓英有关的物品，室外主要搜查车库、地下室等有可能囚禁李晓英的场所。

半个小时不到，室内组有了重大发现：在储藏室里找到了一个盒子，盒子里有金传统与杜文丽共舞的多张相片、一套女式内衣裤、一束女子毛发和一双阿尼鞋。

金传统最初是很桀骜地靠在沙发上，看到这个盒子以后，惊讶得嘴巴合不拢。他突然意识到大事不妙，道："谁他妈的栽赃陷害！"

搜查金传统住宅实际上冒了些风险，若是没有搜出任何证据，刑警支队会被动。发现这个盒子，带队的陈阳有了底气。当金传统再次想冲过来时，陈阳用轻蔑又憎恨的眼光瞧着金传统，发出清晰命令："给我铐上。"

又有侦查员发现屋里一个暗室，暗室里有大块头保险柜。金传统被带到保险柜面前，开始暴跳如雷，拒绝打开保险柜。

有了前面的发现，陈阳态度强硬，道："必须打开，你不主动打开，我就请人来打开。"

金传统的手机已经被暂扣，也无法给父亲打电话。他神情阴沉地站在保险柜前，犹豫良久，还是拒绝打开保险柜。

陈阳转身就到阳台，给宫建民报告了好消息。

宫建民在办公室正常办公，表面上和平常一样，实则内心很是焦躁。他得到陈阳搜查到杜文丽相关物品的消息后，长长地松了一口气，道："保险柜里面肯定还有东西，打开。"

陈阳不再与金传统啰唆，打电话让二大队办公室去找开保险柜的师傅。直到开保险柜师傅到来，金传统仍然拒绝打开保险柜，坐在屋角，仰头看着屋顶。

开锁师傅是江州市开保险柜的高手，仍然费了不少劲，才将保险柜打开。保险柜里有钱、珠宝等普通物品，另外还有两本相册：一本相册里面是金传统和一个漂亮女子的影集；另一本相册里面的相片很老，里面全是一个漂亮女子的相片，从拍照角度来看，大多数是偷拍的；另外还有一些报纸，报纸上也找得到这个漂亮女子的相片，几乎都是舞台上的形象，还有一张是杨帆意外落水的新闻。

陈阳曾经查过杨帆案，对这个漂亮女孩子印象深刻，看到这些物品，他怒火中烧，走到金传统面前，拳头捏得紧紧的。想起金传统的背景，他忍着没有动手，骂道："人渣，等着吃枪子吧。"

金传统最隐秘的心思被大白于天下，喃喃地道："不是我，真不是我。"

陈阳马上给宫建民打电话。宫建民放下电话，转身就奔向刘战刚办公室，刚进刘战刚办公室，就见到技侦支队庄勇走了出来。庄勇走出时，还拍了拍宫建民肩膀。

宫建民站在刘战刚办公桌前，道："技侦有突破了？"

刘战刚没有回答，道："你先说。"

宫建民道："在金传统家里搜出一个盒子，里面是金传统和杜文丽合影，还有女人内衣和一束毛发。刘局，技侦有什么突破？"

刘战刚拿起一页纸，道："10月2日晚上，金传统的手机打过七个电话，与一个电话打了三次，总通话时间达到十五分钟。这个号码是用杜文丽母亲身份证办的。"

宫建民坐了下来，抓起刘战刚桌上的香烟，点燃，狠抽了一口，道："证据链条慢慢就要闭合了，可以刑事拘留金传统，免得出意外。"

刘战刚笑容一点点敛去，道："这些证据其实都有破绽，不是金传统杀人的直接证据。刑拘了金传统，若是李晓英还没有遇害，那么李晓英有可能遇到麻烦。"

宫建民再狠吸一口烟，道："调老张和老李参加预审。金传统是富家子弟，娇生惯养，老张和老李是高手，经验丰富，专敲硬骨头，应该拿得下来。"

刘战刚摇头，道："如果金传统真是杀人凶手，那么他的心理肯定异常，这块骨头不好啃，我和你都要有打硬仗的心理准备。"

宫建民急急忙忙出去安排审讯之事。刘战刚坐在办公桌后面，一根一根抽烟。

审讯进行得很艰难，金传统态度顽固，坚称只是与杜文丽在搞活动时有过接触，甚至不知道杜文丽真名。

侯大利主动提出回避后，不再参加杜文丽案，配合二大队挖系列麻醉抢劫案。

老朴认为系列麻醉案就是一个小案，公安专门工作和群众路线相结合，破案是迟早的事情。侯大利对此深以为然，二大队侦破思路亦是如此。二大队基本上把所有人员全部撒了出去，拿着葛向东画的犯罪嫌疑人画像，从夜总会、酒吧到居委会、小区，一点一点排查。尽管二大队做了很多努力，麻醉抢劫案嫌疑人仍如水滴入海，消失得无影无踪。

又一天过去，4月28日晚上10点，案情分析会以后，叶大鹏将侯大利留了下来，道："神探，你有什么好点子没有？"

侯大利道："省厅指纹中心库没有比对上，说明此人以前没有落过网。目前的方法就是最好的办法，撒开大网，只要犯罪嫌疑人还在江州，终究有被捉住的一天。"

叶大鹏道："我还以为你有什么高科技办法，居然和我们土八路是一个套路。"

侯大利道："叶大，别叫我神探，我就是二大队的资料员，参加工作一年的菜鸟刑警。"

离开大楼，侯大利开车去刑警老楼接到田甜，一起返回高森别墅。车刚刚开出刑警老楼，张晓电话打了过来，与侯大利约定在江州大饭店见面。

张晓神情阴郁，进到小厅后就抹眼泪，道："你知道金传统的事情吧？"

"略知一二，我和金传统是同学，回避此案。"侯大利最初得知金传统保险柜中有不少与杨帆有关的物品，很是震怒。冷静之后，他发现此事颇多疑点。

张晓道："金传统绝对不是杀人凶手，有人栽赃陷害。"

侯大利道："你为什么这么肯定？"

顾英亲自端着两杯咖啡进了小厅，见到侯大利面前坐了一个神情凄楚的陌生女子，便将咖啡放下，打个招呼就退了出去。

张晓慢慢喝了一口咖啡，道："高三的时候，我和金传统谈过恋爱，你应该知道的。"

侯大利道："我真不知道。当年我只是埋头读书。"

张晓道："他出国，我们就分手了。他回国，我们还继续交往，但是已经不是恋人关系。他在国外被绑架过一次，很少人知道，被解救以后，那方面就不行了，举不起来。他表面上乐乐呵呵，看上去是个花花公子，实际上整个人很颓废，也很寂寞。晚上我经常住在他家里，我们是各住各的房屋。他试过伟哥，还有能找到的偏方，都没有成功。若不是出了这种案子，我不会讲出这件事情。"

"金传统那方面不行？"骤然得知此消息，侯大利十分惊讶。

"他回国以后，晚上除了和大家一起玩，从来不单独出去，"张晓抹了抹眼泪，道，"他表面是花花公子，实际上是可怜人。"

从金传统家里查出带有杜文丽相片和毛发的盒子以后，侯大利慢慢生出疑问：若真是金传统杀人，为什么要把尸体扔到自己的工地上？因为工地污水井迟早要改造，抛在此处就意味着警方迟早会发现这起杀人案，这一点非常不合常理。而且为什么要把与杜文丽有关的物品放在家里，这一点同样不合常理。

今天又得知金传统隐疾，侯大利有了更多疑惑，问道："去年10月初，你和他是不是在一起？必须说实话，这一点很关键；若是说谎，涉嫌犯罪。"

张晓迟疑了一会儿，道："去年国庆节，我和家人一起外出旅行，没有和金传统在一起。我们如今不是男女朋友，有时候他心情不佳，我会住在他家，但是我们都是各睡各屋。大利，你是金传统为数不多的朋友，一定要帮帮他。"

送走张晓，侯大利回到高森别墅。田甜铺了一张毯子，在阳台上练习瑜伽，听到院外汽车声，来到客厅。侯大利开门就见到一双修长大腿出现在梯子处，然后是曲线优美的腰身。这具身体扑进侯大利怀里，如火一般热情。

两人在门前亲热一番，来到客厅桌前。

侯大利拿出一张纸，从中画了一条竖线，将白纸分隔成两半，道："我们做最简单的分析，你写金传统是犯罪嫌疑人的理由，我写金传统不是犯罪嫌疑人的理由。"

田甜很快就写了半页，最核心证据有三条：盒子里搜出来的相片以及经过检测明确的杜文丽毛发；杜文丽母亲登记的手机最后三个电话都是与金传统通话；水泥小道上的鞋印是金传统的阿尼鞋。

侯大利写下三条否定意见：金传统要抛尸，不应该抛在自己即将开发的工地上；金传统有隐疾，实际上惧怕与女人接触；目前收集到的证据只能证明金传统与杜文丽有过接触，有嫌疑，但是没有他杀人的直接证据。

田甜看罢反对意见，道："其他都没有说服力，关键是第三条，所以预审高手正在全力突破。"

侯大利想起黄卫旧事，叹息一声。

重案大队派出多个探组，仍然没有找到金传统杀人的直接证据，讯问又迟迟未突破，而刑事拘留时间最长不能超过37天。

公安机关对被拘留的人认为需要逮捕的，应当在拘留后的3日以内，提请人民检察院审查批准。在特殊情况下，经县级以上公安机关负责人批准，提请审查批准的时间可以延长1日至4日。对于流窜作案、多次作案、结伙作案的重大嫌疑分子，经县级以上公安机关负责人批准，提请审查批准的时间可以延长至30日。因此，公安机关决定的刑事拘留最长期限是37天。若是37天仍然没有突破，事情就麻烦了。

不仅支队长宫建民和重案大队长陈阳着急，分管副局长刘战刚也上了火。案情分析会结束以后，刘战刚打完了一个电话，便独自前往刑警老楼。

刘战刚先到朱林房间，关门谈了一会儿，再把侯大利叫到房间。

刘战刚开门见山地道："杜文丽案和李晓英案，你研究到什么程度？"

侯大利道："我手中的证据远不如重案大队掌握得充分。"

刘战刚道："今天单独叫你过来就是听真话，你想到什么谈什么，不要受其他人影响。"

侯大利昨天与田甜讨论案情之后，反复琢磨，越想越觉得不对。当分管局长单独召见时，他先讲了金传统有隐疾之事，再谈了自己经过反复思考的看法，道："我有一个未经证实的想法，凶手不是金传统。污水井位于师范后区，肯定是要开发的，凶手将尸体抛在污水井是有意想让人发现；储藏室里的盒子，里面有杜文丽的头发、相片，这也是能被发现的；还有鞋印，居然是阿尼鞋留下来的，所有证据都指向金传统，看起来就是一个局。阳州曾有类似案例，凶手具有反社会人格，杀人后，特意向警察局寄信，给报社打电话，挑衅社会。若凶手不是金传统，那么凶手在陷害他人的同时，还在挑衅社会。"

阳州案件是当年轰动全省的大案，老朴参与侦办此案，曾经详细给侯大利讲解过。

刘战刚追问道："三张明信片怎么解释？"

侯大利道："三张明信片是缓兵之计，凶手不想让警方太早发现杜文丽失踪，然后利用明信片套来的时间从容布局。"

朱林皱眉未说话。

刘战刚想了想，道："当前所有证据指向金传统，你所说的凶手根本没有露面。"

"若是找不到金传统杀人的直接证据，那么现在找到的相片、毛发、脚印都能做出与杀人无关的合理解释，"侯大利直截了当地道，"若是真有人陷害金传统，最大可能性是我们的同学。"

刘战刚沉吟道："你明天和金传统见一面，用朋友方式谈一谈。今天晚上好好准备谈话内容，虽然是朋友方式，但是也得有针对性。"

当夜，侯大利仔细梳理了想问金传统的问题。

江州看守所是老所，新所还在建设中，没有交付使用。提审室狭窄，桌子一边靠墙，另一边距离墙面只有三十多厘米，一张桌子几乎就是提审室宽度。桌子上摆有电脑、打印机等设备，两个人并排而坐，拥挤不堪。

桌前是铁栅栏，金传统坐在铁栅栏后面，双手和双腿被椅子约束。他脸色苍白，穿了一件黄色外套，外套上印有"江州看守所"几个字。金传统神情颓废，却并不暴躁。他瞄了铁栅栏对面的侯大利一眼，没有说话。

"金传统，我没有想到你也喜欢杨帆。"侯大利决定直奔主题，不绕弯子。

金传统苦笑道："这是我隐藏得最深的事，没有料到被翻了个底朝天，很没面子。我实话跟你说，我视杨帆为天人，绝不会乱来，到了这个地步，我不会说假话。我在跟踪拍摄杨帆时，曾经看见过王永强也跟在杨帆后面，螳螂捕蝉，黄雀在后，王永强没有发现。"

这是从来没有得到过的线索，侯大利身上汗毛全部竖了起来，道："你认为是不是王永强行凶？"

金传统摇头道："我暗恋杨帆，能够体会王永强当时的心情。他只有仰慕的份，绝对不会有其他想法。"

侯大利道："王永强跟踪杨帆，你发现过几次？"

"只有一次，"金传统垂头丧气地道，"你们从房间里搜出来的东西，不是我的，绝对有人陷害我。我混到这个份儿上，有无数女人主动投怀送抱，没有必要杀人。而且，杀人以后把尸体抛到工地上，我没有这么愚蠢。相片中女人是谁，我真不知道。"

侯大利又问："谁会陷害你？"

金传统愁眉苦脸地道："我在看守所这些天，想破脑袋，都没有想到陷害我的是谁。"

监控室中，宫建民道："刘局，金传统说的理由还真要考虑，抛尸在金家的师范工地，更接近陷害。"

提审结束，在重案大队小会议室召开案情分析会，到会的有宫建民、洪金明、陈阳等刑警支队领导，重案大队邵勇、李明以及105专案组成员。

小会议室有投影仪，侯大利回到刑警老楼取来资料以后，分析会正式开始。

宫建民一脸苦大仇深的表情，道："今天全是内部人，可以打开天窗说亮话。金家有钱，请了全省最好的刑辩律师盯着案子，随时在找漏洞，如果我们的证据不过硬，绝对会被挑出来。而且金老板是市政协副主席，与市委市政府领导都熟，反映情况很方便。虽然领导们表示要依法办案，不能受外界干扰。大家心里清楚，若是真办了错案，金传统真是被冤枉的，那么我们就真要吃不了兜着走。"

参会人皆是行家，知道宫建民所言非虚，个个面容严肃。

宫建民缓了缓口气，道："小侯在提审金传统时，金传统提到王永强曾经跟踪过杨帆。这是新情况，先让小侯介绍。"

投影仪播放了王永强的基本情况，包括家庭情况、学业背景和工作背景。

七八分钟时间，播放结束。支队政委洪金明取下眼镜，问道："从资料来看，大利在提审金传统前就开始调查王永强，为什么要调查他？"

侯大利道："王永强在高中期间跟踪过杨帆。这事除了金传统，没有人知道，所以当年杨帆失踪后，重案大队没有调查过王永强。我进入专案组后，从杨帆日记中发现王永强在初中曾经追求杨帆，从那时起就开始调查王永强。"

洪金明看了一眼幕布，道："我以前没有具体接触过杨帆案，所以还有些疑问。比如，王永强年龄不大，工作时间也不久，为什么能搞出规模还不小的企业？是不是得到过金传统的帮助？如果真是金传统帮助了他，那么他诬陷金传统的可能性有多大？这是第一个问题。丁丽、杨帆、杜文丽等案的遇害者都是女性，王永强是否存在性变态或者精神方面是不是受过刺激，这是第二个问题。"

朱林看了一眼葛向东，道："葛朗台在经侦工作过，和王永强也挺熟悉，了解他创业情况吗？"

葛向东道："首先回答第二个问题，我和王永强接触有两三年时间，有一段时间接触得还很频繁。他这人温文尔雅，不存在精神方面的问题，更不是性变态。我听说了一个故事，有次一群人到夜总会，发了一个小姐给他。他一直规规矩矩喝歌，不理睬小姐。后来那个小姐幽怨地说了一句很经典的话，'大哥，你别老是唱歌，抽空也摸我几下'。"

葛向东介绍得很正经，在场诸人还是忍不住笑了起来，绷着的脸皮这才稍有些放松。

樊勇小声嘀咕："这个故事就说明王永强是性变态，至少压抑。"朱林道："樊傻儿，在讲什么？"樊勇道："没什么。"

葛向东继续道："我以前纳闷他为什么一直不谈恋爱，如今总算知道了原因，王永强单相思，还在想着杨帆。"

洪金明道："你对王永强评价很高嘛。第二个问题，他凭什么这么快就发家致富，和金传统有没有关系？"

葛向东道："我认识王永强时，他刚刚搞了一个小驾校，投资不算多。王永强应该是误打误撞做了一个好项目，有句俗话，处在风口上，猪都能飞起来。"

了解情况的参会人员各自发表了意见。

宫建民道："从现在的情况看，除了王永强在高中和初中都追求杨帆以外，没有证据能证明王永强与杜文丽的案子有关。此事重案大队暂且不管，还得把注意力集中到杜文丽案，不管是不是金传统做的案子，都得深入往下挖。"

第八章
DNA鉴定的生物检材

在夜总会化装侦查

叶大鹏打来电话，特意点名让侯大利到二大队开会，配合侦办系列麻醉抢劫案。

二大队会议室里已经有五个女警察。除了田甜以外，侯大利只认识刑警支队三大队的女民警，而另外三个女警则很陌生。

田甜和几个女警坐在一起，侯大利则来到丁浩身边，寻了位置坐下。丁浩以前是刑警二中队中队长，后来被调去搞打击贩卖妇女的专案。专案前段时间结束，丁浩升职，到刑警支队二大队当副大队长。

叶大鹏总结了前段时间的工作，道："系列麻醉抢劫案有这么多目击者，犯罪嫌疑人的画像也很接近本人，这点大家都承认，在这种情况下我们还破不了案，也太丢脸了。经研究，我们除了加大调查力度之外，还得用一用请君入瓮的办法。我们成立五个小组，每组配一个女警，三个男侦查员。五个小组到没有发过案的酒吧和夜总会，等待犯罪嫌疑人。五个女警有两个是刑警支队的，只有田甜有在一线工作的经验，就由田甜做组长，统一指挥五个小组。"

侯大利看了田甜一眼，田甜微微点头。

散会以后，第一小组集中开会，成员有田甜、侯大利和另外两个相对年轻的刑警。第一小组将前往金世安夜总会，这个夜总会算是江州一线夜总会，消费不菲。此夜总会属于金家产业，经营时间挺长，一直风平浪静。

　　商量细节以后，第一小组散会，准备晚上的行动。

　　田甜坐上车以后，侯大利道："这事我怎么不知道？"

　　田甜道："上午我接到电话，到二大队来开会。开会前，叶大队专门找我谈了话，我这才知道要采取钓鱼行动。"

　　"为什么让你当组长？你是法医呀。"

　　"叶大说得很清楚，只有我到过一线。"

　　"我们两人的事情，局里到底知不知道？"

　　"要想人不知，除非己莫为。难道你怕被局里知道？"

　　"我还真怕局里知道。根据规则，若是我们谈恋爱，肯定有一人会被调走，那我们就当不成搭档了。我觉得和你做搭档很不错，你的知识与经验和我的知识与经验正好可以互补，随时可以讨论案情，白天可以，在床上也可以。"

　　"狗嘴里吐不出象牙，前面还挺正经，后面就开始占便宜了。那天朱支看到我们在走道上亲热，说不定真会把我们调开。"

　　想到有可能被调开，两人都有些不开心。

　　当夜，经过充分准备，第一小组进入金世安夜总会。进入夜总会以后，侯大利就明确表示晚上所有消费不用支队报账，由他个人负担。若是一般人提出这个要求，侦查员们肯定不会同意，但侯大利身份特殊，侦查员们"吃大户"没有心理负担，还开玩笑说要喝点以前喝不到的高档酒。

　　田甜和平常不一样，露出肩膀，挂着翡翠挂件，口红在灯光下闪亮。侯大利坐在她的斜对面，视线良好，任何人接近田甜都逃不过他的视线。田甜时尚漂亮，性感妖娆，可是奇怪的是居然从九点到凌晨两点，只有一个男子过来搭讪，而且搭讪之后很快就离开。

　　收队以后，田甜坐在侯大利车上，十分郁闷，道："我很丑吗？为什么一个人坐了四个小时，没有人过来邀请我喝酒，过来说话的人都少？"

侯大利道："我一直在观察你，很少人来找你的原因很简单，虽然你穿得很漂亮，可是你喝酒时脸色冷冷的，不是假冷，是真冷。有一个男人找你搭讪，你抬头看了他一眼，他整个人似乎往后倾了倾，很快就离开了。"

田甜对着后视镜观察自己的脸，道："那你为什么要跟我在一起？我这样冷冰冰的，没有把你吓跑？"

侯大利笑道："你是和氏璧，我是真正识宝人。"

田甜脸上有了一丝笑容，道："你也学得油腔滑调了，不过，我喜欢。"

第一天行动没有战果，叶大鹏仍然决定狠抓调查走访，让四个小组继续行动。

四个小组晚上要行动，白天就休息，以保证行动时有充分体力。侯大利睡到上午十点，起床以后就前往师父李超家里。走近师父家，就见到丁浩从车上出来。丁浩还是保持在二大队的习惯，穿着拉风的红色运动鞋，手臂夹着一个包。

丁浩举手拍了拍侯大利肩膀，道："你过来找胡秀？"

侯大利说道："师父女儿要读初中了，师母着急，我找人联系了一所学校。"

丁浩举手用力拍侯大利肩膀，道："大利讲义气，还记得师母。很多人翅膀硬了，师父都不认，更别提师母。"

胡秀早早去买了菜，等着丁浩和侯大利到家里来。丈夫牺牲后，家里有一段时间很受关注，随着时间推移，一切归于平静，到家里的人慢慢减少，丈夫的朋友只剩下寥寥几人还能到家里来坐一坐。很长一段时间，胡秀都认为丈夫的新徒弟不可靠，原因是新徒弟太有钱，不算是一路人。俗话说，路遥知马力，日久见人心，新徒弟侯大利在丈夫去世后仍然能够到家里来，逢年过节能打个电话。胡秀尝到了世态炎凉，所以对今天来到的客人很是上心。

丁浩和侯大利一起进门。丁浩道："小琴不在？"

胡秀道："她去上奥数，三所市级重点中学陆续要开始招考了。"

丁浩道："国家都不准学奥数，为什么重点中学还要考奥数？"

"小升初考试很简单，分数拉不开。三所市级中学挑不到好苗子，奥数就是挑苗子的手段。如今重点中学都鬼得很，初中都弄成民办学校，民办学校入学前集中起来考奥数，谁都没办法。"

胡秀的女儿小琴成绩中等，属于家长用把力就可以朝上走的类型。如今丈夫牺牲，她独自扶养女儿长大，更希望女儿能读最好的学校。

丁浩道："我在重点中学有几个关系，你把小琴的情况发给我，我给他们讲一讲。小琴属于烈士子女，应该可以得到照顾。我前天遇到政治处的人，也给他们谈了我的想法，政治处在这些事情上就应该出力。侯大利的同学陈浩荡还不错，很热心。"

胡秀抹起眼泪，道："大嘴最喜欢他这个女儿，可惜，他不能看着女儿长大。"

侯大利从手包里拿出一张字条，道："我和丁大队没有沟通，这事已经办了。师母给我打电话以后，我就给夏晓宇夏哥打电话，委托他去办这事，事情已经办妥当了，直接到一中读书，校长批了特殊名额。"

"真的，校长已经批了条子？"胡秀激动起来。

侯大利道："夏哥是国龙集团在江州负责人，他办事能力很强的。"

丁浩伸手又拍了侯大利肩膀，道："夏总在江州大名鼎鼎，能进出书记和市长办公室，在你眼里就是国龙集团江州负责人。老话说得好，货比货得丢，人比人得死。"

侯大利实际上没有完全说真话，办理此事并没有让夏晓宇出面，而是交给宁凌办理。宁凌以前是夏晓宇的助理，实则在国龙集团没有地位。如今，宁凌和国龙集团副总裁李永梅关系密切，迅速成为了夏晓宇的副手。以前是助理，生死由夏晓宇掌握；如今成为副手，进退由总部控制。

解决了女儿读初中问题，胡秀自然很高兴。在她的坚持下，侯大利和丁浩留下来吃午饭。侯大利剥蒜理葱，丁浩剖鱼，胡秀上灶，三人一起动手，做了一桌可口家常菜。中午原本不能喝酒，只是到了李超家里，不喝说不过去，两人各自喝了一小杯。

与胡秀分手已经是中午两点，虽然说只喝了不到一两白酒，侯大利和丁浩还是不准备开车。丁浩从随身夹着的手包里拿出一张打印纸，纸上印有系列麻醉抢劫案嫌犯的画像。

丁浩道："江州有不少黑车，没有登记，二大队侦查员不一定能全覆盖。今天下午我们两人临时成一组，专门坐黑车，让他们来辨认画像。这种方式是下拦河网，有可能有用，也有可能没用，纯粹碰运气。"

侯大利道："丁大，你下过几次拦河网？"

丁浩道："天天都在下拦河网，这是笨办法。若是拦河网下得多了，隔几米就有网，漏网之鱼就很少，很管用。很多年轻刑警以为这个笨办法简单，实则很有难度。我没有说你啊，你是变态，不算我说的那种年轻刑警。"

两人步行来到一处黑车集中的地方，叫了一辆黑车，目的地是另一个黑车集中之处。上了黑车，聊了几句后，丁浩就亮出身份，拿出画像，请黑车司机辨认。

此黑车司机没有见过画像中人。

下车，侯大利付钱。

两人步行一百米，上了另一辆黑车。丁浩曾经是刑警二中队中队长，二中队是郊区中队，对城郊黑车非常熟悉，不断由一个黑车点前往另一个黑车点。

第三辆黑车司机认识丁浩，却没有见过画像中人。他热情挺高，直接将丁浩带到了黑车司机休息之地。江州黑车司机也有自己的管理体系，这一群黑车司机恰好轮空，就聚在一起打牌，等到五点钟接班。

在一处小茶馆二楼，黑车司机们正在打牌。黑车司机拿着画像进门，道："我有一个哥们儿是刑大的头，他在查一个强奸犯，你们看一看，认不认识这人？如果提供了线索，我哥们儿请吃饭。交这一个朋友，以后办事绝对爽。"

不管是在社会上还是监管场所，强奸犯都属于犯罪底层，为众人所不齿。听说是抓强奸犯，大家兴致挺高，纷纷围过来观看。

其中一个司机拿起画像观看了半天，道："我认识这人，对，就是这人，吃软饭的家伙，坐过我的车。"

"长得很像吗？"幸福来得太突然，丁浩还有些不敢相信。

司机道："那个吃软饭的就是这个神情。"

这真是踏破铁鞋无觅处，得来全不费工夫。司机带着丁浩和侯大利来到"吃软饭者"所在小区，道："他就在这里下车。女的一直在骂人，把男的骂得和龟儿子一样。那个男的一直赔笑，不敢还嘴，让我开车的都生闷气，所以印象特别深。"

丁浩没有贸然行动，和侯大利各守小区一个门。大队长叶大鹏接到电话，迅速调了两个探组增援，在派出所和居委会配合下，将犯罪嫌疑人摁在客厅里。

侦查员在衣柜顶上搜到一个盒子，里面有不少没有包装的塑料瓶。

"这是什么？"丁浩戴起手套，拿起盒子。

犯罪嫌疑人有一米八，五官相当精致。他在地板上挣扎，流了些汗水，淡妆被弄花，看到没用便不再挣扎，道："别压我，我不会跑。"

房间里的年轻女子甚是泼辣，在一个侦查员脸上挖出五道血印子，戴上手铐后，还在大喊大叫。等到塑料瓶被找出来后，她大喊："张家阳，那是什么东西？你龟儿子是不是吸毒？老娘有眼无珠，养你这个废物。"

侯大利一直盯着塑料瓶。如果犯罪嫌疑人没有抓错，那么塑料瓶里面装的肯定就是在江州流行的迷幻剂。

犯罪嫌疑人模样长得周正，却是个软蛋，到了办案区，还没有等到受害者辨认，便主动交代自己利用迷幻剂抢劫之事。他一口气交代了十七件麻醉抢劫案，比警方发现的还要多五件。

二大队花了大量精力调查走访，一直没有找到张家阳。侦查员专门询问张家阳这一段时间行踪，结果令人啼笑皆非：张家阳老家的一个哥们儿要结婚，张家阳这几天特意回老家，参加朋友婚礼。

所以，张家阳这一段时间一直没有在江州露面。

另一个原因是张家阳和情人从南方回来不久，刚刚在江州立足，认识他们的人不多。而且张家阳早就养成了昼伏夜出的习惯，居委会见过年轻女子，却没有与张家阳本人见过面。这就导致二大队民警将画像拿到居委会之时，居委会无人识得张家阳，包括驻片民警也同样不认识。

侦查员又询问他和女子的关系。

张家阳提起此事就扇自己的耳光：他和那女子是在南方一家夜总会认识的。他本人在南方的真实职业确切来说是牛郎。那女子曾经做走私，赚了不少钱。两人相好以后，张家阳便跟着女子回到江州。女子对张家阳不错，只是脾气不太好。张家阳回江州不做牛郎后，虽然能从女人那里拿钱，总归是有限度。他手头渐紧，便利用以前的经验，在夜总会挑选单身女郎，用搞来的迷幻剂实施抢劫。

系列麻醉抢劫案成功侦破，105专案组的配侦任务结束。

侯大利特意找到老领导丁浩，建议道："张家阳藏有这么多麻醉品，必须借着这个机会，清查麻醉品的上家。"

丁浩下拦河网立了奇功，心情着实不错，道："大队已经做了研究，要继续深挖麻醉品在全市的非法买卖。刘局和支队都同意了我们报上去的方案，宜将剩勇追穷寇，彻底打掉江州的迷幻剂销售网络。"

侯大利道："我要向丁大学习，也下一个拦河网。专案组配侦杜文丽案和李晓英失踪案，我高度怀疑杜文丽遇害和李晓英失踪也和迷幻剂有关。"

"你的拦河网具体要怎么下，总得有个章法。"丁浩皱眉问道，"杜文丽案的犯罪嫌疑人是金传统，已经刑事拘留，难道你有不同看法？"

侯大利道："法院没有审判之时，一切皆有可能。丁大，等你们抓到上家以后，我想拿到在江州买过迷幻剂的人的名单。"

"没有问题。"丁浩伸手拍了拍侯大利肩膀，欲言又止。

丁浩之所以欲言又止，是因为局领导刚刚来二大队班子征求了人事意见。

二大队有组织、指导全市打击拐卖妇女儿童犯罪、解救受害妇女儿童工作的职责，需要有精明能干的女侦查员，在这方面一直存在短板。105专案组成立以来，田甜在侦办石秋阳案中表现突出，局里便准备将其调到二大队，从法医岗位转为侦查员岗位，且从105专案组调出。同时，准备将侯大利从二大队调到重案大队，仍然在105专案组工作。

公安讲究纪律，丁浩作为副大队长知道此事，在公布之前若是透露给侯大利，则违反了纪律。因此，他只是拍了侯大利肩膀。

侯大利下楼时耸了耸肩膀，丁浩以前在刑警二中队时就喜欢拍肩膀，当了副大队长，这个习惯不仅没有改变，而且下手还忒重。

回到刑警老楼，车至门口，侯大利被赵冰如父亲拦住了。

赵冰如父亲面带严霜，却不敢进门，因为门里有一条身形宽大的大狗，实在凶恶："侯警官，能不能把狗牵进去。"

大李很高傲，在刑警老楼，除了宫建民以外，只听樊勇指挥。侯大利想让大李回到自己的地盘，大李根本不理睬，仍然在孤独漫步。赵冰如父亲紧跟侯大利，这才上了刑警老楼，进门之后，眼神直直的，道："侯警官，石秋阳什么时候执行死刑？"

侯大利见赵冰如父亲神情不对，先给他倒了一杯水，稳住其情绪，道："按照现行司法体制，公安负责侦查，检察负责起诉，法院负责审判。"

石秋阳杀害多人，罪行恶劣，但是他提供了另一起杀人案的重要线索，有立功表现，按照刑法规定，还真有可能不立刻执行死刑。如果判了死缓，石秋阳极有可能保住一条命。另外，他是杨帆遇害案的重要目击证人，凭着这一条，暂时都死不了。

赵冰如父亲脸色蜡黄，脸颊消瘦，眼睛如外星人一样突了出来。侯大利以前到赵冰如家里调查走访时，赵冰如父亲尽管谈起女儿之死神情悲愤，穿着却整洁。今天来到刑警老楼，外套上明显有大片污渍且皱巴巴的，很邋遢。

他望着侯大利，没有任何预兆地大哭起来，哭起来以后便没有任何掩饰，声音如山崩地裂，鼻涕口水直流。

侯大利劝解几句，赵冰如父亲反而哭得更加厉害，而且他身体发软，滑到了地上。

朱林、田甜在这期间先后回到刑警老楼，听到哭声，来到楼上。

田甜撕了一卷纸巾，递给了赵冰如父亲。赵冰如父亲哭了一阵子，拿起纸巾在脸上胡乱抹着。朱林蹲在赵冰如父亲身边，道："别哭了，坐起来，发生了什么事情？"

赵冰如父亲身体发软，站不起来，侯大利扶着其胳膊，帮助其坐在椅子上。他接过田甜递过来的矿泉水，喝了一大口，慢慢镇静了下来。

"迟到的正义不是正义。"赵冰如父亲强忍泪水，道，"我查出肝癌，晚期。家里老伴最初不给我讲，我脸色这么黄，又很疼，她怎么瞒得住。"

得知赵冰如父亲得了肝癌，朱林、侯大利和田甜都如被孙悟空施了定身法，完全不能动弹，也不知如何劝解苦命的人。田甜做过多年法医，见识过太多人间悲剧，见到赵冰如父亲的模样，不禁红了眼圈。

赵冰如父亲一字一顿地道："如果我死了，石秋阳还没有被枪毙。老天不长眼，我死不瞑目。"

赵冰如父亲在刑警老楼停留了接近两个小时，这才离开。

侯大利和田甜原本准备再到章红家中走访，赵冰如父亲的惨状弄得所有人心情都不好。田甜打起退堂鼓，道："我不想到章红家里去，去了那么多趟，没有太大价值。"

"时间也不太够，今天就算了，我整理资料。"侯大利发现田甜兴致不高，还以为是因为赵冰如父亲的原因，也没有多想。

田甜在办公室坐了一会儿，请假回家。

目前105专案组主侦的案件有丁丽案、杨帆案和章红案，配侦的案件有杜文丽案和系列麻醉抢劫案。两个配侦案件基本告破，剩下三个主侦案件没有突破性进展。

侯大利独自在刑警老楼细读卷宗，将杜文丽案、李晓英案、章红案、杨帆案的特点罗列出来，其中最大的相似点：第一，四人皆年轻漂亮，身材高挑；第二，四人皆有舞台经验。杜文丽是模特，李晓英是驻唱歌手，章红是话剧团演员，杨帆舞蹈水平很高，尽管四人舞台不一样，但是都在舞台上。

侯大利用粉笔画了三个圈，丁丽案是一个圈，杨帆案是一个圈，杜文丽和李晓英为一个圈。三个圈四个案，线索最多的杜文丽案和李晓英案，也是最容易突破的。但是就算突破了杜、李两案，杨帆案极有可能还是一团乱麻，更别说是丁丽案。每次想到侦办杨帆案遥遥无期，他心情便抑郁起来。

"如果那天我不陪省城哥们儿玩乐，一切事情都不会发生。"盘在内心深处的毒蛇又开始跃跃欲试，啃咬内脏器官。

侯大利推开窗，望着乌云浓密的天空，心里莫名烦躁，于是下楼，启动越野车，前往世安桥。前些天有大雨，世安桥下河水又开始汹涌起来。侯大利站在石栅栏前，石秋阳的供诉化成一幅幅生动画面：杨帆抱住石栅栏，脚下是急速奔流的河水，而凶手残忍地掰开杨帆手指。

这是一幅让人无法忍受的画面，却偏偏清晰无比，丝毫没有随着岁月流逝而褪色。侯大利直视河水，眩晕如期而至。他没有躲避，勇敢面对河水，直至呕吐出来。酣畅淋漓吐完之后，他慢慢从压抑情绪下缓解出来。

这时，手机响了起来。侯大利转过身，背对河水，坐在石栏杆上，接通电话，道："丁大，有事？"

丁浩道："回来再说。"

一般情况，刑警支队的侦查员都不在电话里谈具体案情，丁浩语气中没有笑意，那么肯定有事。侯大利用矿泉水洗掉嘴边的呕吐物，跳上越野车，直奔刑警新楼。

"据我们追查到的情况，卖迷幻药的人叫狗货。目前狗货应该嗅到了什么风声，不知躲到哪个角落。你的思路很对，李晓英最后被扶到停车场时是处于昏迷状态，据张家阳交代，这就是用了迷幻剂后的生理反应，说不定顺着狗货上家这条线还能有意外收获。这也是刘局布置的任务，顺着这条线，哪怕这条线与杜文丽和李晓英没有关系，也要割掉危害社会的大毒瘤。"丁浩初到二大队当副大队长，亲自抓到系列麻醉抢劫案的犯罪嫌疑人，有些意气风发。追查上家也很顺利，张家阳供出迷幻药来自叫狗货的烂仔，有不少人都从狗货那里拿药。

侯大利道："丁大，为什么找我？二大队这么多老侦查员，抓狗货都比我在行。"

"能有这个认识，说明你还没有被胜利冲昏头脑，知道自己的长处和短处。"丁浩随即收敛笑容道，"四大队给我们提供了一些信息，卖迷幻药的狗货在监狱里曾经和陈雷在一起。陈雷这人很复杂，在江阳区社会人中很有些影响。你和陈雷是同学，能不能让他找一找狗货躲藏地点。李晓英一直没有任何消息，刘局嘴巴都急出水疱了。"

江州刑警支队目前新成立了第四大队，第四大队其中一个重要职责就是打击黑社会犯罪，四大队成立后，从刑警各单位和派出所调了一些熟悉情况的民警。为了抓捕狗货，丁浩特意向四大队求助，而四大队建议由侯大利出面办理此事。

侯大利道："陈雷和狗货是监狱同改，为什么让他提供狗货消息？"

丁浩道："据我们得到的可靠消息，陈雷和狗货后来发生了矛盾，矛盾还很深。狗有狗道，猫有猫途，陈雷或许能够找到狗货。"

刑事特情是刑警支队一项重要基础业务，由于特情工作的特殊性，侦查员之间不会打听对方管理的特情。侯大利懂得规矩，自然不会询问消息来源。

丁浩又道："我在二中队的时候和陈雷打过交道。陈雷表面上没有其他社会人那么嚣张，实则很狡诈。在二中队办案的时候三次涉及陈雷，三个案子说大也大说小也小，说与陈雷有关系也行，说没有关系也行，但我们知道肯定与陈雷有关系，陈雷就是幕后指使者。他的狡诈之处是每个案子都在关键环节掉链子，很难彻底锁死他。两害相权取其轻，李晓英失踪有一个月了，拖不得，所以这事可以找陈雷，一把钥匙开一把锁。"

陈雷接到侯大利电话后，倒是挺爽快，道："我就在公司，你过来吧。"

侯大利独自开车来到雷人商务公司。商务公司是很正常的公司，与寻常公司没有区别，守门的是一个五十多岁的中年人，身体强健，神情憨厚。侯大利进门时，中年人站在门口问："你找哪个？"听到"陈雷"名字以后，哦了一声，便不再管来人。

从二楼和三楼办公室走过，工作人员有男有女，统一着装，看上去挺正规。四楼，陈雷站在办公室门口，手里夹着香烟。他见到侯大利时，被烧伤的脸上表情怪异，左脸微笑，右脸皮肤僵硬，笑起来就如哭一般。

侯大利打量陈雷的脸，道："还得再做几次手术？"

陈雷道："不管再做几次手术，都没有屌用，我现在就是一个怪物。石秋阳什么时候判下来？"

侯大利道："他的案子多，总得一件一件查清楚，具体什么时间判，我不清楚，也没有管。只要和杨帆无关的案子，我办完就丢，不会跟踪。"

进了屋，一个漂亮小姑娘进屋泡茶。陈雷挥手道："你出去，我自己来。没叫你，不要进来。"

办公室有茶台，还有若有若无的檀香味。陈雷坐在茶台前，动作娴熟地泡工夫茶。喝了两杯后，陈雷道："你过来肯定有事，我能办的肯定办，不能办的也没办法。"

侯大利道："这不是废话吗？"

陈雷道："不管是不是废话，得先把话说清楚。"

侯大利也就不再绕弯子，道："我要找狗货。"

陈雷道："为什么找他？"

侯大利道："狗货卖迷幻剂，他的一个下家干了十七件麻醉抢劫案。逮到下家不够，我们必须将这一条线打掉。"

陈雷半边脸在思考，半边脸没有任何表情："狗货迟早会现身，被你们盯上了，肯定跑不掉。为什么要找我？"

侯大利道："我们要尽快抓到他，还涉及其他案子，具体案情我不能透露。"

"李超是你的师父。我欠李警官一个大人情，必须还。"陈雷又道，"狗货这人是狗鸡巴抹菜油——又奸又滑，我也不一定找得到他。"

侯大利道："需要多长时间？"

"这个谁说得清楚，只能说尽力去找，"陈雷答应了此事，似笑非笑地道，"这次我算是帮助警方，以后有事也好说话。"

侯大利很认真地道："常在河边走，哪能不湿鞋？"

陈雷打了个哈哈，道："开个玩笑，我可是学了五遍刑诉法的守法公民。"

侯大利冷冷地看了陈雷一眼："不要在一条道上走到黑，这是作为朋友对你的忠告。"

陈雷左脸慢慢没了笑容："人在江湖，身不由己。我读高中就进了劳改队，如今手下一帮兄弟要吃饭。你放心，我真的学过五遍刑诉法。"

两个同学从高一开始就已经走上了不同道路，是偶然，也是必然。侯大利回到刑警大楼，向叶大鹏和丁浩报告了与陈雷见面的情况。陈雷的消息只是一种手段，而非全部手段。二大队在狗货经常出没的地点布控，技侦支队也监控了狗货的手机以及狗货父母、情人的手机。诚如陈雷所言，抓住狗货是迟早之事，当前最关键的还是要解救李晓英，尽快抓到狗货或许是一条路。

刚从刑警大楼出来，胡秀打来电话道："谢谢大利，女儿和市一中签了初中入学协议，谢谢大利，没有你帮助，小琴不可能读到市一中。我正准备前往江州公墓，把好消息告诉大嘴。"

李超受伤入院时，胡秀并没有意识到丈夫是受了重伤，还以为就和平常一样有点小伤，所以仍然带着女儿参加奥数培训。每节课都挺贵，她舍不得浪费。安葬丈夫以后，每次想到那天之事，胡秀就难过得紧，偷偷抹了无数次眼泪。女儿能进入全市最好的初中，总算可以给丈夫一个交代。

侯大利客气地道："为师父办点小事，还用得着谢呀，师母见外了。"

胡秀道："大利是好人，以前大嘴帮很多亲戚朋友办了很多事，现在大嘴走了，那些人从来不踏我家门。唉，不多说了，改天请大利吃饭。"

人情冷暖，侯大利作为富二代比寻常年轻人看得更多，富在深山有远亲，穷在闹市无人理，原本就是寻常事。他坐上驾驶位，想到帮忙办事的宁凌，便打了电话过去，准备表示感谢。

"大利哥，好荣幸啊，这是我第一次接到你打来的电话。"宁凌说话声音很大。

侯大利听到手机里传来挺大的音乐声，道："你那边好吵。"

手机里的音乐声渐渐小了，宁凌道："新楼盘要预售，我们请了明星搞演出，这次请了不少明星大腕，你有空没有，可以来看一看。"

侯大利道："没空。"

宁凌听到侯大利回答得这么干脆，有些气闷，随即调整情绪，道："我到时给你们送些票来。晚会是我来主持，真希望大利能来捧场。"

侯大利含糊应答了两声，谈起胡秀女儿读书的事情，表示感谢。

4月30日，宁凌派人送来了几张晚会的票。几张票都是贵宾票，上面印着歌星的头像，其中一个女歌星颇受田甜喜欢。田甜要去看演出，侯大利便陪着她去。

演出是在新楼盘前面的体育场上。新楼盘是国龙集团江州分公司项目，体量颇大，为了有好销量，特意搞了一场盛大演出。舞台和演员都委托给专业公司，只是保留了一个江州分公司的主持人宁凌，增加整个演出的江州色彩。

江州分公司将一场销售演出弄成了小型嘉年华，在体育场外等待入场的观众大多手持"巴掌"或者能闪亮的工具。侯大利、田甜、葛向东夫妻来到了现场，从贵宾通道进入了场地。贵宾分为两个部分，一部分是当地政府官员，另一部分是企业界朋友。侯大利、田甜等人拿到的是企业界的贵宾席。

演出开始时，观众还在进进出出。舞台上灯光暗了下来，一男一女两个主持人来到了舞台上。看到舞台上的女主持人，侯大利眼睛被刺了一下。宁凌作为主持人却穿得很简单，一袭红色长裙，腰身收得很细，高跟鞋比平常更高，衬托得身体很是修长。发型则很简单，扎了一个马尾辫。

宁凌原本就与杨帆有几分相似，这也是夏晓宇拿着相片寻找的结果。换一个说法，就是宁凌原本独自生活在地球某个角落，与侯家不会发生任何联系，结果夏晓宇拿着相片四处寻找，终于在某个地方找到了宁凌，将宁凌强行拽到了侯家的生活圈子。

此刻，宁凌模仿了杨帆的打扮，在舞台上神采飞扬。这些神采飞扬的声音和图像，如一大批强劲的弩箭，将侯大利射得千疮百孔。

杨帆案纳入105专案组侦办范围以后，田甜仔细研究过杨帆相片。她最初觉得宁凌面熟，似曾相识，等到发现侯大利面部僵硬时，恍然大悟：似曾相识的感觉是对的，宁凌是按照杨帆的模样打扮自己。

侯大利头脑中出现了杨帆出事前一天校庆演出的影像：黑暗的舞台上，圆柱形灯光凌空出现，照亮了舞台中央的杨帆；杨帆在音乐中起舞，舞台是五色水体，以她为中心，涟漪如能量一般外散，一圈圈荡漾开来。

能量穿越时空，传递到侯大利身体上，让他无法呼吸。

一等座区，另有一人也被宁凌的穿着打扮击中。他身穿灰衣，拿了一个望远镜，目光如精确制导的导弹，紧紧跟随着宁凌。当宁凌最初出现的时候，他看得目瞪口呆，握着望远镜的双手轻微颤抖起来。他拿起节目单，找到主持人名字——宁凌。宁凌名字下面还有特别标志——国龙集团江州公司副总经理。

犯罪现场的血字

公安屡次到看守所提讯，没有取得任何进展。

由于目前找到的证据都是间接证据，无法找到金传统非法限制杜文丽人身自由和杀害杜文丽的直接证据，讯问无法突破，案件陷入僵局。

金家花重金聘请省内有名的刑辩律师参加侦查阶段辩护。

侦查阶段，律师所做的事情有限，金家请的刑辩律师到达江州后，根据诉讼法要求，第一要做的是把金传统所涉嫌罪名的相关法律规定、侦查阶段的诉讼权利以及自首、立功等法律规定，全面告知嫌疑人，让金传统知道自己的诉讼权利。特别强调的是，如果违背事实，刻意迎合侦查人员，不仅实现不了尽快了事回家的心愿，反而会陷入嫌疑加重的境地。

第二，金家所请刑辩律师接手后，高度重视案发现场，立刻来到金传统的家以及带有脚印的小道，反复进行勘查。案发现场的人、事、物，会随着时间推移，加速流失案件的重要信息。金家所请律师绘制现场图和拍摄现场相片，为阅卷做了充分准备。

第三，根据刑事诉讼法第八十六条之规定："人民检察院审查批准逮捕，可以询问证人等诉讼参与人，听取辩护律师的意见；辩护律师提出要求的，应当听取辩护律师的意见。"同时，该条第一款规定，犯罪嫌疑人要求向检察人员当面陈述的，检察机关应当讯问嫌疑人。所以，在侦查阶段，当案件被移送到检察机关审查批捕时，金家所请律师围绕嫌疑人不具有《人民检察院刑事诉讼规则（试行）》第一百三十九条规定应当逮捕的情形，向检察机关提交书面的《无逮捕必要性的法律意见》，争取不批准逮捕。

金家所请律师所做的工作给了江州警方极大压力，因为根据目前所获得证据确实具有明显缺陷，所以，一方面加强审讯，另一方面全力加强搜救李晓英的工作。

视频追踪组调取了全城大量监控，确定了从停车场开出来的车是李晓英的车，然后在西城方向的胜利大道出城，出城后一直在往西走，最后消失踪影。从视频追踪组调查的情况来看，李晓英的车被犯罪嫌疑人利用，作为逃逸工具；从那天起，在江州城内再也没有看到李晓英的车。这也就意味着李晓英如果活着，就是被囚禁在城外。

　　当然也有另一种可能性，犯罪嫌疑人有车辆在城外，李晓英被带入犯罪嫌疑人的车，重新回到城内，李晓英的车辆则留在城外某个地方。

　　城郊派出所全面动员，走乡入村进户，查找与李晓英有关的蛛丝马迹。数天时间下来，动用大量警力和治安积极分子，仍然一无所获。

　　刑警支队二大队则全力以赴抓捕迷幻剂上家狗货。

　　狗货主要混迹于夜总会、酒吧等场所，就算离开江州到另外的城市，大概率还是在类似的场所。江州警方发出了协查通报，希望能通过此方式抓到藏起来的狗货。

　　陈雷手下也在通过他们的渠道寻找狗货。

　　几条线暂时都遇到困难，江州刑警支队长宫建民嘴角起了大疱，脸色发黑，平时整齐的头发变得乱糟糟的。

　　"你这边有什么进展没有？"宫建民离开小会议室后，直接给侯大利打去电话，询问其进展。以前都是直接与朱林通话，这是他第一次直接给侯大利打电话询问进展。

　　侯大利道："根据张家阳供述以及陈雷反映的一些狗货经常出没的地方，我大致画了一个图，缩小范围，准备查找狗货的临时落脚点。"

　　宫建民道："我觉得狗货应该不是在城里，刑警支队、中队、派出所进行了大量走访，很多人见过狗货，查到一个半年前的落脚点。近半年来的落脚点始终没有查到，应该不在城内。你继续和陈雷保持联系，有线索随时给我报告，报告不分白天和黑夜，凌晨三四点也要报。"

　　侯大利再次来到陈雷公司，与陈雷面对面而坐。

　　"我想要狗货最后一次出现的地点。"侯大利直截了当提出要求。

　　陈雷道："你上次没有跟我说实话。既然不信任我，我何必为你们办事？"

侯大利稍有犹豫，还是讲了大体情况，道："有女人失踪，从监控视频来看，女子多半是中了迷幻剂，然后被带走。至今有一个多月了，我们急于找到狗货，就是想从狗货这里查找购买迷幻剂的人。"

"与杜文丽有没有关系？"

"有关系。"

陈雷沉默了一会儿，道："狗货平时经常在娱乐场所出现，这一段时间没有出现，多半是听到风声躲起来了。"

侯大利道："会不会出事？"

陈雷道："狗货走的下三烂的路子，为人狡猾，不是狠角色，出事的可能性不大。"

侯大利道："我想要他最后出现的地方。"

陈雷道："你早点给我说实话，找人的力度不一样。"

侯大利道："越快越好。"

陈雷道："你们肯定动用了很多人找狗货，你们都没有找到，我们只能尽力而为。"

刑警支队主要通过专门技术和调查走访来查找狗货。陈雷这边是一条支线，有可能有用，也有可能没用，并不能抱太大希望。侯大利从雷人公司回到刑警老楼，屁股还没有坐稳，便接到了陈雷电话。

"我刚才打电话问过，有个兄弟与狗货有来往，从他手里拿货。他最后一次见到狗货是五天前，后来就没有人见过狗货。"

"他是在哪里见的狗货？"侯大利脑袋转得很快，五天前，也就是抓住张家阳那天，狗货消失绝对是嗅到了风声。

"在大岭村附近的新院子。我的朋友是大岭村的人，平时住在城里，偶尔回去。他见到狗货还觉得很奇怪，打了招呼，在一起抽了根烟。"

这是一个极为重要的线索，侯大利拿着手机就下了二楼。朱林听了电话录音，道："你们立刻到大岭村，我到刑警支队。"

从城区到大岭村有半个小时的路程。大岭村距离城区虽然不太远，却不属于江州市区，属于江州市辖县的农村。刑警支队主要力量集中在城区和城郊，没有覆盖远郊。侯大利、田甜、葛向东和樊勇来到大岭村，拿着狗货相片询问了两人，就找到了狗货租住的房间。

侯大利、田甜、葛向东和樊勇坐在房间外面，没有擅自进屋，等着技术室的老谭和小林等人过来进行现场勘查。侯大利和田甜都有现场勘查证，只不过走得太匆忙，设备没有带齐，担心贸然进屋会对现场有所破坏。

5月，太阳变强，温度升得很快。田甜围着这套寻常农家小屋转了一圈，道："没有怪味，应该没有尸体在里面。有可能前一段时间查系列麻醉抢劫案，惊动了狗货，他提前开溜。"

这是最合理的解释，也是最让侯大利觉得沮丧的可能性。当前最紧急的是找到李晓英，从狗货这条线反查购买迷幻剂的人是一个重要办法。如果狗货真逃之夭夭，就算以后找到狗货，对于解救李晓英的意义也不大了。

四人谈了一会儿案子，当地派出所接到指令赶到狗货所住农房。又过了二十来分钟，老谭、小林等技术人员到了以后，侯大利和田甜按照勘查要求，戴上手套、帽子、口罩和脚套，等到村支书和派出所民警来到后，便和老谭等人一起进入现场。

葛向东和樊勇没有现场勘查证，留在屋外，与村支书聊天，了解狗货居住在当地的情况。

狗货租用了一套农家住宅，堂屋、左侧卧室和卫生间有生活过的痕迹，其他房间布满灰尘，从灰尘厚度来看，有很长一段时间没有人使用。技术室新调来的女刑警开始录像，小林则拿着相机将房屋内部情况固定下来。

侯大利进入房间以后，两眼开始扫描整个房屋的情况，很快在大脑中建立起房屋的内部结构图。他闭上双眼，一切都在脑海中清晰地呈现出来。

老谭站在堂屋中间，将侯大利招到身边："你有什么想法？"

侯大利这才回过神来，道："从屋里的情况来看，除了一张椅子倒在地上以外，没有搏斗痕迹。狗货离开得很匆忙，阳台上还挂着衣服。

若是从容离开，应该收了阳台上的衣服。厨房灶台上有一个大盘子，里面食物已经开始腐烂。"

老谭也注意到房间的异常："现在无法判断是他自己离开，还是被人带离。要将房屋彻底查一遍，看有没有可疑的指纹和足迹。"

侯大利道："还要查一查DNA。"

老谭望了一眼走到身边的田甜，道："这个房间查DNA有用吗？"

田甜道："侯大利提出要检测DNA吗？他在这方面比较有研究。"

老谭道："那DNA就由侯大利来搞。"

DNA检验技术是近些年才发展起来的，老谭入行的时候DNA检验技术还是一个概念，他擅长足迹和手印检验技术，对DNA检验技术始终不太精通。侯大利入行时间比老谭晚得多，入行时DNA检验技术已经成熟，他在代小峰案中又从鸭骨中成功发现代小峰的DNA，为最后锁定代小峰奠定了基础。有了这次成功经验，侯大利思维方式就得到了强化，极为看重在现场对DNA的检验。

侯大利提取了十二件生物检材，属于一级检材的有八件，包括头发、烟头、牙膏罐、指甲剪、棉签袋、面巾纸块、空气清新剂和皮鞋。之所以将这几件生物检材定为一级，主要是这几样都有可能留下DNA，且不涉水。其他几件被定为二级，包括水杯、矿泉水瓶子、布质面巾等，这几样定为二级的原因是都涉水。

老谭不动声色观察侯大利提取生物检材，等到其完成工作以后，问道："为什么要提取牙膏罐？"

侯大利解释道："只要接触，必须有物质交换。牙膏罐是硬塑料，外表是凹槽和凸牙构成，用手拧牙膏盖时有可能留下DNA。纸巾面巾是那种质量比较好的，中间薄膜有皱褶，用手撕的时候也就留下DNA。"

等到侯大利提取生物检材完毕以后，小林收起足迹灯等设备。江州刑警支队技术室已经收集了狗货的指纹、手印和足迹，从现场情况来看，屋内只留下三个人的指纹、手印，其中一个就是狗货的。

收集了房东夫妻指纹、手印、足迹、头发和血滴以后，老谭等人离开现场。在离开前，他们特意交代了派出所、村支书和房东，此房间封闭，什么时候打开听候通知。

狗货牵涉到失踪的李晓英，李晓英生死未卜，给江州警方极大压力。出于稳妥起见，刑警支队联系了省厅刑侦总队的技术室，由他们对提取的生物检材进行检验。

江州刑警支队技术室很快得出结论，房间里除了狗货和房东夫妻的指纹以外，铝合金门窗处还有一枚新鲜指纹。

此枚新鲜指纹引起了支队高度重视。

宫建民拿着指纹相片，道："这是新鲜指纹？"

老谭道："确实是新鲜指纹。这个指纹不是狗货的，也不是房东夫妻的，肯定就是与狗货熟悉的关系人的。"

宫建民放下相片，沉吟道："从现场勘查情况来看，屋内没有暴力痕迹，为什么会在窗口出现指纹，讲不通。"

宫建民拿着相片走到窗前，反复试验用什么姿势才能形成相片上的指纹。随着支队长不断试验，老谭意识到自己有可能犯了错，站在地面上在窗户上形成指纹与相片上指纹的角度不符。宫建民拿了张椅子放在窗边，站在椅子上，这时候形成的指纹与相片上指纹基本相符。

宫建民跳下椅子，道："你们再跑一趟，查一查是不是维修过窗户。"

老谭和侯大利赶紧返回现场，查看出现在玻璃窗的右手食、中指和环指的三枚指纹；又找来房东，询问是否装过玻璃门窗。得到肯定回答以后，老谭大失所望，通知派出所将装修工人带过来录指纹。

在等待装修工人的时候，侯大利进入狗货房间。他在狗货所住房间转了一圈以后，若有所思地停在倒在地上的椅子前，蹲在地上用放大镜观察。

"看什么？"老谭问道。

侯大利收起放大镜，道："房间没有搏斗痕迹，这个椅子倒在地上显得有点奇怪。我取紫外线灯来照一照。"

狗货所住房间是普通水泥地面，灰黑色。侯大利戴上紫外防护眼镜，用紫外线灯在椅子周围仔细照了一圈，发现椅子周围有一小块黄绿色荧光痕迹；在椅子另一侧则有意外发现，地面上有一个不大的土棕色字迹，字迹是一个"二"字，前面一笔浓重，第二笔稍弱。

"这应该是血迹，有人用血在地面上写了一个字。"侯大利迅速做出判断。

老谭蹲在地上，用强光手电仔细观察血迹，道："血迹是暗褐色，或者说是暗红色，说明时间不算长，与食物腐败的时间差不多。这确实是一个'二'字。为什么这人要在地面上用血写一个'二'字？"

侯大利站在屋中间，脑海中涌现出一段影像：狗货坐在椅子上，喝下一杯水，水中有迷幻剂任我行；狗货在意识模糊时开始挣扎，和椅子一起摔倒在地；他知道自己估计要玩完，便在地上用血迹写字；写到第二笔，他已经没有了力气，所以就写了"二"这个字。

老谭听了侯大利描述，道："极有可能就是这样。迷幻剂任我行在二十四小时内会挥发，无法检测，所以我们在杯子里没有查到。"

侯大利和老谭正在讨论血迹之时，装修工人到来。结果令人失望，此指纹正是装修工人留下来的指纹。

之所以装修工人的指纹会留在玻璃上很久时间，老谭也找到了原因：在江州装玻璃时经常使用"玻璃胶"，若是手指沾了玻璃胶，就能形成隐蔽指纹。老谭试着擦掉其中一枚指纹后，再用黑色磁粉，果然，刚才被擦掉部分又显现指纹。虽然掌握了一项新技术，可是否定了指纹线索，老谭还是很郁闷。

宫建民接受了此结果，道："从你们发现的'二'字来看，狗货这条线不好查。技术室明天有安排，就由侯大利和田甜送检材到省厅，有结果及时给我打电话。"

侯大利道："宫支队，专案组想要狗货基本情况。"

狗货失踪，从现场情况来看，极有可能出事。宫建民已经安排侦查员到狗货父母家做调查，同意将狗货陈强的资料送一份到专案组。

侯大利、田甜一起将生物检材送到省公安厅刑侦总队技术室。总队技术室任务很重，接受了江州生物检材以后，还得完成手里一起杀人案的检测工作，才能为江州生物检材做检测。这就意味着侯大利和田甜至少得在省城阳州等两天时间。

夜晚，侯大利和田甜住进了国龙宾馆，陪着母亲李永梅吃了一顿饭。饭后，李永梅要求打麻将。侯大利知道田甜不喜打麻将，道："宁凌没来吗？叫她过来凑一桌。"

李永梅一脸纳闷地道："今天我给她打电话，她的手机一直关机，这种情况还是第一次。"

侯大利脑海中浮现起宁凌在舞台上极似杨帆的打扮，道："有很多明星在江州，说不定他们还有其他活动。"

宁凌未到，田甜只能顶上。以前打麻将的时候，侯大利向来是胜多负少，这倒不是宁凌和李丹相让，而在于侯大利在打牌之时脑中就会形成另一副立体牌局，他就是牌局中的上帝；而脑中牌局和现实牌局其实是一致的，所以他想输都难。但是，今天晚上牌局中，侯大利打得很一般，没有大胜。

打到十二点，李永梅道："大利，你在想啥？心思不在牌桌上。"

侯大利放下麻将，道："确实不在，明天我要回一趟江州，晚上再回来。"

按照宫建民要求，侯大利和田甜这一组要在省厅等结果。田甜也没有听说侯大利有什么急事要回江州，道："为什么回江州？"

侯大利道："明天是杨帆生日。"

满屋寂静，李永梅轻轻叹息一声，道："可怜的孩子。"

翌日清晨，田甜素颜朝天，道："今天你不适宜开车，我送你回江州。"

越野车回到江州还不到十点，田甜问："需要我陪你上去吗？"侯大利道："等到破案以后，我们一起上去。"侯大利独自在公墓前买了鲜花、香、烛、纸钱，沿着石梯子往上走。田甜打开车载音乐，静静欣赏《雨滴》。《雨滴》是吉他名曲，每次听曲都会有不同感受，今天来到公墓脚下，入耳满是忧伤。

一辆小车进入停车场，从车上出来三人。杨勇没有染发，头发白了大半，秦玉牵着一个小女孩。田甜的目光立刻被小女孩所吸引，目不转睛。小女孩应该在幼儿园大班或者学前班年龄，扎了一个马尾辫，聪颖灵秀，与杨帆小时相片极为相近。

一家三口也到公墓前买了鲜花、香、烛、纸钱，缓步走上石梯。秦玉看到了侯大利的越野车，再次注意到驾驶室坐了一个女子。她心如刀绞，如果侯大利也忘记了女儿杨帆，那么在这个世界上记得女儿的人又将减少一个，直至所有人都忘记她。那时，女儿杨帆就真正离开了这个世界。

在杨帆墓前，香和烛散发独特味道，这个味道营造了墓地特有的气氛。侯大利在烟雾中与女友隔空对视。隔了多年，杨帆墓碑中的眼神依然灵动异常，一笑一颦，仿佛就在昨日。

"我相信有在天之灵，所以，你要指引我找到真凶。真凶肯定就在我们身边，我念几个名字，若是念到真凶时，你给我一点指示。李武林、王永强、金传统、陈雷、蒋小勇、王忠诚，是不是这几人中的一个？"

侯大利凝视墓碑中的眼睛，杨帆听到名字似乎眨了眼睛，只是眨眼速度太快，快得让侯大利没有反应过来。

墓道传来脚步声，杨勇、秦玉和一个小女孩出现在墓道。秦玉道："杨黄桷，叫哥哥。"

杨黄桷仰起头，脆生生地叫了一声"哥哥"。杨黄桷的声音与姐姐有八分相似，侯大利刚闻此声，泪水就夺眶而出。

下了山，侯大利与杨家分手。

田甜目视杨家小车开远，道："那个小姑娘和姐姐简直是一个模子刻出来的。"

侯大利原本想感谢田甜能陪自己过来，只是从墓地回来情绪不佳，道："模样和声音都差不多，给我的感觉不好。"

田甜道："为什么不好？"

侯大利道："我也说不上来。"

越野车开入城区时，李永梅电话打来："大利啊，刚才我给小夏打了电话，他也没有看到宁凌。宁凌手机也关机，不正常，能不能帮助找一找？"

侯大利随口道："宁凌是成年人了，有自己的私生活，你得给别人空间。"

"我是她老板，老板找下属，难道不可以吗？"李永梅数落道，"我为什么要找宁凌，原因很简单：你爸那个当丈夫的，每天全世界飞来飞去，难得见上一面；你这个当儿子的，天天守在案发现场，根本不管老妈。只有宁凌知热知冷，她至少是你的干妹妹，让你关心干妹妹，有这么费力吗？"

侯大利让手机稍稍离开耳朵，减少耳膜受到的冲击，没好气地道："若是二十四小时找不到，就报失踪，让警方出面，这总可以吧。"

结束通话，侯大利靠在椅子上，脑中浮现起宁凌在舞台上神采飞扬的模样。"神采飞扬"四个字刚刚浮现在脑海里，他整个人一下就绷紧了，道："到江州大饭店，赶紧。"

宁凌最初是自己租住，与李永梅关系亲密以后，便住进了江州大饭店。侯大利打通了顾英电话，道："你到宁凌房间，看她在不在。"

顾英道："服务员是固定在下午六点为她打扫房间。"

"事情急，赶紧去，去了给我打电话。"侯大利放下电话，对田甜道，"宁凌有一天多时间没有在任何地方露面了。"

宁凌长得漂亮，身材高挑，前些天又在舞台上当过主持人，恰好符合章红案、杜文丽案和李晓英案中"漂亮又上舞台"的典型特征。

侯大利大脑中依次闪过了杨帆、章红、杜文丽、李晓英和宁凌的身影，最后出现的是杨帆和宁凌两个人，宁凌在刻意模仿杨帆，从远处看还真有六七分相似。他双眼闪起凶光，道："如果宁凌失踪，那绝对和杨帆案有关系，绑架者是冲着杨帆来的。到了现在，若说杨帆案和其他几个案子没有关系，我绝对不信。"

顾英很快回了电话："据给宁凌打扫房间的服务员说，宁凌应该有一天多时间没有回房间。"

国龙集团江州分公司副总经理宁凌或许失踪的消息传到刑警支队，宫建民脑袋嗡地响了一声，半天才安静下来。

李晓英案专案组的侦查员们陆续来到重案大队小会议室。他们原本以为是为了李晓英案，谁知一案未结，又出一案，侦查员们顿时炸了锅。等到关鹏局长、刘战刚副局长和支队长宫建民走进会议室，议论声才小了下来。

宫建民开始主持会议时，坐在角落的侯大利望了望窗，心道："宁凌到底在哪里？"

第九章
被囚禁在地下室的女人

全城大搜捕

地下室一片漆黑，宁凌在黑暗中绑紧李晓英，这才退后几步，坐在地上喘气。她从内裤里取过手机，为了节约电量，暂时没有打开开关，问道："这是什么地方？"

李晓英哭道："别惹大哥，别惹大哥。"

宁凌怒火中烧，上前踢了李晓英一脚，道："这是什么地方？"

李晓英道："我也不知道。醒来之后就在这里，这里能听到火车响，每天都能听到。"

宁凌握着手机，没敢轻易打开。手机电量已经不足，报警的时候必须准确说出地名，否则要遗憾终生。身陷囹圄，她充满灯红酒绿之后的幻灭感，幻灭感自从父亲出事以后便跟随于身，从来没有消除过，而且最容易出现在欢乐顶峰。

从酒吧到地下室的整个过程清晰浮现在宁凌脑海中。

宁凌在没有应酬时，经常会去江州师范学院附近的学院东门酒吧，酒吧常有音乐系学生唱歌，非常有格调。为了新楼盘明星演唱会，她累得够呛，忙完了此事，当天也不约人，独自小酌一杯，听听音乐，舒缓神经。谁知这一次和以前不一样，她独自在角落喝了一小杯酒，然后就"醉"了过去。

最初宁凌是彻底"醉"了过去，随着车辆颠簸，她头脑最先清醒过来；头脑清醒以后，发现身体被绳索捆着，丝毫不能动弹，只能眼睁睁望着黑漆漆的车顶板。她很快明白自己遭遇麻烦，多半是在酒吧被人麻醉后被关到尾厢。

之所以在中途很快醒来，这和宁凌家族对麻药不敏感的特殊体质有关系。

最初大家都没有太重视这个问题，首先发现这个问题的是宁凌的堂姐。堂姐做剖腹产手术犹如过了一道鬼门关。麻醉师实施麻醉以后，堂姐始终感到疼痛，身体不能动弹，无法反抗和喊叫。事后堂姐询问麻醉师到底有没有抗麻性，麻醉师断然否认抗麻性的存在。理论归理论，堂姐是真心感到疼痛，犹如在清醒时被开膛破肚。

堂姐的经历将宁凌吓得够呛，甚至对生小孩都有了阴影。宁凌是在拔智齿时发现自己也有抗麻性。在拔智齿时，牙科医院用了比寻常局部麻醉多得多的量，宁凌仍然疼得死去活来。特别是医生用锤子猛敲牙齿时，她疼得整个人都犹如被砸开。

正是有了不被承认的"抗麻性"，让喝入迷幻剂的宁凌比寻常人更早醒了过来。

醒来之后，她不知道自己身处何处，想叫喊，却无力喊出声来，想抬手踢脚，推开眼前黑暗，手脚也无法动弹。宁凌如被困沙滩的鱼，只能大口呼吸。在困境中，她慢慢想明白发生了什么事情：自己应该是在酒吧中了迷幻药，如今身处汽车尾厢。

宁凌拼命回想喝酒时谁接近了自己，结果想破了脑袋，都没有想起。在酒吧时她享受孤独，最不喜别人搭讪，也很少与朋友一起到酒吧。当侯大利在打牌时谈起系列麻醉抢劫案时，她压根儿没有将麻醉抢劫案与自己联系在一起。如今，最悲催的事情发生，她中了招，变成笼中之鸟，菜板上的肉。

汽车最初很少颠簸，不时还能听到街边响起的各种声音，比如汽车喇叭声、商场促销叫卖声、街心花园老人们的唱戏声；后来渐渐听不到这些市井声音，汽车也开始颠簸起来。

在这一段时间里，宁凌手脚慢慢能够小幅度活动。她若是从麻醉中醒来就能喊能动，肯定会在车尾厢大喊大叫，从而引起那个坏人警惕。在头脑清醒而身体不能动的那一段经历，宁凌有了足够思想准备，开始思考应对之策。

宁凌用尽全身力气才将身边手包拿了过来，摸到一部手机，甚至无法查看手机电量，只是将其关闭，藏入内裤。把手机藏在内裤里也有极大风险，若是坏人到达目的地就要猥亵自己，内裤肯定是很重要的袭击目标。夏天衣衫单薄，实在没有藏手机的好地方，藏在内裤里是没有办法的办法，只能祈祷诸神保佑。

除了手机以外，宁凌还准备突袭那个坏人，摸索小包，居然找到一支签字笔。她平躺在车尾厢，开始蓄力。

她虽然侥幸从麻醉状态中提前醒来，但是麻醉药对身体影响还是很大，藏手机、找签字笔这两个简单动作都让她费尽所有力量，要想在车上袭击坏人几乎不可能。她将签字笔也藏到内裤里，祈求坏人不会在第一时间侵犯自己。

小车摇晃一阵，最后停下。

宁凌紧闭双眼，假装仍然处于麻醉状态。车窗打开，光线刺透了其眼皮，一条黑影出现在光线中。随即黑影弯下腰，拿出一副制作粗劣的手铐，铐住宁凌双手。当双手被铐住后，宁凌身体和灵魂不断下沉，沉入无边的深渊之中。她几乎就要睁开眼睛，向那个坏人求饶。寻找机会的侥幸之心最终战胜了恐惧，让她紧闭着眼睛。

那个坏人给宁凌戴上手铐，扛起宁凌，走进屋内，又慢慢走进一个地下室。

宁凌被那个坏人扛在肩上以后悄悄睁开眼睛，看到那个坏人身穿灰色上衣、黑色西裤，皮鞋锃亮，体形微胖。这个时候若是能发动袭击，一定能够打坏人一个措手不及，只不过宁凌身体无力，只能眼睁睁看到机会白白失去。

地下室还有另一个女人，女人怯生生站在墙角。

灰衣人道："你戴上手环，不准欺负新来的。"

地下室另一个女人道："大哥，我不会欺负新来的。"

灰衣人笑道："我等会儿还有个应酬，晚一点回来。"

女人道："我不戴手环，可以吗？"

那个坏人道："戴上，有新来的，我还没有调教，不能让你们两人合起来反抗我。"

女人道："大哥放心，我永远是你的小妹。这个女人是谁？哼，敢跟我争大哥。"

灰衣人笑得很开心，道："还吃醋了。我喜欢女人吃醋。我把她交给你，若是她有什么异常情况，我找你算账。"

宁凌竖起耳朵听对话，得知灰衣人要晚一点回来，暗自松了一口气：只要自己恢复力气，就有机会给这个并不强壮的灰衣人狠命一击。

灰衣人走了，李晓英走向新近被掳来的女人，骂道："真倒霉，都怪你，平时我都不戴手环。"

铁质手环另一端固定在墙体，李晓英只能走到距离宁凌约一米的地方，用脚狠狠踢了新来者，踢了一下不过瘾，又踢了第二下，第三下。

从理论上，李晓英和宁凌应该站在一条战线上，共同对付那个灰衣坏人。谁知李晓英已经被那个坏人吓破了胆，完全顺从于那个坏人。宁凌不敢相信李晓英，仍然假装昏迷。

李晓英踢了三下，见对方没有反应，觉得无趣，便回到电脑前，开始看电视剧。由于不能上网，灰衣人便从外面租了一些碟片在网上播放，当灰衣人拿了碟片到地下室时，李晓英感动得热泪盈眶。

电视剧播放两集以后，宁凌惊喜地发现自己手脚能动了，虽然动起来依然迟缓，却能够动了。

电视剧播放三集之时，宁凌能够握紧拳头。她趁着李晓英专心看电视之机，将签字笔从内裤中拿了出来，放在身下，同时，悄悄睁开眼睛打量屋内环境。

屋外响起了汽车声，李晓英赶紧离开电脑桌，来到宁凌面前看了几眼，踢了一脚，见新来者无异常，这才松了口气。楼顶有了声响，梯口处的顶盖被打开，出现了一只脚。

"新来的怎么样？"

"大哥，你回来了。新来的睡得和死猪一样。"李晓英不喜欢戴铁手环，道，"大哥，求求你，我不想戴手环。我最喜欢大哥了，这个手环应该新来的戴。"

"大哥"走到宁凌面前，捏了捏宁凌的脸颊，道："确实睡得像猪一样，小脸嫩得出水，弄起来肯定舒服。"

李晓英听到此，眼里充满醋意和恨意。

灰衣人想起宁凌在舞台上的形象，有几分失神。他用钥匙解开套在李晓英手上的铁环，道："按辈分，你是大姐，教育老二的责任就交给你了。"

李晓英揉着手腕道："还得将老二套两天，否则不懂规矩。"

宁凌深恨这个助纣为虐的可怜女人，暗自祈祷别由她来解开自己的手铐。正在担心之时，灰衣人安排道："你把这个床推过来。"

李晓英将床推到墙边，这是她曾经被铐住近一个星期的地方。若是被铐在此处，活动范围极小，生活起来极为困难。

灰衣人走了过来，打开手铐，准备给宁凌换上铁手环。当灰衣人过来时，宁凌一颗心几乎要从胸腔跳出来，所幸灰衣人只是打开手铐，没有提前搜身。手铐打开时，宁凌摸出签字笔，用尽全身力气朝着灰衣人眼睛插去。

宁凌蓄谋已久，拼尽全力自救，签字笔如刀，一下就插在灰衣人额头上，划开一个大口子。能不能逃脱在此一举，宁凌拼命挥动签字笔，又插在对方脸上。

灰衣人完全没有料到宁凌中了迷幻剂还能反抗，脸上火辣辣一片，鲜血顺流而下，涌进眼里，模糊了视线。他不知眼睛是否受伤，转身跑上楼梯。

灰衣人跑上地面，用脚猛蹬跟随而上的宁凌，关上了铁盖板，然后上锁，将人锁死在地下室。

盖板是精铁所制，坚固异常，被关在地下室，绝无逃脱可能。灰衣人坐在地上喘了会儿气，只觉脸上疼痛难忍，来到卫生间，从镜中看到满脸鲜血以及绽开的伤口，诅咒了一会儿宁凌，忍痛关闭了地下室出气口，然后出门治疗伤口。

　　此地位于农业园深处，平常无人进出，地下室又非常隐蔽，就算有人进入院子也无法找到入口处。关掉出气口以后，地下室氧气会慢慢减少，到时再进入地下室，两个女人就再无反抗之力。

　　灰衣人关上顶盖后，剩下地下室李晓英和宁凌两人面面相觑。此时宁凌手铐被解开，李晓英也脱离了手环控制。李晓英颓然坐在椅子上，根本不想试探着逃离。宁凌走上梯子，用力推铁质顶盖。

　　"推不动，白费劲。"关闭多日，李晓英心灵已经麻木，在"大哥"面前奴颜媚骨，在新来者面前又居高临下。

　　宁凌推不动顶盖，仰头仔细观察。顶盖正中央有一个铁质把手，想必是进入地下室时用来关掉顶盖所用。她盯着铁质把手看了一会儿，走下梯子，道："你起来。"

　　李晓英还想藐视宁凌，却被对方粗暴推开。李晓英想起宁凌凶悍地与大哥打架的样子，虽然嘴巴还在小声嘀咕，屁股却从板凳挪开。

　　宁凌拿起椅子，用尽全力拆掉了一条腿，走上楼梯，将这条腿插入顶盖把手，恰好能从里面将顶盖锁死。为了增加牢固性，她又将另一条腿拆掉，强行塞进铁质把手。

　　李晓英惊恐地看着宁凌，道："喂，喂，你疯了吧？把顶盖锁死，我们要被饿死。"

　　宁凌没有理睬她，确定锁死了顶盖之后，长长地松了一口气。她走上楼梯，道："在哪里方便？"

　　李晓英指了指墙角，墙角有马桶和淋浴设备。宁凌又问道："有没有监控？"李晓英指了指墙顶的一个探头。这是一个360度无死角的高清探头，意味着地下室所有的角落都在楼上人的监控之中，包括方便和沐浴。

　　宁凌拿起被拆掉的板凳，利索地敲掉探头。敲掉探头其实挺简单，只不过李晓英进入地下室后就被戴上铁手环，失去自由。等到灰衣人打开铁环之时，她已经被驯服，不敢起反抗之心。

敲掉了探头之后，宁凌坐在马桶上，拿出手机。此刻暂时安全，她汗如泉涌，全身发软，软得甚至拿不住手机。

李晓英看见了宁凌的手机，神色慢慢开始变化。

宁凌擦了擦汗水，做了一个祈祷的动作，打开手机。手机发出开机的欢快声音，随即出现了熟悉页面。宁凌看到画面后，头皮一下就炸开，手机已经显示电量低，电量指示变成红色。电量就是生命线，如今到了命悬一线的时刻。

宁凌紧张地问道："这是什么地方？"

李晓英看见手机，目光便挪不开，道："我不知道。能听到火车声，应该在铁路边。"

楼顶上传来砰砰的敲击声，还有灰衣人的咆哮声："快点打开，否则给你们好看，饿死你们。"

李晓英眼神充满绝望，道："我们逃不掉的，打开顶盖，还能多活几天。"

宁凌大声道："你不要对我充满敌意，我们才是一伙的。"

李晓英道："我们逃不出去，你这是要害死我。"

楼顶上传来灰衣人的声音："李晓英，只要你把新来的绑上，我就放你出去。大哥说话算话，只要绑住了新来的，我肯定放你离开。"

宁凌发现李晓英眼神慢慢发生了变化，厉声道："别听他的，他绝对不会放你出去。"

楼顶上又传来威胁声："你们不开门，我不送饭不送水，最多两天就饿死了。李晓英，你实话实说，这一段时间，我对你好不好？"

李晓英声音颤抖，道："大哥，求求你，放过我吧。"

楼顶上男声突然变得十分凶狠，道："饿两天，到时还得开门。若是那时开了门，那我就要对宁凌好。李晓英，你去吃屎吧。"

李晓英身体不停地发抖，眼光游离不定，最后终于下定决心，朝楼梯跑去。

宁凌将手机放在一旁，猛地追了过去。她虽然从麻药中缓过劲来，身手却远不如平时利索，直到李晓英的手快要触到木棍时，才抓住了其小腿。

宁凌拼命将李晓英拖到地上。李晓英哭道："别拦我，大哥要饿死我们的。"

"闭嘴。他是歹徒，不是大哥。"

宁凌怕李晓英坏事，便撕烂李晓英的衣服，准备将其绑住。李晓英压根儿不反抗，躺在地上任人宰割，痛哭道："你得罪了大哥。大哥把电都断了，我看不成连续剧了。"

灰衣人脸上的伤口疼得厉害，凑在铁门处，道："李晓英，你把新来的弄住，以后就由她来服侍你。你弄不住新来的，就由你来服侍她。"

灰衣人打定主意，里面若是实在不投降，用电焊割开铁盖也能进入地下室。他不想采用暴力，更希望宁凌饿得受不了时，主动投降，先从肉体再到精神都彻底垮掉，从此心甘情愿成为自己的奴隶，没有什么事情比此事更有成就感。

这一次行动唯一失算是宁凌中了迷幻剂以后居然能够提前醒来，而且非常泼辣，打了自己一个措手不及，脸部受到重创。他坐在顶盖前，摸着自己的脸，想起"不野就不够味"这样一句《少林寺》台词，又用铁锤敲打顶盖。

当时为了万无一失，顶盖是用精钢制成，正因为此，现在用铁锤砸不开。砸了一会儿，灰衣人骂了一句，扔掉铁锤。

宁凌道："我被绑架了。"

侯大利声音骤然提高，道："谁绑架，在哪里？"

宁凌道："在郊外，我感觉小车走了四五十分钟。地下室，能听到火车声。绑架者二十五六岁，微胖，一米七多，本地人。"

侯大利道："能上网视频吗？我让你看张相片。"

宁凌急道："李晓英和我关在一起。我手机马上没电了。"

"对方几个人？"

"一个人。"

这句话刚刚说完，宁凌手机变黑。宁凌原本想说灰衣人脸上受了伤，话还没有来得及说出口，手机没电了。

宁凌手机没有电了，侯大利急火攻心，拿起手机直奔二楼，冲入朱林办公室，道："我刚才接到宁凌电话，她被人绑架，关入地下室，地下室还有李晓英，李晓英还活着。不知道具体位置，不知道绑架人的姓名，她的手机没电了。"

接到此电话，江州市局震动。

刘战刚用拳头捶了下桌子，道："杜文丽案各方面特点都和李晓英案、宁凌案相似，金传统还真有可能是被冤枉的。"

宫建民在屋里团团转，道："他妈的，手机怎么就没电了，关键时刻掉了链子。"

小会议室成为临时指挥室，黑板上写着绑架者的情况：地下室两人，位于郊区，有火车经过；绑架者二十五六岁，微胖，本地人。

另一旁有一幅大地图，标出了铁路线经过的乡镇。

宁凌说出"郊区、有火车经过"这两个关键点时，侯大利脑中立刻蹦出李武林郊区院子的画面。

按照侯大利提供的情况，一队刑警马上前往李武林山庄。前往李武林山庄的当地派出所民警很快就反馈了信息，李武林山庄没有查到地下室。李武林面对如临大敌的警察，一脸茫然，面对警察询问，想起金传统的事，逐渐回过味来，大喊冤枉。

等到警察离开，李武林打通侯大利电话，怒道："侯大利，你太不耿直了。"

侯大利很冷静地道："我这儿忙，改天跟你聊。"

刘战刚、宫建民、朱林等领导齐聚于指挥中心。刘战刚放下派出所打来的电话，又问："侯大利，别接其他人的电话，再拨打宁凌的电话。"

侯大利再拨打一遍，道："刘局，应该是真没电了。"

刘战刚在指挥中心走了两步，又和局长关鹏通了电话，这才对众人道："关局正在从省厅赶回来，他同意了我们刚才商定的方案，调集警力，依靠基层组织，沿铁路线搜索，不放过任何一个疑点。"

从指挥中心发出一道道指令，短短半个小时，江州市公安局抽调了两百七十多名警察投入到搜索工作中去。当地政府干部和村社干部熟悉地形，加入警察的各个小组。

警犬大队出动了所有警犬，以李晓英和宁凌的相关物品为嗅源，参加搜索行动。

距离刑警支队约百米的地方有个私人诊所，灰衣人开车来到这间平时经常来的诊所，与医生打了个招呼，道："今天怎么回事？这么多警车出来。"

诊所老板随口道："应该有什么事情，否则也不会有这么多警车出入。你的脸怎么回事？"

"摔了一跤。我先上厕所，等会儿还要麻烦马医生亲自动手啊。"这几年时间，灰衣人都在这个诊所看病，与马医生很熟悉。他来到厕所，透过厕所的窗，可以看到刑警支队的院子，不断有警察出来，上车，开出院子。

灰衣人回想带走宁凌的整个过程，除了宁凌突然醒来以后，其他地方并没有破绽。他自我打气道："肯定是其他事，警察没有这么神，会猜到宁凌被关到地下室。"虽然整个行动没有破绽，灰衣人仍然觉得不放心，给守果园的老张头打去电话："老张啊，今天我那个院子有点脏，你去打扫下。"

打完电话，他走出厕所，让马医生帮助处理伤口。

马医生看到伤口，皱眉道："有点严重，怎么回事？"

灰衣人道："摔了，地上有干树枝。"

马医生道："幸好没有伤到眼睛，伤到眼睛就麻烦了。伤口有些深，是在我这里处理，还是到医院？"

灰衣人道："当然在你这里处理，我信得过你。"

一组刑警来到一座院落，老张正在扫地，打开房门后被拖着长舌头的警犬吓了一跳。得知警方要搜索房子，老张道："你们别忙，我得给蒋老板说一声。"

警犬在屋外搜索了一圈，老张挂断电话后，打开房门："你们想搜啥子嘛？里面没人，老板进城了。"

带队警官打量房屋，道："老板平时不住这里？"

老张道："这是果园管理房，老板偶尔过来一次，平时不住这里。我负责打扫卫生，里面啥都没有，你们看吧。"

警察里里外外查了一圈，特别查了可能出现地下室的地方，没有发现。警犬同样没有任何发现。

灰衣人坐在诊所，强作镇静。他看了一眼手表，给老张打去电话："他们来做啥？"

老张道："不晓得他们做啥，在屋里转了一圈，又走了。"

得知警察离开，灰衣人松了一口气，放下手机，继续让马医生治疗。完成治疗以后，他望了一眼刑警支队，开车离开。

生死营救

距离诊所不到一百米的刑警支队指挥中心，电话声此起彼伏，各搜索小组沿铁路线推进得很快，已经查了沿铁路线约三分之一的院落，没有突破性进展。

侯大利目不转睛地望着手机，希望此刻发生奇迹，宁凌电话再打进来。遗憾的是宁凌那边悄无声息，她似乎从这个世界消失了。

警方从金传统家中搜出杨帆相片以后，侯大利无法否认金传统是杀害杨帆的凶手。接到宁凌电话以后，金传统还在看守所，自然不会绑架宁凌。那么，绑架杀害杜文丽的凶手极有可能并不是金传统。

李武林在郊外有山庄，可是山庄里没有地下室。而王永强在城外并没有院子。他眼皮跳了跳，突然意识到自己犯了一个错误，王永强老家在农村，完全可以在老家弄一个地下室。

想到了这一点，侯大利拿起手机，拨打王永强电话，道："老同学，你在哪里？"

电话中传来王永强的声音："在路上，开车。"

侯大利皱了皱眉，道："不在公司？"

"在路上，开车。"

"不在公司？"侯大利又问。

"我在外面。大利，有事吗？"

侯大利听到王永强说话时轻轻"咝"地吸了一口气，皱了皱眉，道："没事，无聊，随便打个电话。你不舒服吗？"

王永强道："昨晚喝多了，有点反胃。"

打完这个电话，侯大利意识到自己思维出现了误差：农村面积很大，只有在铁路沿线的农村才有可能性。王永强老家在北面，没有铁路经过。

诸多小组在铁路沿线没有寻找到囚禁李晓英和宁凌的地下室，宫建民压力如山，心情不免烦躁，道："侯大利，别用这个手机，万一宁凌打电话过来，打不通怎么办？"

侯大利打电话给王永强纯粹是试探，王永强语气平静，和寻常没有任何两样。

王永强接了侯大利电话后，总觉得这个电话来得奇怪，侯大利平时没事几乎不会打电话，绝不会无聊地打电话说闲话。他开车转了一圈，掉头回家。

小车刚走到一条单行道，前面出了车祸，公路被堵上。这几年江州城内小车数量暴涨，满大街都是小车，只要公路上出现异常情况，必堵无疑。

王永强打开音乐，靠在座椅上休息。

"砰砰……"车窗传来敲打声。

王永强睁开眼，看见葛向东站在车外。葛向东笑得很开心，道："你怎么包得和猪头一样？"

王永强随口道："骑摩托摔了一跤。"

葛向东道："找时间约个饭局，这一段时间太忙，很久都没有和老兄弟在一起玩。"

王永强苦笑道："脸受了伤，不敢喝酒，不敢吃辣，饭局没意思，等伤好了我们再约。你到哪里去？"

"我和老樊才从外地回来，接到电话，出任务。"葛朗台递了一支烟给王永强。

王永强下车，拿火机给葛向东点燃，道："你天天都在出任务，又是什么鬼任务？"

葛向东随口道："我也不想出任务，架不住坏人来捣乱。"

樊勇坐在驾驶室，看到一时半会儿通不了，也下来抽烟，嘲笑道："王校，你在哪里包的伤口？若是在纱布上写个王字，那就成了老虎。"

十来分钟后，交警疏导了交通，葛向东和樊勇开车前往铁路线，参加搜索。

到了晚上，搜索组将铁路沿线翻了个底朝天，没有找到地下室。

105专案组全体成员来到刑警老楼备勤。五人聚在小会议室，会议室桌上放着一盆面条，五人各拿一个小碗，呼哧呼哧吃面。

葛向东放下碗，道："今天我们到铁路的时候，遇到王永强，这小子骑摩托摔了跤，包得和猪头一样。他这人平时挺讲究，总是衣冠楚楚。"

樊勇抬杠道："王永强不是猪头，他的额头包有纱布，若是在纱布上画个王字，就和老虎一模一样。"

"王永强平时开小车，为什么要骑摩托车？以前他就说过汽车是铁包肉，摩托车是肉包铁，绝对不开摩托车。"侯大利脑中出现在金传统家中聚会的情景，王永强说此话时的表情和语调犹如就在眼前。

樊勇道："王永强家在农村，家在农村的年轻人谁不会骑摩托车？骑摩托车摔跤挺正常。"

"我从来没有见过王永强骑摩托车。"侯大利说完后突然想起狗货房间的土棕色"二"字，"二"字会不会就是未完成的"王"字？

想到这里，侯大利顿时惊出一身冷汗，忙问道："王永强老家附近有没有铁路？"

葛向东摇头道："王永强老家在北部山区，很偏僻，前几年才通公路。你怀疑王永强？"

侯大利道："金传统偷拍杨帆时曾经看见王永强尾随过杨帆。"

葛向东道："这只能证明王永强暗恋过杨帆，我们早就知道这一点，这和绑架宁凌和李晓英没有关系。"

侯大利道："有关系。宁凌那天在舞台上就是按照杨帆的模样来打扮的，从远处看，至少有六七分相似。"

葛向东和樊勇都觉得侯大利的推理还是比较牵强，只不过涉及杨帆，大家都知道争论无用，沉默下来，各自想案情。

田甜收拾了面条盆子，拿到洗手间清洗，走过办公室时，听到办公室传真机在响动，走进去看了看，传真过来的是狗货陈强的基本情况。她取过几张传真纸，裁剪以后，又用订书机钉好，拿到资料室，道："侯大利，应该是支队办公室传来的狗货资料。"

在大岭村查找狗货租住房间时，侯大利曾经提出过想要一份狗货的基本情况的资料，宫建民也答应了。这时，刑警支队重案大队主办侦查员才将狗货陈强的资料传到105专案组办公室。

侯大利看了一眼陈强户籍地，用力拍了下桌子，吓了所有人一跳。

朱林道："有新发现？"

"狗货与王永强是一个地方的人，不仅是同镇的，还是一个村的。"侯大利脑海中出现警犬搜索房屋的画面，灵光闪现道，"警犬是以宁凌和李晓英的物品为嗅源，人在地下室，警犬找不到很正常。我们若是用犯罪嫌疑人的物品作为嗅源，就有可能找到囚禁宁凌和李晓英的那个院子。找到院子，就肯定能找到地下室。"

朱林对这个思路有兴趣，道："用谁的物品做嗅源？"

"王永强。"侯大利斩钉截铁地说道。

葛向东对王永强印象颇佳，完全不相信文质彬彬的王永强会是变态杀手，道："到目前为止，没有任何证据指向王永强。"

樊勇立刻反对葛向东，道："没有任何证据，并不能说明王永强不是凶手。"

朱林摆了摆手，道："你们别杠。侯大利，你的理由是什么？"

侯大利道："宁凌之所以被绑，是因为酷似杨帆。杨帆、章红、杜文丽、李晓英和宁凌，有共同特征，漂亮且上过舞台，凶手就是从舞台上寻找目标。"

葛向东道："这只是推理。"

樊勇立刻抬杠道："这个推理很有道理，你少打岔。"

侯大利又道："我坚信五个案子是一人所为，凶手就是当年的同学。我们用排除法，蒋小勇和王忠诚在外地，且两人个子高，没有绑架李晓英嫌疑，排除；杜文丽被抛尸时，陈雷和女友在国外，没有绑架和杀害杜文丽的嫌疑，排除；金传统还在看守所，没有杀害章红和绑架李晓英的嫌疑，排除；剩下李武林和王永强，不能排除杀害杨帆、章红、杜文丽和绑架李晓英、宁凌的嫌疑。"

侯大利脑海中又浮现出紫外灯下的土棕色血迹，道："在铁路沿线大搜查时，在李武林郊外房子里没有搜到李晓英和宁凌。而且查狗货暂居地时，地面上出现一个'二'字，'二'字可能演化成王，'李'字不能。所以，王永强嫌疑变得很大。王永强与狗货是一个村的，极有可能认识，这是其一。王永强平时不骑摩托车，却撒谎说是骑摩托车摔的。我和他通电话时听到'嘶'的一声，应该是伤口痛，他却撒谎说喝醉酒反胃。王永强多次撒慌，疑点很多，这是其二。我建议以王永强为嗅源，再去查找铁路沿线。"

樊勇是爱狗之人，道："今天参加搜索的警犬累了一天，得休息。"

侯大利道："大李在楼下，我们让它乘汽车，到了搜索重点区域才出动。大李腿受伤，嗅觉没有问题。朱支，我想赌一把。赌赢了，就能救出两个人；赌输了，也没有什么损失，至少排除了一个方向。"

朱林下定了决心，道："那我们死马当成活马医，就赌一把。事不宜迟，抓紧时间。第一步就是弄嗅源。"

葛向东自告奋勇地道："我以前到过王永强公司，王永强在公司挂有衣服，我认识门卫，进得去。"

105专案组全体出动，葛向东到王永强公司取到王永强衣服，樊勇、朱林、田甜和侯大利带着大李紧随其后。大李来到刑警老楼以后，处于退休状态，每天守着小小一方天地，往日的威风早就随风消逝，非常无聊。今天来到警车之上，大李嗅到了熟悉的味道，看到了战友们严肃的神情，顿时抬头挺胸，目光炯炯，一扫颓唐。

等了一会儿，葛向东提着大号证物袋出现在走道上。

朱林道："大利，你觉得应该从什么地方查起？"

侯大利脑中浮现一幅地图，地图上清晰地出现一条穿过江州的铁路线。江州属于浅丘地带，农村居住形式是小聚居大分散；虽然住家总体分散，却也存在宜居区，宜居区里的人口相对集中。若以每小时五十公里的速度行驶，行驶一个小时，那么就会在左、中、右三个方向各有一片最有可能藏身之居住区。从哪一片开始搜查？无法判断，只能凭运气。而且，他们只有两辆车，不可能大面积清查，只能限定条件，重点查找。

两辆警车直接从最左边区域开始，原因是最左边的区域农家住房相对少一些，更有利于作案。派出所所长和两个精干村社干部早就等在路口，与朱林握手之后，围在一起讨论。

朱林问道："有没有那种平时主要在城里上班，偶尔回家，家里人口又不能太多的地方？"

派出所所长道："这一片距离城区挺近，很多年轻人都在城里工作。"

侯大利补充道："家里平时人很少，甚至没有，但是有一个独居的院子，这种情况有没有？"

派出所所长和两个村社干部商量了一会儿，拿个小本子记了六个名字，道："这六家有年轻人在城里上班，有三家是空院子，两家有老人，一家有小孩子。除了这六家人，其他人家要么是住在有很多户人家的大院子里，要么前后左右都有人，要么是家里人多，有老有小，不太有条件修地下室害人。"

侯大利拿出地图看了几眼，道："这一片都是你们村？"

村干部用手在地图上画了一条弯弯曲曲的线，道："我们只熟悉本村情况，外村就不了解了。"

105专案组的重点搜索工作就从这六家人开始。虽然只有六家人，可是六家人隔得挺远，大部分地方又不通车。查完六家人，没有收获，已经接近凌晨三点。此时无法通知另一个村的村社干部，夜晚搜查工作暂时告一段落。

大李腿受过伤，行走不方便，加上年龄实在太大了，体力明显不支。返程之时，樊勇干脆抱起大李前进。大李骨架子宽大，着实不轻，樊勇这等莽汉抱了一会儿也体力不支。大李傲慢得很，除了樊勇和朱林以外，根本不准其他人抱。五人和大李只能歇歇走走，花了一个多小时才回到小车边。

五人开车到派出所，派出所给朱林和田甜各找一个床位，其他人就随便找来椅子，对付过一晚。

葛向东睡在竹沙发上，对坐在椅子上的侯大利道："我们这样搜查，有点撞大运的味道。"

侯大利道："地下室能听到火车声，肯定就在这一线，距离铁路不太远。反复多查几次，运气或许就来了。当时丁大队查系列麻醉抢劫案，其实也是下了拦河网，只要拦河网足够宽，总会捞到大鱼。"

樊勇从外面进来，道："今天大李累惨了，得让它好好休息。明天若是有警犬过来，就得换班。换算人类年龄，大李都是八九十岁的老人了，还在一线拼搏，了不起。"

天蒙蒙亮，105专案组便和派出所所长前往中区，依着昨晚的模式，依然是和村社干部一起确定范围。村主任老婆煮了一锅红苕稀饭，又走到小乡场买了一些馒头回来，当作几个警察的早餐。

昨夜辛苦，朱林眼里挂起红丝，脸颊更瘦，胡须争先恐后地钻出皮肤。他喝完了一碗红苕稀饭，道："真是香啊。大灶煮的稀饭，好多年没有喝过了。"

樊勇拿着碗蹲在屋外，和大李在一起。大李经过三个小时休息，一扫昨夜颓势，又变得威风凛凛。农村有两只土狗，平时挺凶悍，有人从屋外经过总是狂吠不止。今天大李来到院内，两只土狗夹起尾巴，一点也不敢造次。

屋内，侯大利拿着地图和村干部讨论，得知城内蒋老板在果园里有一个管理房，偶尔开车回来，平时很少有人住，便从地图中找到此管理房，决定先到此处。

两辆警车来到管理房以后，院外的老张闻讯而来，拦住警察。当大李从车上下来之时，他吓了一跳，骂了一句："狗日的，这么大一条狗。"

大李进了院子，身体震了震，随即望了一眼朱林和樊勇，喉咙发出低沉吼声。对于大李来说，这个屋子到处充斥着嗅源里的味道，根本不用寻找。

听到大李吼声，朱林便知道这个小院就是王永强所住的院子。他给侯大利使了一个眼色，示意其控制住老张。

侯大利不动声色地走到了老张身后，处于随时可以控制人的位置。樊勇则走到老张的右手位。只要朱林发出指令，侯大利和樊勇从两个方向发动，可以轻易控制住老张。

朱林道："这个院子的老板叫什么名字？"

老张根本没有意识到自己已经被警察包围，道："老板姓蒋，具体叫什么不晓得。"

朱林对道："让他认相片。"

侯大利拿出王永强相片，道："这是不是蒋老板？"

老张道："这就是蒋老板。"

朱林拿着手机走到另一角，打通了刘战刚电话。

若是仅仅通过王永强物品找到此处，并不能说明王永强就是绑架者，毕竟昨天有一组刑警带着警犬搜索过此处，并没有发现密室。但是王永强对外谎称姓蒋并处心积虑租下房屋，甚至还搞了果园，这就太过异常。

电话如高压电，顿时让刑警支队全员动了起来，老谭带着技术室全体成员，带着设备，直奔发现"蒋老板"之处。

另一组刑警直奔王永强住处，准备控制王永强。而田甜则带着王永强和李武林的生物检材前往省刑侦总队技术室。

院外一株大树上有一个隐蔽摄像头，这个摄像头和屋内摄像头一样都能通过网络传到灰衣人电脑上。昨日警察来到院中搜索以后，灰衣人便没有回到院中，来到提前备好的一处隐蔽房屋，打开电脑，观察院中情况。

昨夜无事，今天早晨天刚亮，一成不变的院落图像里闯入了几个不速之客和一只警犬。灰衣人仔细观察了画面，坐直了腰，道："居然真找了过来，侯大利还算有几分本事。"

灰衣人便是王永强。

电脑屏幕上有好几个画面，其中一个画面是室内情况：侯大利戴上了口罩、头套、鞋套，变换着姿势拍照，女警田甜则提着一台录像机，樊勇牵着那条大狗在屋里搜索，朱林和葛向东跟在侯大利身后，蹲在地上，用指关节在地上敲敲打打。

王永强发现警察闯入院子以后，做的第一件事情是从后面走出院子，沿着河道行走十来分钟，准备将手机扔进江州河里。手抬起来，他又放下，暂时没有扔掉手机，决定乘坐出租车，远离自己居所。

坐出租车到了河道下游，他在扔手机前，决定给父母打最后一个电话。这个电话打完以后，他将永远没有这一对父母。

接通电话后，传来了父亲焦急的声音，道："你妈肚子痛得很。"

王永强不耐烦地道："肚子痛就去医院。"

父亲道："家里没钱，能不能拿点钱？"

王永强道："又要钱，我又不是开银行的。"

父亲哀求道："你妈昨天晚上就开始痛，在床上打滚。"

王永强道："早知今日，何必当初，年轻的时候你喝点马尿就打我妈，现在是假关心。你老婆的病都是你打出来的，猫哭耗子假慈悲。"

父亲道："你爸年轻时不懂事，现在晓得错了。永强，你妈痛得很。"

"我手头正忙，忙完过来。你先把我妈送到旁边医院，我直接到医院。"王永强知道警方正在找他，还是决定最后去看一眼那一对可恶的夫妻。

放下电话，王永强父亲来到床前，对老伴道："儿子马上就要过来，你忍到起。我们先到中医院。"

王永强母亲抱着肚子在床上打滚，尖叫道："送我到医院，我痛得受不了。天哪，要死人了。"

王永强父亲打开隔壁房间的抽屉，拿出两个存折，大存折里面有五万多块钱，小存折里面有五千多。他将大存折重新藏好，拿起小存折，带妻子前往医院。

王永强父亲将妻子送到医院。妻子一路尖叫，让他心烦，骂了好几句"闭嘴"。

王永强没有进医院，而是坐在停车场，看着父亲半扶半拖母亲进入医院。

医生为王永强母亲做了检查之后，脸色顿变，道："阑尾穿孔了，赶紧准备手术。这个病肯定痛了好久，你们怎么才来？"

王永强父亲笑得很卑微，道："我们没文化，不懂。"

病情严重，医生没有耽误，紧急安排做手术。当护士推车到来时，王永强父亲弯腰抱起妻子，放到推车上，道："忍住，做了手术就好了。"

手术安排妥当，医生松了口气，对王永强父亲道："发生阑尾穿孔，轻者形成局部性脓肿，重者发生弥漫性腹膜炎，腹腔化脓，感染性休克，甚至危及生命。做完穿孔手术，也常会引起切口感染，腹腔残余脓肿，肠瘘、肠粘连、粘连性肠梗阻等一系列并发症，许多人遭受腹部反复开刀之苦的肠粘连病，追溯其最初的病源往往就是阑尾穿孔。"

王永强父亲站在一边，道："梁医生，要花多少钱？"

医生脸色虽缓，口气却严肃，批评道："这个病是拖出来的。刚才我问了，昨天晚上就开始疼痛，现在才送来，病人肯定痛得死去活来，真是没有一点常识。"

母亲进入手术室，王永强父亲坐在手术室外等了几分钟。他走到门外，又给儿子打电话，希望儿子能拿些钱来，结果电话打不通。

王永强坐在车里，想起小时候的事，恨从心中来，猛地按了下喇叭。喇叭声响起，吓了过路中年妇女一跳。中年妇女心情正在烦躁，双手叉腰，对着王永强一顿大骂。

王永强对中年妇女竖起中指，开车离开。开了一段，他看见路边有一片积水，又从后视镜看了看中年妇女，便在前面拐到另一个路口，绕了一圈，又开到医院门口。中年妇人提着饭盒，犹自在前面慢慢走。她才从医院出来，整个晚上都在照顾刚做完手术的丈夫，身心疲惫，火气也就大了一些。她想着得了绝症的丈夫，一边走一边落泪，不提防小车快速从身边开过，溅起一片脏水，将衣服、裤子全部打湿。

中年妇女变成了落汤鸡，想骂人，小车早就绝尘而去。

王永强在车里笑得上气不接下气，笑了一会儿，情绪又一点一点降低，直至降到冰点。王永强莫名其妙想起一件陈年往事，发生这件事情后，他挨了一顿好揍。平心而论，这一次挨揍仅仅是无数次挨揍的其中一次，他却记得格外清楚，至今没有忘记。

那时刚读小学二年级，学校开运动会。因为有开幕式，班主任要求同学们穿白网鞋。王永强犹豫很久，才怯生生地找父亲要钱买白网鞋。父亲断然拒绝，喷着酒气，骂道："穿个锤子白网鞋，没钱。"

王永强低垂着头，泪水冲出眼眶。

王永强父亲骂道："哭个锤子，谁让穿白网鞋找谁拿钱。"

王永强晚上又去找刚下班的妈妈要钱。妈妈听说要花钱更不高兴，手指用力点着儿子额头，道："从你出生到现在花了多少钱？你就是个赔钱货，妖精妖怪，穿啥白网鞋。"

王永强喃喃地说："老师说了，运动会有开幕式，统一穿白网鞋。"

王永强妈妈道："老师说了，那就找老师要钱。"

王永强家里有鱼塘，在老家有房子，在镇上也有房子。老师认定王永强家里经济条件还可以，要求他买白网鞋，并明言如果没有白网鞋，就不能参加运动会开幕式。王永强提出的要求被拒绝，又很想拥有一双白网鞋，终于鼓足勇气，趁着父亲酒醉酣睡之际，从其衣袋里取了五块钱，花了四块五买了一双白网鞋。

有了白网鞋，王永强参加了运动会开幕式。有几个学生没有白网鞋，开幕式的时候就不准出教室，只能站在教室窗口，眼巴巴地看着同学们踏着《运动员进行曲》的节奏走进运动场。

王永强在狂暴父亲的铁拳以及母亲的刀子嘴的双重压迫下变得懦弱胆小，偷钱买白网鞋是他儿时做得最出格的事情。穿着运动鞋走在操场上，空中响起激昂音乐，看台上是校长，这算是王永强读小学时的人生巅峰。除了这件事情以外，整个小学都是灰扑扑的色调，灰扑扑中还透出血红色。

后来过了多年，王永强依然不后悔偷钱买鞋这件事。可是在当时，开幕式结束以后，他陷入焦灼状态，时刻准备迎接暴风骤雨。

为了不让父亲看见白网鞋，王永强进屋前将白网鞋脱下放到书包里，换上旧胶鞋。旧胶鞋露出大拇指，走在小路上，石头顶得脚板很疼。新的白网鞋不仅神气，穿上去还弹力十足，他脱下白网鞋时很是依依不舍。

刚刚进屋，坏事果然发生。父亲喷着酒气，拉过书包带子，取出白网鞋。拿到白网鞋之后，父亲怒火冲天，道："居然学会偷钱了，我今天让你尝尝天雷地火，长点记性。"

王永强父亲抡起白网鞋，狂扇儿子耳光，一阵噼啪声响，王永强的脸颊很快红肿起来，鼻子和嘴角都在流血。

王永强母亲闻讯从屋里走出来，先是劝解，被扇了一个耳光之后，便与丈夫扭打在一起。两人从屋外打到屋内，又从屋内打到屋外。男人力气比女人大，最终占了上风，将女人压在卧室地面上，抡起拳头一阵猛捶。

打完架，男人到外面又喝酒，满脸青肿的女人开始将火气发泄在儿子身上。

她不喜动手，只不过用妇女骂街那一套来责骂儿子："你脑子让猪吃了，偷了钱还有脸回来，打死你最好，我也省心，家里有你倒了血霉……"

这些话算是最文明的骂人话，还有比这恶毒好几倍的。

王永强宁愿回忆挨揍，也不愿意回忆挨骂。

男人扇嘴巴，王永强痛在身体上；女人的毒嘴，却刺在他心口上。

回忆起这些事，王永强对这一对男女的憎恶油然而生。长大以后，他曾经想悄悄去做亲子鉴定，看自己与这一对男女是否有血缘关系，后来有事耽误，也就懒了心，不愿意追究此事。

王永强曾经看过一篇报道：当一个人受到语言暴力攻击，他的情绪疼痛在大脑区域反应和身体疼痛极为相似，神经系统能体验到几乎相同级别的疼痛。

他在童年和少年时期经受了男人的肉体暴力和女人的语言暴力，双重夹攻让其度过了一个极端压抑、灰暗的少年时代。

王永强成绩优秀，小学毕业就考入江州最好的初中，在全镇轰动一时。离开男人和女人的折磨以后，他的生活才开始有了灿烂阳光，生活一天天美好起来。但是童年和少年时代经受的双重暴力已经永远影响了大脑的胼胝体、海马回和前额叶，这种伤害不可逆转，哪怕当初的少年长大成人以后能充分明白这个道理，也不能挽回伤害。伤害形成的情绪轻易将理智踩在脚下，成为身体的真正主人。

小车快速在城市里穿行，距离床上挣扎的女人越来越远。王永强下车，然后步行来到河边。

河道偏僻，王永强不担心有警察到此，走得很慢。手机丢进河里后，王永强启用了第三个精心准备的身份，手机、银行卡、身份证，皆是另一个完全陌生的身份所持有。再加上此前忍痛销毁的心爱的视频，从此以后，王永强将消失在这个世界，新的李武军将在世界上活动。

从此，王永强所做的事情皆与他无关，因此他也不再关心地下室的李晓英和宁凌，也不再管理监控视频。唯一遗憾的就是宁凌酷似杨帆的相貌和打扮，他却失之交臂，深以为憾。除此之外，再无遗憾，包括跟随王永强二十多年的身份。

王永强回到房间，坐在窗边，开始筹划找最好的整容院，彻底改变自己的相貌，变成另一个身份。多年前的影片《变脸》给了其灵感，这是他的狡兔之法，比狡兔三窟高明许多。

来到"蒋老板"管理房的警察越来越多，刘战刚、宫建民、陈阳等人也陆续来到现场。

刘战刚将侯大利叫到面前，道："你确定密室就在这里？"

侯大利道："铁路就在附近，王永强冒名租用此屋，王永强不在家里，手机关机，这种种迹象表明，密室肯定在此。"

朱林双眼通红，道："我们发现了一条线路，在外面树上找到摄像头。应该错不了，王永强身上有太多嫌疑。"

宫建民道："重案大队搜查了王永强的家，还是没有找到任何线索。"

刘战刚沉默几秒，道："事不宜迟，调工程队，掘地三尺，也要将密室挖出来。如果挖错了，我来承担责任。"

与找到被囚禁的两个年轻女子相比，挖错密室并不算是大错，更何况，王永强具有绑架李晓英和宁凌的重大嫌疑。

出气孔被关闭，地下室的空气越来越污浊，宁凌感觉头晕，不停打哈欠，胸部仿佛压了一块大石头。李晓英的手脚已经被解开，坐在墙角，喃喃自语："都怪你，得罪了大哥。"

最初宁凌对李晓英如此表现很愤怒，到了此时，她已经发现李晓英精神上出现了问题，最起码有了斯德哥尔摩综合征。斯德哥尔摩综合征指被害者对犯罪者产生情感，甚至反过来帮助犯罪者的一种情结。

"你那个大哥绑架你，折磨你这么久，绝对不会放你出去。"

"大哥是好人，知识很渊博，你没有和他接触过，所以不了解。"

"你醒醒吧，别做梦了。"

黑暗中，李晓英慢慢哭泣起来，最初是小声抽泣，渐渐变成了大声哭，最后演变成为号啕大哭。

宁凌脑袋晕乎乎的，李晓英的哭声弄得她心烦意乱。她捂着耳朵，坐在黑暗里，脑中不停出现母亲以及早逝父亲的图像，特别是父亲带着她去动物园的图像特别清晰，犹如发生在眼前。

"爸，你走得太早了。"宁凌头脑中开始出现幻觉，泪珠一串串往下落。

在楼上，传来一阵叫声："这里有暗道，有暗道。"

打开暗道的盖板，这才发现暗道被从里面扣住。这个情况让现场指挥员紧张起来，高度怀疑王永强和两个被绑女子皆在地下室。若是出现这种情况，被困女子就非常危险。

战机出现，紧张归紧张，却不能有太长犹豫，几个领导简单商议，决定请求消防支队增援，强行打开地下室顶盖。

侯大利蹲在顶盖旁边，脑中如过电影一般飞快地闪现出王永强从高中到现在的模样，从直觉来说，王永强和石秋阳完全不一样，石秋阳武力强悍，有同归于尽的气概；王永强狡猾如狐，很是阴毒，但是很难刚烈到一起灭亡。

"大利，你在想什么？"朱林如今最信侯大利，也走过来，蹲在顶盖旁边。

"王永强心思细密，处处留后手，这个院子租了很多年，当时就冒用他人名字。这种深谋远虑的人，绝对不会自困地下室。"侯大利说话时，想起了王永强在魔方俱乐部上的获奖相片。

朱林道："或许你的判断是对的，但是救援工作经不起试错，错了，就无法弥补。当前最好的选择是由消防战士用专业工具以最快速度强行突破。"

等消防员之时，侯大利来到院里，坐在院中木凳上，陷入沉思。

远处是绿油油的茂密果园，铁路就在果园边上，铁路线外围就是一条小河，小河不远处就是巴岳山。其实此处和李武林的山庄相隔不远，只不过被铁路和小河所隔，属于两个不同行政区，各自有进城公路。那日侯大利与李武林等人爬上小山后，俯视这一片洼地，肯定曾经看到过这个院子。

田甜坐到侯大利身边，道："王永强和杨帆案有没有关系？"

侯大利道："王永强曾经跟踪过杨帆，金传统亲眼所见。他做了这么多案子，要说与杨帆案没有关系，我不相信。"

田甜道："杨帆是不是被王永强推下世安河，没有证据，只是凭推测。抓到王永强以后，要制订周密的审讯方案，调最好的预审员来突破，否则又是一笔糊涂账。"

消防队来得很快，又有专业工具，准备妥当以后，很快攻破了顶盖铁门。

消防员在破门时，宫建民开始组织攻入地下室的侦查员。王永强有可能在地下室，他在暗，侦查员在明，且不知其有没有武器，若是准备不充分，侦查员极有可能遭受攻击。

樊勇自告奋勇地道："我下去。"

樊勇是当前刑警支队身手最好的侦查员之一，是进入地下室的合适人选。宫建民点头同意，叮嘱道："你手重，收着点劲，不要把人弄死了。"

侯大利也主动请缨，道："我和老樊一起去。我们配合得很好。"

樊勇道："大利的擒拿很厉害，我稍不留意就要中招。"

宫建民看了侯大利一眼，道："你们两人下去，小心一点。"

樊勇和侯大利穿上防弹衣，带上手枪。由于地下室还关着李晓英和宁凌，狭窄空间用枪，很容易误伤，所以，他们带手枪只是为了应付极端情况。

田甜拿出事先准备好的眼罩，道："若地下室没有灯光，要用眼罩罩住眼睛才能出来。"

侯大利和樊勇拿着手电筒和警棍，守在地下室顶端，只等消防员打开便进入密室。

当顶端盖板被打开以后，樊勇在前，侯大利在后，几乎就是跳入密室。两人身体协调能力很强，踏到密室地面后迅速站稳，身体微屈，用手电筒扫视整个地下室。

手电光线在屋内扫了一圈，没有看到王永强，只看到两个女子。侯大利招呼道："宁凌。"

"我在。"

"李晓英。"

"在。"

"绑架者在不在？"

"不在。"

宁凌声音带着哭腔。当地下室顶端响起切割声音以后，她就明白得救了。等到顶端盖板被切开，光线透出来，她便想站起来，谁知道手脚软成一团，根本无法站起来。

得知王永强不在地下室，樊勇和侯大利都放松下来。侯大利关掉手电，站在楼梯口，道："成功解救，安排医务人员。"

侯大利走近宁凌，刚蹲下，就被对方抱住。宁凌如溺水之人抓住最后一根稻草，用尽全身力气抱住侯大利，号啕大哭。侯大利给宁凌戴上眼罩，安慰道："没事了。你很聪明，我们能找到地下室，全靠你打的那个电话。"

樊勇给躺在地上的李晓英戴上眼罩。李晓英被关在地下室时间更长，身体虚弱，精神萎靡，加上地下室缺氧，站不起来，也说不出话。

第十章
重返杨帆被杀现场

消失的嫌疑人

两个女子被送进救护车，刘战刚、宫建民和陈阳等刑警指挥员都不由自主地长舒了一口气。

刘战刚擦了擦额头上的汗水，道："王永强这小子是惯犯，身上不知道还背了多少案子，想想都头皮发麻。当前刑警支队压倒一切的工作就是抓捕王永强归案。王永强相当狡猾，犯罪前经过精心策划，留下的痕迹很少。你们不能掉以轻心，若是放跑王永强，不知又要祸害多少人。"

宫建民自然知道其中利害，安排两组侦查员到医院询问李晓英和宁凌两个受害人，然后回刑警支队布置抓捕王永强的相关工作。

宫建民的车还未进城，接到参加市公安局党委会议的通知，遂将布置抓捕王永强的工作交由重案大队长陈阳主持。陈阳是资深刑警，主持重案大队工作以来，成功侦破长青县入室灭门案和黄卫案。此两役之后，陈阳证明了自己的能力，在重案大队站稳脚跟。由他来指挥抓捕王永强行动，宫建民放心。

王永强狡猾如狐，稍不留意就会失去踪迹，陈阳召集重案大队精兵强将研究抓捕方案。

视频侦查、技术侦查、走访调查、设卡拦截、蹲点守候、协查通报，这些都是抓捕工作的常用手段，重案大队侦查员都很熟悉，半个小时之后，各组根据职责，高效运转起来。

技术室全员动员，有刑事现场勘查证的警察全部被调来，组成三个勘查小组。

田甜和技术人员小林带一组人进行现场勘查。

老谭带一个勘查小组，跟随抓捕组前往王永强办公室。

侯大利带一个勘查小组，跟随另一个抓捕组前往王永强的家。

侯大利是正式入职不到一年的年轻刑警，原本很难独立主持这类重案的现场勘查，有三个原因让其成为现场勘查组长：一是由于刑警支队技术室人员少，又要分成三个勘查组，人手很紧张；二是侯大利是山南政法大学刑侦系的科班生，到省厅进行了现场勘查培训，持有刑事现场勘查证，在勘查污水井女尸案中表现突出；三是侯大利非常熟悉案件，在石秋阳案和杜文丽案件中表现突出，所以老谭安排他来主持对王永强住宅的勘查。

侯大利跟随抓捕组来到王永强的家。

经过准备，抓捕组破门而入，没有发现王永强。勘验小组随即拉上警戒线，封锁现场。

抓捕组退出以后，勘查小组接管现场，派出所找来的见证人也来到现场。

三人小组第一步就是初步巡视现场，了解王永强家的基本情况。这次勘查主要是寻找与其犯罪有关的证据，和其他犯罪现场勘查不一样。三人仔细观察房屋情况后，又回到客厅进行了讨论，确定了勘查重点：一是查找书信、相片和视频，有不少连环杀手往往有怪癖，会留下受害者某些物品作为纪念；二是衣物、鞋子之类；三是提取毛发、指纹、足迹；四是其他可疑物品。

侯大利准备在勘查结束以后，用警犬寻找杜文丽痕迹。

勘查结束后，勘查小组对与犯罪可能有关的痕迹、物品进行了固定和提取。提取的现场痕迹和物品分开进行包装，统一编号，注明了提取的地点、部位、日期，提取的数量、名称、方法和提取人。勘查小组还扣押了电脑、笔记本等物品，在侯大利坚持下，扣押了王永强的皮鞋和运动鞋。

105专案组成功找到李晓英和宁凌两个失踪者，大家都累得够呛，除了侯大利和田甜以外，朱林、葛向东和樊勇都在休息。朱林给大家的休息时间是两个小时，两小时后开会工作。刑警老楼对于刑警支队来说太小，对于105专案组则很阔绰，五个成员都有单独用来休息的房间。昨天连轴转，一直在搜索，三人着实累了，上楼稍加休整，各自在自己房间睡觉。

侯大利回到刑警老楼时，走到樊勇和葛向东门口能听到鼾声。他回到寝室，正在洗漱时，田甜也结束勘查，回到刑警老楼。

樊勇身体极佳，入睡总是很快。今天入睡后总是做梦，梦中还带着大李在郊外院子里搜索。突然，他被草丛绊倒，爬起来以后，大李却不见了。他在梦中找来找去，始终没有找到大李。

从梦中醒来后，樊勇总觉得心里不踏实。昨夜大李表现得很优秀，却也有一丝异常，找到王永强落脚之地后仍然很兴奋，不肯休息。一般情况下，已经到了老年的大李休息时间远远多于运动时间，昨夜运动时间则远远大于休息时间。在楼下分别时，大李站在小屋外迟迟不肯进屋，眼神复杂。

樊勇想着大李依依惜别的眼神，心中一紧，翻身起床，下楼来到大李房间。

大李房间和往常一样安静，大李并没有在平时休息的地方，而是趴在了一张旧办公桌下面，身体蜷成一团，眼睛似闭非闭。

樊勇叫了两声，大李没有回应。他用手轻轻碰了碰大李，这才发现了异常。

"朱支，朱支，大李不行了。"樊勇奔出门，站在院子里大叫。

朱林正在床上睁着眼望天花板，沿着天花板上的纹路编织图形，听到叫喊声，吃了一惊。他在走道上望了望，然后快步下楼。

侯大利、田甜和葛向东闻声纷纷出现在走道上。

朱林来到大李的房间，蹲下来，摸了摸大李的脖子，站了起来，久久不语。

樊勇懊恼地捶了下墙壁，道："刚才大李就不对劲，以前高傲得紧，今天眼巴巴地站在门口，不肯进去。我没有看懂它的眼神，只顾着自己睡觉。"

说到这里，樊勇语带哭腔，又道："昨天它太累了。我们应该让它休息。"

侯大利等人得知大李逝去，脸色都严肃起来。105专案组进驻刑警老楼以来，大李便来到此处，几乎与105专案组历史一样长，成为专案组特殊的一员。平时除了樊勇和朱林，其他人与大李都是点头之交，今天这个点头之交刚刚立功便忽然逝去，让侯大利、田甜和葛向东都唏嘘不已。

"大李是因公牺牲，应该被评为烈士，得到应有待遇。"樊勇说到这里，开始抹起了眼泪。

在众人眼里，樊勇是五大三粗的汉子，酷爱运动，前一次谈得很有进展的女友最终嫌他三天两头执行任务而分手，至今没有再谈恋爱。他失恋之后没有掉泪，受伤之后也没有掉泪，谁知道，为了逝去的退役警犬大李，他泪流不止。

朱林蹲下身又轻轻抚摸大李，然后站起身，道："樊傻儿，你没有必要难受。大李已经是高龄了，随时都有可能离开。昨天它作为专案组的一员立了大功，算是对其一生做了总结，很完美了。我们应该为它感到高兴，开开心心安葬它。"

道理是这个道理，可是樊勇仍然难受。

朱林原定休息两小时再开会，由于大李逝去，会议暂时中断。朱林虽然开导樊勇说不必悲伤，实则内心颇不平静。他和专案组成员一起，载着大李，在历年安葬警犬的警犬训练中心后山安葬大李。

朱林还在警犬中心，就接到刘战刚电话。

刘战刚道："刚开完党委会，人事有调整。"

朱林道："和专案组有关？"

刘战刚道："师父，你知道的，凡是一个单位的侦查员谈恋爱，肯定是要调开的，这是纪律，从根子上是保护侦查员。"

朱林道："具体怎么调整的？"

刘战刚道："侯大利从二大队调到重案大队，仍然留在专案组；田甜由技术室调到二大队，调出专案组。二大队承担解救被拐妇女儿童的任务，目前缺一线女刑警。田甜在石秋阳案中表现出色，叶大鹏一直想调田甜到二大队。局党委经过研究，认为调田甜到二大队能促进工作。目前105专案组的工作得到局党委高度肯定，田甜调走，还要补充一个人过来，保证专案组有足够的人手。这一次调整，不由各单位推荐，你看上谁就调谁。"

放下电话，朱林深深地看了一眼侯大利和田甜。

此刻，宫建民推开了重案大队会议室，做了一个让陈阳继续讲话的手势，然后坐了下来。

陈阳正在组织重案大队侦查员召开案情分析会。

"各组到目前为止一无所获，从案侦角度来说很正常。但是，我们身边有一个参照物。这个话本来不应该在会上来说，你们都是老侦查员，手下都带有侦查员，所以我就在这里说一说，从石秋阳案再到李晓英、宁凌的绑架案，关键突破点都来自105专案组。如果说105专案组突破石秋阳案还有侥幸成分，可是这起绑架案又是105专案组率先取得突破。如果在抓捕王永强过程中，还是由105专案组取得突破，我们重案队这一帮人都得找块豆腐撞死。"

参会的老资格侦查员不约而同想起了105专案组那个"妖孽"般的侯大利，正是这个二大队资料员，狠狠打了重案大队的脸，不是一次，是好几次。

陈阳道："不蒸馒头争口气，各组都别想着休息，掘地三尺也要将王永强抓住。"

宫建民插了句话，道："王永强是惯犯，绝对停不了手，如果让他逃出去，绝对还要犯案。据我们判断，他肯定不止这一起绑架案，绝对还有其他案子，章红案和杜文丽案很有可能就是他做的。我们作为江州刑警，将其绳之以法是我们的职责，不抓到王永强，决不收兵。至于侯大利的事，我们不必见外。刚刚结束的党委会有新的人事安排，侯大利调到重案大队，暂时在105专案组，他以后就是重案大队的一员。"

听到这个消息，重案大队队员脸上表情都变得极为复杂。

宫建民又道："侯大利已经调至重案大队，如今是抽调到105专案组，以后这类案件，尽量请105专案组参加。就算抓到王永强，只能算是侦破了李晓英和宁凌失踪案，杜文丽案到底是谁做的，章红案是谁做的，王永强是不是与杨帆案有牵连，这些都得突破。金传统还关在看守所，他到底是不是凶手，必须有说法。"

陈阳道："那我给侯大利打电话，让他过来开会。"

"调动还是以正式文件为主，今天还是以105专案组名义请专案组过来。他们对章红案和杜文丽案研究得很深，如果这一系列案件皆是王永强所为，105专案组的观点就很值得参考。"宫建民看了一眼众侦查员的神情，道，"我知道你们对105专案组不服气，不服气是对的，说明大家有心劲。另外，大家也别觉得沮丧，105专案组和你们不一样，你们每个人手里都有其他案子，每天忙得连轴转。105专案组长时间专注三个未破命案，不用做别的事情，研究得深也很正常。"

宫建民这一番话讲得很公平，化解了重案大队众多侦查员的心结。

侯大利接到电话之时正在三楼资料室和田甜聊天。两人已经知道人事调整消息，坐在一起讨论此事的影响。

田甜道："同事皆是侦查员，谁都不是省油的灯，我们谈恋爱要想保密几乎不可能。这是正大光明的事，没有必要偷偷摸摸。调动工作以后，我在刑警新楼，你在刑警老楼，你在一大队，我在二大队，其实离得也不远。而且，天天在一起真未必是好事，距离才产生美。"

侯大利道："为什么把你调到二大队？就算要把我们分开，你直接回技术室，也算从事老本行。"

田甜道："那是局党委决定的事，没有事前征求我的意见。"

两人正在交谈，朱林打电话过来，道："一起到重案大队，参加研究抓捕王永强的事情。"

王永强极有可能涉及杨帆案，侯大利恨不得马上就揪出王永强，亲自问个明白。他拿起笔记本，与同事们一起前往重案大队。十分钟之后，105专案组进入重案大队会议室，参会人员的目光都集中到侯大利身上。

侯大利进门就坐在朱林身后，低着头，打开笔记本，对着本子若有所思，没有在意诸人的眼光。

105专案组众人刚刚坐下，分管副局长刘战刚也进入会场。他刚刚从关鹏局长办公室出来，眉头紧锁："金传统还关在看守所，从目前来看，他被陷害的可能性极大，市局面临的压力很大。陈大队，目前情况怎样？"

陈阳简要汇报了当天工作，朱林谈了意见，宫建民随后做了补充。

诸人讲完，刘战刚道："对这种案子，只能是人海战术和专门力量结合的老办法。我做一个分工，宫支队抓总，陈大队主要负责面上的工作，组织力量，依靠基层组织，掘地三尺也要把他挖出来。朱支牵个头，把技术室、技侦和105专案组等专业力量融合在一起，做重点分析。两方面力量同时进行，绝不能让王永强跑出江州。"

散会之后，根据会议安排，各个小组紧急行动起来。

105专案组回到刑警老楼，技术室老谭和技侦支队副支队长赵刚陆续来到朱林办公室，研究工作方案；侯大利、田甜和葛向东三人则在资料室一边看投影，一边讨论。

葛向东道："目前还不能说王永强杀害了杜文丽，更不能说王永强杀害了章红，只能说其非法限制李晓英和宁凌的人身自由。"

侯大利反驳道："王永强囚禁李晓英以后，没有遮挡本来面目，难道还敢放出去吗？最终结果就是杀人。如果不是解救及时，最终结果就和杜文丽一样。"

他站在投影前，道："我们假定王永强为连环杀人凶手。按照犯罪心理学的理论，大部分连环杀手对于杀人地点都有自己的偏好，经常在自己感觉舒服的区域杀人，这种区域经常有某种锚定点，比如他们的住处、工作之处或者其他与他们有关的住处。这种地理上的分布原因很多，与心理因素、生活方式、经济状况和潜在受害者容易获得有关系。"

投影仪切换到一张新图，图上标注了杜文丽、章红、杨帆、宁凌、李晓英、丁丽几人的家庭地址，最后露面的地址和被囚禁地址，另外还标注出王永强的家庭地址和工作地址。从图上标注来看，经典理论并未在图上得到显示，所有图标很难形成一种必然联系，也找不出明显的舒适区。

葛向东生出了另一种感慨："受害者全是年轻漂亮的女性，若不抓住凶手，我女儿和老婆都没有安全感。"

侯大利始终觉得某个地方很别扭，一时之间又没有找到别扭之处。

吃过晚饭，田甜和葛向东先后离开。田甜要回自己家，与久未回家的母亲见面。她不想侯大利参与家里这些烦心事。葛向东接到樊勇电话，准备在一起喝杯小酒。

大李离世，最伤心的是樊勇。安葬大李之后，他整个人都和丢了魂一样，晚上终于饿了，约葛向东一起喝酒。

朱林、老谭和技侦支队赵刚在市局开会。

整个刑警老楼只剩下侯大利独自面对投影仪。他在投影仪面前坐到晚上十一点，到楼上洗完澡之后，又来到了三楼资料室，从头开始整理线索。

六个女性，四个遇害，两个被囚禁。

遇害的四个女子有三人与王永强有关系。

其一，杨帆、章红和杜文丽都与王永强发生联系：杨帆与王永强曾经是同学，王永强作为杨帆的爱慕者，曾经暗中跟踪过杨帆；杜文丽、金传统和王永强曾经同时出现在金家；章红曾经到王永强所在学校演出过。王永强与丁丽没有交集，丁丽遇害时，王永强年龄尚小，不应该是其作案。

其二，失踪的李晓英和宁凌是被王永强囚禁。

如果杨帆、章红、杜文丽皆是一人所杀，从社会关系来看，王永强更具有杀人嫌疑。

从这个思路往下推理，杨帆遇害时，王永强的住处没有参考性。章红、杜文丽两个遇害人和李晓英、宁凌两个被囚禁者的失踪位置与王永强的住处或工作地点应该有关联。

侯大利没有看投影仪，大脑中完全浮现出整个江州市区的地图，地图中浮现出章红、杜文丽、李晓英、宁凌的住处以及失踪（遇害）地点，构成七个黑色柱子，而王永强的住处或工作地点都在七个黑柱连接而成的黑色区域之外。

犯罪心理学的理论经过长时间检验，可靠性很高，王永强会不会突破犯罪心理学理论？

侯大利给出了否定答案：王永强尽管心思缜密，但毕竟是孤立的犯罪分子，他作案时思路更接近于普通人，用不着神化。

王永强租用果园很早就采用了其他人的名字，也就意味着他极有可能在多年前就用其他人的身份在七个黑色柱子中间的某个区域租或买了藏身之所。支队为了抓捕王永强，在出城交通要道设卡拦截，搜查了王永强所有能藏身之处，技侦方面也上了手段，至今却一无所获。从现在来看，王永强应该是狡兔三窟，在多年前就有准备。

尽管王永强准备充分，但是极有可能聪明反被聪明误，其藏身之所极有可能是作案时落脚之处，也就是在七个黑色柱子围成的区域之间。这个黑色柱子围成的区域就在江州市江阳区，大部分集中在江阳区江州河东侧。

警方思维的空白点在于没有想到王永强在几年前就有可能用另外的身份找了藏身点，而这个"另外的身份"和"藏身点"与王永强以前的社会关系和行为轨迹没有任何关系。

这也正是侯大利始终感到别扭的地方。

想通了这个关节，时间过了晚上十二点。

朱林听到电话响，看了一眼来电，抱怨道："这个兔崽子，总是半夜给我打电话。"

抱怨归抱怨，朱林明白半夜来电就意味着有了新突破，迅速从床上坐起来。

听了侯大利讲述，朱林道："拜托你，最好在白天想清楚这些事。你深更半夜提这个观点，我不处理肯定不行，处理起来又得熬夜。"

侯大利道："白天我就觉得哪里不对，隔了一层窗户纸，我始终没有捅破；在资料室坐了半天，才想明白这一点，也真笨。"

朱林穿上衣服，来到客厅，抽了支烟，仔细想了想侯大利的说法，觉得确实可以一试，又开始给宫建民打电话。

宫建民接了电话，抽了半支烟，还是给分管副局长刘战刚打去电话。作为支队长，宫建民知道刘战刚的心情，尽管是半夜时分，还是给他打去电话。

一串串无线电波在空中穿楼越户，一个个汉子接到电话后在老婆的抱怨声中爬了起来，一辆辆汽车发动，逐渐会集到了刑警大楼。

邵勇打着哈欠进了门，见到侯大利站在投影仪旁，正在向几个领导讲解。他对跟进来的同事道："不幸言中，又是侯大利最先突破，有他在一个队里，我怎么觉得自己这么笨。"

出通知不到二十分钟，所有侦查员全部聚齐。刘战刚还是挺满意，道："还有两个小时就天亮了，这个时间点让大家来，是为了布置之后的工作。太阳升起来时，所有措施要全部落实。抓到王永强后，我给大家放两天假，痛痛快快睡大觉。现在由105专案组的侯大利来讲一讲情况。"

侯大利道："说实话，我发现我的思维误区以后，觉得很兴奋，没有管住自己，所以给朱支打了电话。"

朱林接话道："我觉得侯大利提出的思路不错，也很兴奋，没有管住自己，给宫支打电话。"

宫建民道："我接到朱支电话，没有管住自己，给刘局报告了好消息。"

刘战刚摊了摊手，道："我没有管住自己，所以你们坐在这里。每个专案民警听到新的思路，都会睡不着觉的。"

侦查员们原本都有些睡意，几个领导调侃了侯大利几句，紧张气氛缓和下来，也醒了醒大家的瞌睡。

侯大利在黑板上画出了江州市区几条主要街道，又画出七个关键点，将七个关键点连起来形成了一片重点区域。确定重点区域以后，他又将这个区域里主要支路和楼盘画了出来。

侦查员们找出市区地图，与黑板上草图对照，惊讶地发现重点区域里面的楼盘和支路被标注得非常精确，如对照着地图画出来一样，而侯大利在画图时分明没有看任何地图。

"假定王永强是连环杀人犯，根据舒适区理论，其落脚点很有可能就在我画出的重点区域内。目前，王永强的住处、办公地点都在重点区域之外，所以，王永强应该是采用了另一种新身份藏在这一块区域。查找近半年以来的视频，很可能有结果。"

侯大利没有绕弯子，直接给出结论。

众侦查员还以为"变态"般的侯大利会抛出什么高精尖破案手段，谁知短短一分钟就讲完了，而且提出的舒适区理论对于重案大队侦查员来说并不新鲜，众皆腹诽。

探长邵勇提出反对意见，道："这个结论的前提并不成立，因为现在无法论证王永强就是连环杀人犯。前提如果错误，差之毫厘，谬以千里。"

"有三个理由：第一，除了丁丽，王永强跟杨帆、章红、杜文丽、李晓英和宁凌都有交集；第二，金传统和杜文丽跳舞时，王永强在现场；第三，王永强囚禁了李晓英和宁凌。"侯大利说到这里，又道，"当然，以上三个理由只能用来推理，不能作为证据。所以，我开场白说了是自己没有管住手，给朱支打了电话。"

宫建民看了刘战刚一眼，刘战刚点了点头。

宫建民喝了水，润了润嗓子，道："王永强曾经吓唬过李晓英，自称杀了杜文丽，抛到了污水井。在当时特殊环境下，李晓英是无法逃脱的，王永强极有可能说的是真话，具有重大杀人嫌疑。所以，前提大概率成立。"

支队长提供的情况更加证实了自己的推论，侯大利道："王永强多疑，在多年前就利用假身份搞了果园，可以做如下推断：王永强在我们划定的重点区域内，利用其他身份购置或者租用了藏身之地。"

刘战刚道："侯大利的提议看起来普通，实则很有道理，我们集中重兵在划定的重点区域，地毯式排查。视频大队要集中力量查近半年的所有视频，寻找王永强的蛛丝马迹。这两项工作很繁琐，宫支制订具体方案，六点钟，各组都要行动起来。"

散会以后，刘战刚带着宫建民、朱林等人到各个卡点去了解情况，慰问仍然战斗在一线的民警。

抽调过来参加行动的丁浩在出发前狠拍侯大利肩膀，道："你的推论调动了两百名刑警和不知数量的派出所民警、街道干部，若是错了，你承担不起这个责任。初生牛犊不怕虎，我真是服了你。"

侯大利道："有了想法，烂在肚子里，我做不到。"

丁浩一身便服，脚下还是穿着拉风的红色运动鞋，自嘲地道："你就是一个怪人，跟你说这些话也是白说。希望今天有战果，持续折腾下去，警力消耗太严重了。"

田甜、葛向东和樊勇组成一个小组，参加调查走访。

侯大利被留在刑警大楼，没有具体职责，只能等待消息。等待的时间总是格外漫长，侯大利在小会议室寻了一个长沙发，躺下休息。他拿出手机，看到有许多未接电话，多是李永梅打来的。

"你怎么才回电话？"

"我在上班，有事。"

"我在江州，和宁凌在一起。宁凌出了这么大的事情，你也不讲一声。"

"宁凌被救出前，给你讲了没用。救出来以后，她会给你打电话，我没有必要打。"

电话那一头，李永梅说了一句："你这人简直不可理喻。"很生气地挂了电话。

宁凌见李永梅生气，安慰道："大利哥还要抓王永强，心里有事。"李永梅道:"你凭感觉,杨帆是不是被王永强害的?"宁凌道:"我觉得是王永强。王永强心理变态,这种人什么事情都做得出来。希望早点把王永强抓住。"

抓住王永强是所有警察的共同愿望,从长期来说,消除了一个定时炸弹;从短期来说,抓住了王永强,至少可以睡一个好觉。

侯大利孤坐在刑警老楼资料室,正在苦思冥想。

视频大队来了两个民警,一个是三十来岁的女警,另一个很年轻。两人都听闻过侯大利"变态"大名,等到见面之后才发现传说中的"变态"长得挺英俊,说话客客气气,极有教养,与传说中的"得理不让人"有很远的距离。

女警道:"接受新任务以后,我们视频追踪组进行了研究,工作量非常大,为了节约时间,能不能有相对重点?"

侯大利道:"这就是一个拦河网,无法勾勒重点。"

女警道:"拦河网也有一个大致范围。我找过朱支,朱支说你最了解情况。"

侯大利道:"我个人主观性太强,怕误导你们。"

女警道:"不存在误导,排除也是成果。"

侯大利打开投影仪,调出黑色区域图,站在图边想了一会儿,道:"据我对王永强的了解,这人心思很深,又胆大妄为,我判断他前往黑色区域隐蔽的落脚点时,会伪装,防止被别人认出来。"

女警道:"除了我们视频追踪组,更多人实地调查走访。如果王永强提前多年就做了伪装,那就很麻烦。"

侯大利道:"查不到人,就查车辆。以李晓英被绑架前后为重点,通过车辆倒查可能存在的隐藏之地。"

男警记下要点后,好奇地问道:"你真是去年才毕业的吗?"得到肯定回答以后,男警道:"惭愧啊,我比你早毕业三年,现在还在打杂。"

女警道:"你已经不错了,在派出所工作一年就调到市局,你的同学绝大多数还在乡镇所里。"

送走了视频追踪组两个警察，侯大利坐在资料室看投影，眼里是幕布，思维却早就飞到当年的世安桥上：世安桥下是滚滚向东的河水，河水残酷无情，将所有阻挡者全部摧毁。尽管只是在头脑中回想世安桥，他仍然感到头晕，有呕吐前兆。

侯大利将思绪从世安桥河水中转移。在解救李晓英和宁凌以及抓捕王永强的过程中，他一直保持着冷静和睿智的形象，如一架行走准确的破案机器。实际上，这一段时间他深受煎熬。杨帆的在天之灵指引着他抓住石秋阳，石秋阳提供了杨帆遇害的线索。沿着这条线索一直追踪，老狐狸王永强终于露出水面。

他生出一个疑问：若王永强不是杀害杨帆的凶手，那怎么办？若王永强不承认杀害杨帆，那又怎么办？

杨帆遇害现场基本没有留下任何证据，作为一名优秀刑警，侯大利清醒地意识到倘若王永强不是凶手的话，要破案就难上加难，几乎成为不可能的任务。而到目前为止，王永强除了曾经跟踪过杨帆以外，并没有任何杀害杨帆的直接或间接证据。

"若王永强不是凶手或不认罪便无法破案"的想法始终挥之不去，如恶魔一样盘踞在侯大利心头。

上午十一点，大搜捕行动在视频追踪小组取得突破性进展。小组在重点区域查到了王永强的小车，小车从王永强公司方向开来，进入重点区域的一个公共停车场。

视频追踪小组立刻派员调取了公共停车场的视频，查到小车进入车库后，下来一个留胡须、戴深色眼镜的男子。

此视频的时间恰好在李晓英失踪当天下午。

视频追踪小组一路通过视频系统追踪这个留胡须的深色眼镜男，直至进入宝丽小区。

重案大队得到视频追踪小组反馈的信息后，暗自调集侦查员，在宝丽小区附近宾馆聚集。

居委会干部叫来物管人员和保安，保安叫出了这个胡须男的名字——杨浩以及准确门牌号，保安在今天早上还看见杨浩买菜。

至此，王永强行踪被准确锁定。

接到电话以后，侯大利关掉投影仪，开车来到宝丽小区，走进侦查员聚集的宾馆。

宫建民看到侯大利，直截了当地安排任务："你跟随老谭勘查现场，特别要注意与杜文丽、章红等人有关的证据。"

侯大利在准备手套、脚套之时，暗暗祈祷能在王永强房间发现与杨帆有关的线索。

王永强和石秋阳是两类截然不同的犯罪嫌疑人。石秋阳身手极佳，凶悍异常，王永强狡猾如狐，步步设防。此刻窥破了王永强设下的重重迷雾，抓捕就很简单。

侯大利正在准备手套时，田甜赶了过来。

从抓捕组出发到抓住王永强，一共花了二十一分钟。

侯大利和老谭等技术组人员紧随抓捕组进入房间。小林拿摄像机全程录像，杨立军负责拍照。

王永强在屋里戴着假发、胡须和眼镜，被按倒在地下之后，没有挣扎，脸色平静，对侦查员道："轻点，我不会跑。你们是不是弄错了。"他看到紧跟进来的侯大利，便一言不发。

侯大利蹲在王永强身边，伸手扯去他的胡须和假发。王永强下巴的胡须已经有半厘米长，想必是准备等到胡须长起来以后，就彻底取代假胡须。

侯大利声音低沉，道："杨帆是不是你推下河的？"

王永强脸蹭在地上，刹那间有些失神，随即露出微笑，道："这永远是个谜。"

侯大利捏紧拳头，道："你为什么要对杨帆下手？"

王永强目光有些飘，道："杨帆太美了。我找了十年，没有谁能比得上。可惜没有上过她，这是人生最大遗憾。宁凌比起杨帆还差得远。那天河水好急，真的好急。"

这一句话如刀子一样刺到侯大利心窝，他的理智全然被烧毁，伸手要去掐王永强脖子。

田甜一直站在侯大利身边，非常警惕地注意着男友，防止其因冲动铸成大错。当侯大利掐住王永强脖子时，田甜立刻用力挽住男友手臂，道："王永强死定了，你不要冲动，冲动就上当。"

侯大利松开手，站起身，走出门外，来到中庭花园深处，蹲在地上，双手抱头，泪流满面。田甜跟随在其身后，没有劝解，默默陪伴。

十分钟后，田甜道："振作精神，我们要去勘查现场。"

抓住王永强仅仅是第一步，还得用证据将其彻底锁死，才能最终让他受到法律严罚。侯大利擦干眼泪，打起精神，与老谭一起详细勘查了王永强住所。

中午时分，侯大利在刑警重案大队小会议室休息，准备两点钟在此参会。

陈浩荡推门而入，道："怎么不接电话？"他身穿笔挺警服，留着寸发，英姿勃勃，帅气逼人。

"你打电话的时候，我正在现场勘查。"侯大利头发胡子都多日未打理，形象邋遢，情绪低落。

陈浩荡竖起大拇指，道："大利，你现在真的成为神探了，同学群里都在传你的事迹，越传越神。你难道不上同学群？"

侯大利爆了一句粗口，道："忙得卵子翻天，哪里有时间上同学群？"

陈浩荡也不介意侯大利爆粗口，兴奋地道："给你讲一个好消息。我陪老大到省公安厅开会，遇到刑侦总队刘真副总队长，聊了十来分钟，他对你赞扬有加，听他的口气，准备把你调到省刑侦总队。省级平台，虽然只比市级高一个平台，可是上可接公安部，下可指挥市局，完全不一样。"

侯大利给了陈浩荡一个白眼，在抓住杀害杨帆的凶手之前，他哪里都不会去。

重返杨帆被杀现场

抓住王永强后，警方一点不敢懈怠，调派高手进行审讯。

预料中的困难果然如期出现，王永强头脑相当清楚，承认了杀害杜文丽，那就难逃一死，现在仅仅是非法拘禁，没有致人重伤等情节，刑期并不会太长。他痛快地承认非法拘禁了李晓英和宁凌，对其他人和事皆"三不回答"——不认识、不知道、不清楚。

晚上，刑警新楼小会议室一直亮着灯。

刘战刚道："借用一句套话，抓住王永强只是万里长征走完了第一步。撬开他的嘴，是万里长征的第二步。撬开王永强的嘴有两种办法：一种是通过审讯，攻破其心防，让其交代罪行；另一种是找到王永强杀害杜文丽的证据，让其在证据面前开口。大家就从这两个方面来想办法。"

解救李晓英和宁凌以后，李晓英精神稍有恢复，就向警方提供了"王永强杀掉了杜文丽"的线索。但是，仅仅靠李晓英提供的线索，没有其他证据形成证据链，王永强的杀人证据明显不足。

宫建民道："老谭，如果复勘，还能不能找到证据？"

老谭摸了摸原本就不多的头发，道："王永强显然有准备，又很有经验。狗货出租房里搜到的生物检材与王永强和李武林都没有关系；他房间里与杜文丽有关的物品一点没留，包括地下室里，我们查得很仔细，找到一些头发、指纹和脚印，以及一些皮屑，查出有的属于李晓英和宁凌，有的属于王永强。皮屑有点多，大部分都是王永强的。"

听到皮屑，坐在角落的侯大利若有所思，想起以前聚会时杨红所言：当年高考体检，王永强脱下衣服时露出皮肤上很明显的皮屑，引起大家围观。

刘战刚追问："没有杜文丽的痕迹？大家都觉得王永强在李晓英面前说的是实话。"

老谭道："技术室已经三次复勘了，没找到与杜文丽有关的痕迹。"

宫建民道："从现在的情况来看，还得从审讯上找到突破口。"

今天来开会的都是重案大队资历深厚的侦查员，例外的是105专案组全员参加。刘战刚眼光从侯大利面前滑过，停顿一下，道："侯大利，你有什么想法？"

分管副局长如此发问，让所有参会侦查员目光集中在侯大利身上。如果有一片放大镜在侯大利身边，这些目光聚集起来的能量足以让侯大利起火。但是侯大利没有在意这些眼光，道："王永强心理变态，不仅杜文丽是王永强杀的，章红也是，杨帆也是。"说到杨帆之时，他已经开始咬牙切齿。

刘战刚道："我们不要推理，要证据，需要将王永强钉死的证据。"

侯大利握着拳头，猛地砸在桌上，道："我一定会找到。"

散会以后，侯大利回到高森别墅一直郁郁寡欢。

田甜已经调到二大队，离开专案组，没有参加晚上的会，见男友不停在屋内转圈，道："遇到什么难题？"

侯大利道："王永强只承认非法拘禁，不承认杀人，现在找不到证据钉死他。"

田甜道："心急吃不了热豆腐，你要相信审判高手，肯定会攻克王永强的心理防线。"

话虽然如此，侯大利整个晚上仍然如热锅上的蚂蚁，极为焦灼。晚上，他做了一个梦，在梦中重建了犯罪现场：王永强乘坐客车来到了世安桥附近，在世安桥下了车，他穿了一件灰色衬衣，站在桥上；杨帆骑自行车出现在公路上，王永强招手，杨帆下车；两人争论起来，王永强将杨帆推向江州河；杨帆抱住石栅栏，向王永强求饶。王永强带着残忍的笑容，掰开了杨帆的手指；杨帆伸手想抓住王永强的手臂，王永强稍稍缩回手臂，杨帆的手擦着衬衣袖子掉进河里。

"不、不！"侯大利猛然坐起，额头冒出大颗的汗水。

田甜起床，端来热水，道："又做噩梦？"

"王永强将杨帆推下河，我敢肯定。他有什么破绽？什么破绽？什么破绽？什么破绽？"侯大利用力拍打床沿。突然间，他想起王永强的长袖衬衣，一道灵光闪过，道："王永强有严重皮肤病，在地下室掉落了很多皮屑，那皮鞋里会不会有？说不定真有！"

想到这里，侯大利再也睡不着觉，道："我带队勘查王永强的家，重要物证都在支队物证室，包括一双皮鞋和一双运动鞋。"

"查物证要经过老谭同意。太晚了，老谭忙了一天，很累。明天再去物证室，皮鞋和运动鞋不会飞走。"

在田甜劝解下，侯大利重新睡下。躺在床上，他想起前尘往事，双眼圆睁，想尽办法也无法入睡。

田甜睡了一会儿，醒来时发现侯大利还睁着眼，便将头靠在他的胸前，道："睡吧，什么都别想，现在想也没用。"

侯大利翻身抱住女友，道："查金传统那双鞋，运气好的话，能解决杜文丽的案子。我问过金传统，有那么一段时间没有见到那双鞋，后来就没有印象。很可能是王永强穿了金传统的鞋，然后又找机会放了回去。王永强为了诬陷金传统，没有洗鞋，阿尼鞋鞋底还沾了些水泥。国外有多次案件，凶手不愿意作案后默默无闻，还有意给警察写信。王永强大概就属于这种，耐不住寂寞，或是想显露智商优越性，不仅陷害金传统，还想将警方玩得团团转。"

"如果真从鞋里查出了皮屑，王永强是聪明反被聪明误。如果当时销毁了那双阿尼鞋，我们根本没有机会追查。"田甜依偎在男友怀里，道，"明天就要水落石出，别多想。算了，让你不想也不行，我们来做爱，做爱后好睡觉。"

天刚放亮，侯大利便开车前往刑警新楼，在物证室门口转来转去。

最先来到三楼的居然是分管副局长刘战刚，他双眼红肿，看来也是一夜未眠："侯大利，你在这里做什么？"

侯大利道："我想查看王永强鞋子里面有没有皮屑。"

刘战刚火暴地道："说清楚，别问一句说一句。"

侯大利道："王永强患有某种说不清楚的皮肤病，特点是皮屑特别多，我想看一看鞋子里有没有。"

刘战刚是老侦查员，立刻明白侯大利的想法，拿起手机就给老谭打电话："赶紧到物证室……对，现在，我在物证室门口。"

老谭躺在床上接到电话，听刘局口气急，顾不得洗脸刷牙，急匆匆赶往办公楼。上楼以后，他看到刘战刚、陈阳、侯大利都站在物证室门口，道："看什么物证？"刘战刚、陈阳和侯大利三人异口同声道："鞋。"

老谭进入物证室，搬出来一个塑料箱子。他打开箱子，小心翼翼取出放在里面的皮鞋。

在扣押鞋子前，侯大利尽量保持鞋子原貌：皮鞋上还有袜子，想必在近期穿过。

侯大利戴上手套，轻轻提起袜子，袜子有少量皮屑掉落。老谭取过来一盏台灯，让台灯光射进鞋内。侯大利取出随身携带的放大镜，屏住呼吸，观察鞋里面的情况，在鞋内大脚趾和中脚趾区间发现了几块类似皮屑的东西。

"应该有皮屑。"侯大利将放大镜递给了老谭。

皮鞋原本有臭味，侯大利注意力全部在皮屑状物体上，根本没有在意扑鼻的脚臭。老谭也没有顾得上臭味，几乎整个脸都凑近了皮鞋，也看到在鞋内大脚趾和中脚趾区间确实有皮屑。两人随即检查了扣押的运动鞋，也在相同区间发现皮屑。

皮鞋里的皮屑明显比运动鞋要少。小林到来后，拿出相机，很费了些工夫，才将皮鞋内部情况完整准确地拍了出来。

"还得查金传统那双阿尼鞋，有可能会有发现，也有可能没有，这得靠运气。"侯大利有些神经质地喃喃自语。

刘战刚道："若是真从阿尼鞋中找到了王永强的皮屑，那就是铁证。"

老谭从物证室抱出装阿尼鞋的箱子时，现场安静得只能听到呼吸。

"台灯，拿过来，快点。"刘战刚有点迫不及待。

老谭将放大镜递给了侯大利，道："你来看吧。"侯大利郑重地接过放大镜，慢慢凑近阿尼鞋鞋口。台灯光线射进阿尼鞋，十几片皮屑安静地躺在鞋内，如一朵朵雨后蘑菇。

刘战刚用放大镜看过"雨后蘑菇"以后，道："小心提取。多长时间能有结果？"

老谭道："如果送到总队技术室，今天肯定能出结果。我建议送到总队，技术更可靠，速度也快。"

所有人都焦灼地等待总队结果。

下午，刑警总队技术室给出结论：从金传统皮鞋中提取的皮屑状物体中查出了王永强的DNA。

接到老谭电话以后，一向稳重的刘战刚几乎跳了起来。他亲自给侯大利打电话，道："你别问这么多，到我办公室来。"

侯大利心急火燎地来到刘战刚办公室，敲门而入，只见屋内全是烟雾。刘战刚、宫建民、朱林和陈阳都在猛吸香烟，谈笑风生。

刘战刚心情极佳，扔了一支烟给侯大利，道："大利，来，抽一支。"

侯大利接过香烟，点火抽起来。

朱林看侯大利若有所思的模样，道："大利，还在想什么？"

侯大利道："在等总队技术室消息的时候，我想起另外一件事。王永强身上有比较多的皮屑，特别是在冬天。章红遇害是在12月，她上身是一件毛衣，那种长毛的毛衣，最容易黏附皮屑，说不定也能查到。"

从金传统皮鞋中提取到王永强的DNA，只能说明王永强和杜文丽有关，但是无法证明王永强与章红之间的关系；若是能从章红遇害时所穿毛衣中查到王永强的DNA，那么章红案也将真相大白。

刘战刚、宫建民、朱林和陈阳原本满脸笑容，听到侯大利建议，脸上笑容不约而同消失。刘战刚摁灭香烟，恶狠狠地道："马上查。"

几个刑侦方面的领导一路快走来到物证室。小林提出物证盒，取出毛衣，轻轻抖动，不一会儿，铺在桌面上的黑色桌布上就有了片状皮屑。毛衣上掉落的皮屑是片状，比起皮鞋里的皮屑更为宽大，足足有二十多片。

当夜，省刑侦总队技术室给出结论：毛衣上的皮屑中DNA与王永强DNA样本完全一致。

拿到两份过硬的鉴定以后，审讯组重新制订审讯计划。经过五个小时艰苦审讯，王永强心防终于被突破，先是承认绑架并杀害了杜文丽，杀人现场在郊区管理房地下室，随后又承认杀害章红。杀害章红以后，他先后将半身赤裸的章红放在椅子和桌子上，从不同角度拍摄章红身体，拍完照还猥亵。

侦查人员特意讯问了与师范后街水泥小道鞋印有关的细节。王永强已经承认杀害杜文丽，不再掩盖细节，谈起细节基本是竹筒倒豆子——全抖出来，在抖出来时，隐隐还有几分得意。

"你的小车怎么进入师范工地的？"

"我给金传统工地提供监控器，经常开车进去。杜文丽尸体就放在后备厢，下午进去的，我在晚上八点钟左右扛到污水井。"

"后门有保安，你是怎么出去的？"

"那天风大，天冷，保安们锁了后门，躲到房间喝酒。我借着为工地提供监控器的机会，早就准备了后门钥匙，大摇大摆扛着麻袋到了污水井。"

"什么时候偷的金传统的鞋？"

"拍相片时就顺手拿了，最初也没有想好如何用这个鞋给金传统添乱，只是想到可能有用处，就拿了最打眼的阿尼鞋。我那天到工地看工人安装监控器，发现正在浇水泥道，恰好前天弄死了杜文丽，就穿了金传统的鞋，故意留下了脚印。"

"什么时候把相片、衣服、鞋和头发放回金传统的家的？"

"我让杜文丽事前写了明信片，这样可以争取时间，杜家不至于报警。圣诞节那天，一大帮人在金传统家玩。我提前准备了盒子，将鞋子、头发和相片放进盒子，然后扔到金传统客房死角里。金传统一个人住了这么大的别墅，不可能发现放在死角的盒子，除非警察来搜查。"

"为什么要陷害金传统？"

提起这个问题，神情平静的王永强突然激动起来："每个人都是平等的，这是天赋人权。可是，事实上并不平等。有的人生出来就过好日子，从小什么都不缺，长大以后继承家业。女人、财富、地位，对我们这些贫民子弟来说遥不可及的东西，他们毫不费力就能得到。金传统长得不如我帅，没有我聪明，可是从来不缺女人，女人总是投怀送抱。那些舞台上的女人表面上是圣女，其实下台来以后就是人尽可夫，我就是要戳穿她们的画皮。"

"金传统对你不错，还把生意给你，你为什么要陷害他？"

"金传统和我，侯大利和我，都不是什么真正的友谊。他们是富二代，就是可怜我，才丢点饭给我吃，就和给狗扔骨头一样。呸，我不稀罕。"王永强说到这里，眼神有些飘忽，自言自语道，"我最恨的人就是金传统和侯大利。侯大利抢走了我的女人。他这个纨绔凭什么？成绩不如我，智商不如我，就凭家里有几个臭钱。金传统同样不是东西。有一件事情，我到现在都记得清清楚楚。高一下学期，学校组织给贫困山区捐旧衣服，每个学生都必须捐。我那时饭都没有吃饱，几年没有穿过新衣服，那个势利眼班主任还是坚持要我捐一件旧衣服，达到我们班每个人都捐的目标。我本人都是扶贫对象，还要捐衣服，这就是笑话。势利眼班主任得癌症，是罪有应得。我面子薄，为了完成老师任务，偷了老爸一件七成新的衣服，提着衣服到了学校，在走廊恰好遇到一群富二代，金传统走在最前面。金传统看到我提着衣服，大声说王永强穿的衣服就和叫花子一样，捐个狗屁。他从大口袋里抽出一件衣服，扔给我，说这件衣服是他本人只穿过两次的运动服，九成新，就是款式不行，适合我穿，比我身上衣服好得多。他又让其他人每人拿一件衣服出来，给我穿。金传统说的话就如鞭子一样抽在我的脸上，火辣辣的，现在都疼。那群人嘻嘻哈哈取了衣服塞给我，个个居高临下，如奴隶主赏饭给奴隶。我把他们的衣服扔在地上，那群人还追我，说我把好心当成驴肝肺。这是奇耻大辱，我一辈子都不会忘记。你问我为什么要陷害金传统，这就是原因之一。我恨金传统，甚至超过了恨侯大利。你们这些人从小没有受过苦，不知道穷人家孩子生活的艰辛。"

他说到这里，自嘲地笑道："我他妈的也是没有骨气，回到家里，还总是想金传统塞过来的衣服，质量还真好，比我穿的衣服强十倍。晚上做梦，梦中穿起金传统的衣服，在校园内神气活现地在女生面前走，吸引那些烂女人的眼光。"

在这之后，王永强又不无得意地交代了杀害章红、陈强的事实。

"我在铁道中专读书，看了一场江州师范学院的演出，在舞台上发现了章红，随后就跟踪到她家里。她父母不在，章红单纯哪，轻易开了门。我还和她聊了天，然后放了安眠药进去。她是挺善良的女孩子。"

……

"陈强是我杀的，丢在巴岳山的一个山洞里，我可以指认现场。狗货是陈强的绰号，我们是邻居，他比我大十岁，一直有交往。他卖迷幻药，毒害青少年，该死。"

王永强系列杀人案惊动了省公安厅，省刑侦总队副总队长刘真和老朴来到江州。六年前在省城阳州发生了一起母女遇害案，母亲三十七岁，女儿十三岁；母女遇害后，尸体被猥亵，保险柜里五十多万现金被抢。此案与章红案有相似之处，极有可能是王永强所为。

王永强心防已经打开，当参加审讯的老朴提起此事，多承认一起杀人案和少承认一起杀人案没有区别，他痛快地承认杀害省城母女，从保险柜里抢得了五十七万现金，这也是他回江州做生意的启动资金。时隔六年之后，阳州母女遇害案得以侦破。

至此，参战的重案大队刑警都相信王永强是杀害杨帆的凶手，审讯组掌握了王永强的心理弱点，制定了突破杨帆案的细致方案。

审讯再次开始。这一次审讯与以前不一样，以前一直回避了杨帆案，今天要向八年前的积案发起正面进攻。杨帆案线索极少，如果王永强不承认此案，几乎无法侦破。绝大多数侦查员认为王永强承认杀害了阳州母女、杜文丽、章红、陈强（狗货），再承认杀害杨帆似乎不应该是难事。

侯大利坐在视频监控室里，桌上放着纸和笔，准备记下王永强供述中的破绽。他内心翻腾如岩浆，脸上表情如岩石。

审讯室里，王永强剪了短发，脸颊比以前消瘦了一些，恢复了几分高中时的模样。当听到杨帆名字的时候，他脸上表情僵硬了，侦查讯问人员的提问从耳边飞过，完全没有入耳。

杨帆落水，改变了杨帆的命运，改变了侯大利的命运，其实也彻底改变了王永强的命运。杨帆逝去，王永强深深后悔和遗憾，因为世上再无杨帆。可是，杨帆抱着石栅栏苦苦哀求的画面如毒品，让王永强摆脱不得。从此，他心中来自地狱的邪火被点燃，直至坠入地狱中最黑暗的深渊。

当审讯人员一步步逼近真相时，王永强头脑中充满了杨帆的身影。杨帆是他真正的、唯一的初恋，也是他一辈子都无法忘记的人。他回想杨帆在舞台上的曼妙身姿，那是充满甜蜜的痛苦。突然间，他望向监控镜头，脸上露出诡异的笑容，固定在椅子上的双手用力朝外伸，右手做出一个奇怪动作，嘴里模仿女生声音，道："求求你，饶了我。"

做完这个动作，王永强变成了石佛，面无表情，不管审讯人员问什么都不回应。

四个小时以后，王永强道："杨帆的事情与我没有关系，不要浪费时间。"说完，他又对着监控镜头做了一个诡异的表情。

杨帆案线索太少，石秋阳又记不清杀人者面貌。王永强否认杀害杨帆，案件便进入死胡同。侯大利原本对审讯抱有极大希望，不料是这个结局，走出监控室时，失魂落魄。

田甜等在看守所大厅，见侯大利出来，问道："是不是王永强杀害了杨帆？"

侯大利摇头，道："王永强不承认。"

王永强的手指动作在侯大利脑中还原成为"掰开杨帆手指"的动作，这和石秋阳提供的线索完全符合。他头脑中还浮现起王永强的声音："杨帆太美了，我找了十年，都没有谁能比得上。可惜没有上过她，这是人生最大遗憾。"

声音和画面结合，在侯大利脑中构成的影像栩栩如生。太阳正烈，照得大地一片火热，他的身体却如掉入冰窟，冰冷刺骨。

满腹伤疤的人

侯大利失魂落魄地走出监控室。田甜在隔壁办公室，见到侯大利身影，紧走几步，挽住男友手臂，道："王永强还是不承认？"

侯大利摇了摇头，满脸痛苦，道："肯定就是王永强。他为什么不承认？为什么？"

田甜轻声安慰："王永强的心理防线肯定会被突破，这是迟早的事情。这一段时间你太辛苦，我们先回高森，什么都不想，好好睡一觉。说不定睡一觉后，王永强就投降了。"

回到高森别墅，田甜下厨弄了两道家乡菜，想劝侯大利喝一杯。侯大利努力调整情绪，却没有丝毫食欲，也不想喝酒。洗澡之后，侯大利躺在床上，在床上翻了一会儿，始终不能入睡。田甜进入卧室，脱了浴衣，上床，抱住了深陷痛苦的男友。

等到侯大利醒来之时，天近黄昏，田甜已经不在床上。窗外，西边天空染成一片血红，头顶的天空则陷入黑暗。他给朱林打去电话，得知王永强还没有投降后，便将手机扔在床上，双手抱头，闷坐了一会儿。

高森别墅一楼客厅坐着一个瘦瘦的中年人，神情严峻。侯大利推门而出时，揉了揉眼睛，看清楼下中年人后，回卧室穿了外套。

"丁总，你怎么在这儿？"有外人进屋，侯大利恢复了理智，下楼，客气地打招呼。

田甜端来茶水，放在丁晨光面前，道："丁总等了一个多小时，这是我泡的第二壶茶。"

丁晨光没有喝茶，盯紧侯大利，道："专案组以前有六件案子，破了五件，如今只剩下一件，对不对？"

"嗯，只剩下一件。"侯大利自己的情绪刚刚从坡底爬起来，很能理解丁晨光的心情。

"六件老案都没有破，我还可以自欺欺人；如今六件破了五件，只剩下我女儿这一件，他妈的！"丁晨光强忍着愤怒情绪，胸口不停起伏。他端起茶杯喝了一口，又道："我女儿的案子，你参加没有？"

侯大利道："专案组经常开案情分析会，每个成员都很熟悉专案组负责的几件案子。"

"据我所知，樊勇、葛向东负责我女儿的案子，其他案子都是你和田甜破的。你从来没有负责我女儿的案子，不要否认，事实就是这样。"丁晨光抬起手，阻止侯大利解释，"以前这样安排，有你们的理由，我不想多说。我想请求你，从现在开始，我女儿的案子由你全权负责。这是一个父亲的请求，你必须接受。若是不能破案，我死不瞑目。我之所以要拜托你，是因为杨帆的事，你能够理解我的感受。而且，你比他们有本事。"

王永强坚决不承认杀害了杨帆，这是插进侯大利心脏的毒刺，丁晨光提到"杨帆"两个字，又让他觉得喉咙发紧。

忽然，丁晨光猛地把衣服拉开。

尽管田甜做法医时见惯了各式惨景，看了一眼丁晨光腹部，还是"啊"了一声。丁晨光经常健身，与其同龄人相比，身材保持得相当不错，腹部肥肉很少，能看得见数块肌肉。让田甜感到惊讶的不是肌肉，而是满腹伤疤。从伤疤的形状和颜色来看，应该是香烟所烫。

"我经常梦到小丽从婴儿到大学时代的样子，半夜醒来后，痛得扯心拉肺。我就用香烟烫肚子，用肉体的剧痛来赶走心里的疼痛。除了腹部，我还用香烟烫了手臂和大腿。"

丁晨光又拉开衣袖，手臂上出现一排排圆形伤疤。

侯大利原本还想"客观"地谈一谈丁丽案，见到丁晨光满身烫伤以后，"客观"就不翼而飞，果断道："我一定尽快开始研究丁丽案。"

丁晨光猛地抓住侯大利的手，紧紧握住，道："你不是研究案子，而是一定要破案。你肯定能做到，我相信你。"

送走丁晨光后，侯大利看了看手表，道："我想到刑警老楼，再看一看丁丽案卷宗。"从监控室出来以后，侯大利一直情绪消沉。一个父亲为女儿报仇的强烈愿意如一剂强心针，让侯大利从低落情绪中暂时走了出来，眼神重新变得坚定。

田甜感到甚为欣慰，道："我陪你到刑警老楼。我也想仔细看一看当年现场勘查的相片。"

越野车发出轰鸣，惊飞了别墅香樟树上的麻雀。

刑警老楼，三楼资料室。投影幕布上出现了当年现场勘查的相片：丁丽被害于家中，全身赤裸，颈部被切开，鲜血染红了床单。

看到丁丽遇害相片，侯大利不由得想起了杨帆。那段特殊经历，让侯大利对生命逝去变得特别敏感，又对人世间的罪恶深恶痛绝。他暗自下定决心：不管遇到什么困难，我也要拿下丁丽案。

（第二部 完）

《侯大利刑侦笔记3：鉴证风云》即将出版，精彩预告：

真凶终于落网，丁丽案却始终没有头绪，又该如何查起？侯大利没有时间悲伤，一头扎入了这桩旧案，在庞杂的案卷和物证中寻找蛛丝马迹。一次次还原案发现场，一次次描摹犯罪心理，他终于找到核心物证，展开了一场声势浩大的鉴证行动。然而，法网张开，警动全城，凶手依旧渺无踪迹。

就在这时，江州知名企业家相继遇害，警方内部也遭遇"内鬼"危机。侯大利奉命调查，却嗅到了被害者、"内鬼"和丁丽案之间微妙的联系……

敬请期待《侯大利刑侦笔记3：鉴证风云》！

激发个人成长

　　多年以来，千千万万有经验的读者，都会定期查看熊猫君家的最新书目，挑选满足自己成长需求的新书。

　　读客图书以"激发个人成长"为使命，在以下三个方面为您精选优质图书：

1. 精神成长
熊猫君家精彩绝伦的小说文库和人文类图书，帮助你成为永远充满梦想、勇气和爱的人！

2. 知识结构成长
熊猫君家的历史类、社科类图书，帮助你了解从宇宙诞生、文明演变直至今日世界之形成的方方面面。

3. 工作技能成长
熊猫君家的经管类、家教类图书，指引你更好地工作、更有效率地生活，减少人生中的烦恼。

每一本读客图书都轻松好读，精彩绝伦，充满无穷阅读乐趣！

认准读客熊猫

读客所有图书，在书脊、腰封、封底和前后勒口都有"**读客熊猫**"标志。

两步帮你快速找到读客图书

1. 找读客熊猫

2. 找黑白格子

马上扫二维码，关注"**熊猫君**"

和千万读者一起成长吧！

《藏地密码珍藏版大全集》

何马 著

一部关于西藏的百科全书式小说

新版小套装

《鬼谷子的局》

寒川子 著

讲述谋略家、兵法家、纵横家、阴阳家共同的祖师爷
——鬼谷子布局天下的辉煌传奇!

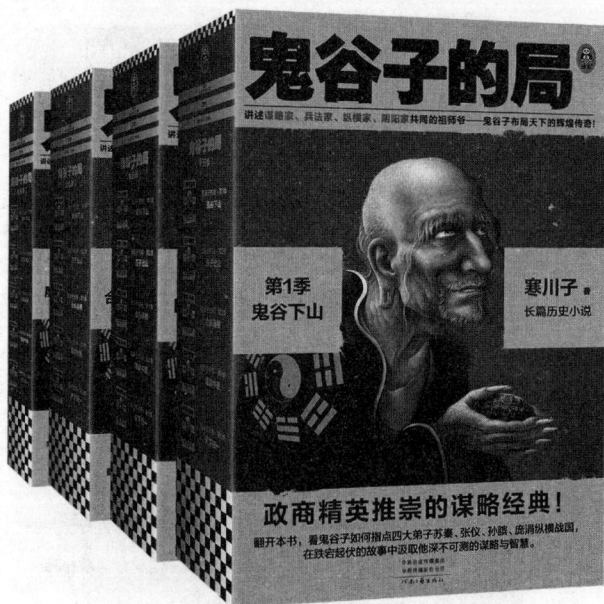

《清明上河图密码》

1-6册大全集

冶文彪 著

隐藏在千古名画中的阴谋与杀局

· 读客®知识小说文库 ·

读小说 学知识

《周浩晖高智商悬疑小说集》

周浩晖 著

高智商玩的不是诡计而是心理

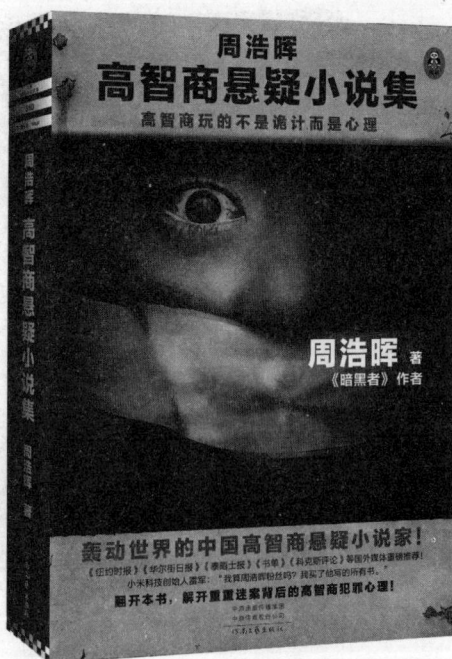